Edgar Murray

Bruno Im Paradies.

Ein Krankenhauskoch findet das Paradies.

Roman.

KAPITEL 1
DEUTSCHLAND

Ein Krankenhauskoch findet das Paradies.

Es ist Fruehling und Samstagnachmittag in der Kleinstadt Hameln. Wir schreiben das Jahr 1993. Bruno liegt in seiner Unterkunft auf dem Bett und glotzt an die Decke, an die Decke glotzen, darin ist er Weltmeister, das entspannt ihn voellig und er kann seinen Tagtraeumen in aller Ruhe nachhaengen. Und er denkt, ja Dr. Merk hat Wort gehalten, weil auch Bruno nichts verraten hat, er hat kein Sterbenswoertchen verraten, er denkt zurueck an frueher wie alles anfing und ploetzlich beginnt in Zeitlupe sein ganzes Leben vor seinen Augen abzulaufen und auch seine Jugenderlebnisse kommen wieder zurueck in sein Gedaechtnis. Bruno ist kein Casanova. Bruno ist interessant unattraktiv.

Er ist 36 Jahre alt, misst einen Meter 80 hat blaue Augen und seine dunklen, glatten Haare sind nach hinten gekaemmt, er besitzt eine stattliche Figur und ein hurtiges Baeuchlein um die Hueften herum, ist oefters leicht unrasiert und weiss, dass er die besten Jahre eines Mannes noch vor sich hat. Bruno,s kantiges Gesicht aehnelt ein wenig dem deutschen Ex-Fussballnationalstuermer Horst Hrubesch, man nannte ihn auch das Strafraum-Ungeheuer.

Bruno kam 1957 in Hameln auf die Welt. Seine Eltern waren einfache und sehr glaeubige Leute. Sein Vater war Metzger und seine Mutter Hausfrau. Im wahrsten Sinne des Wortes sind Brunos Eltern anstaendige Menschen die auch jeden Sonntag in die Kirche gehen. Bruno hat keine Geschschwister und seine jungen Jahre gehen vorbei ohne grosse Ereignisse bis zu seiner Pubertaet. Einmal wurde Bruno ertappt als er 10 Jahre alt war von seiner Mutter, er war gerade dabei mit seinem kleinen Bruno zu spielen, die Mutter stuzt ein wenig, weiss nicht so recht wie sie reagieren soll und sagt dann" Bruno das ist aber nicht gut fuer deine Gesundheit, das tut deinem kleinen Ding nicht gut, mach das nicht mehr". Bruno folgt seiner Mutter und es wurde nicht mehr davon gesprochen. Seine Eltern haben niemals den Versuch unternommen ihn aufzuklaeren, dazu waren sie zu anstaendig. In der Zwischenzeit hat sich Bruno mit dem 4 Jahre aelteren Nachbarjungen Horst angefreundet. Sein mittelmaessiges Leben aenderte sich ploetzlich als in seiner Pubertaet die verrueckten Hormone durch sein Blut rasten und die ersten nassen

Traeume anfingen. Er erzaehlt davon seinem Freund Horst und dieser hat ihn ein bisschen eingewiesen in die Geheimnisse der Erotik. Mit 14 Jahren erzaehlt Bruno Horst von seinem harten Pimmel, wenn er ganz schamrot den jungen Maedchen nachguckt. Daraufhin klaert ihn Horst auf " Bruno wenn Du geil bist und dein Pimmel hart ist, dann musst Du ihn reiben " und Horst macht Wichsbewegungen mit seiner Hand " und wenn dein Gefuehl immer staerker wird, dann spritzt irgendwann die Sahne vorne heraus und das ist ein herrliches Gefuehl. Als ihm dann der Horst auseinander gesetzt hat, wie das mit dem Reiben geht und das herrliche Gefuehl dabei, da kann Bruno nicht mehr lange warten. An diesem Abend sagt er zu seinen braven Eltern, dass er sich muede fuehle vom Fussballspielen mit den Kindern auf der Strasse. In seinem Zimmer legt er sich aus Bett und faengt an zu spielen mit seinem Kronjuwel, er denkt dabei an das schoene fruehreife Nachbarsmaedchen, die ihn schon oefters erregt hat ohne zu wissen warum. Er faengt an das zu machen was ihm sein Freund Horst gesagt hat und nach einigen Minuten ist die erste Wendung in seinem Leben da. Er hat seinen ersten Schritt gemacht in die wunderbare Welt der Erotik. Am naechsten Tag treffen sich Bruno und Horst auf der Strasse und er fragt Bruno" Na und wie wars, hast Du es noch gemacht?"Bruno nickt ein bisschen scheu zu Horst und dieser fragt gespannt, sensationsluesternd " Erzaehl, erzaehl ", schuechternd berichtet Bruno wie er es gemacht hat und es war himmlisch. Seine Eltern fragen sich warum ihr Junge in letzter Zeit so frueh ins Bett geht, ihr Sohn macht das inzwischen jeden Abend. Zwei Wochen spaeter treffen sich die beiden Freunde wieder auf der Strasse. Neugierig fragt Horst" Hast Du es schon mit Weibern gemacht?" " Nein, niemals " antwortet Bruno verlegen. Horst meint das sein kein Problem und geheimnisvoll fuegt er hinzu " Ich hab was fuer Dich". Und die ersten Pornohefte marschieren in Brunos Leben hinein.

Ja da war noch dieses Erlebnis in der Daemmerung gerade als Bruno nach dem Fussballspielen auf dem Nachhauseweg war, da rief ihm Eva das fruehreife Nachbarmaedchen in ihrem rosa Kleidchen zu " Bruno komm mit, ich zeig Dir was " Eva lief mit Bruno zu einer kleinen Wiese, nahm ihn bei der Hand und fuehrte ihn hinter ein dichtes Gebuesch. Eva spitzte ihre Lippen, zog Bruno zu sich und sagte zu ihm" Schau Bruno, so kuessen sich die Schauspieler im Film" und sie kuesste Bruno voll auf den Mund. Dadurch wurde der verlegene Junge ein wenig frecher und fing an ein bisschen rumzufummeln an ihr, zuerst an ihren kleinen Bruesten, auch Eva wurde angehitzt und fummelte unten bei Bruno herum. Als seine Hand unter Eva's Kleidchen verschwand und er zwischen ihren Beinen herummachen wollte, fluesterte sie " Nicht weiter, nicht weiter, da kommen vielleicht Leute". Bruno hatte schon einen Steher und wollte weitermachen, aber dazu gab ihm Eva keine Chance mehr. Sie befreite sich von seiner Umarmung und sagte zu ihm aufgeregt" Nicht darueber reden, das muss geheim bleiben". Und Bruno blieb nichts anderes uebrig, er hastete sich zurueck nach Hause zu seinen Pornoheften und zu seiner Handarbeit.

Bruno ist Koch von Beruf, ein Metzgerhandwerk wie es sein Vater ausuebte war ihm zu blutig. Oft guckte er seiner Mutter ueber die Schulter, wenn sie in der Kueche gutbuergerliche Gerichte kochte. Das gefiel dem Sohn und das Essen seiner Mutter schmeckte ihm sehr. Darum ist Bruno auch Koch geworden, aber kein Sternekoch, das wollte er nie werden, diesen Ehrgeiz hatte er nie, immer nur die besten und die frischesten Produkte fuer das Essen besorgen, das waere ihm viel zu anstrengend gewesen und auch immer neue Kreationen hervorzaubern, das waere kein Vergnuegen fuer ihn. Ausserdem mag er keinen Fisch, das ganze Fischzeugs ist ihm zuwider mit Krabben, Muscheln und Tintenfischen und

Krebsen und Austern, da kannst du ihn jagen.

Bruno weiss bis heute nicht wie er die Kochlehrabschlusspruefung bestanden hat, wie das ging. Unter anderem musste er eine Fischterinne zubereiten. Der Kochpruefer kostete einen Essloeffel von Bruno's Fischsuppe, legte eine kurze Pause ein und schluckte dann die Fluessigkeit mit keinem gluecklichen Gesicht hinunter. Nur weil Bruno die anderen Fleisch und Saucengerichte einigermassen gut hinbekam und der Pruefer anscheinend eine gute Grundlaune besass, schaffte er gerade noch die Kochpruefung. Nach seiner Kochschule hat Bruno eine

Stellung bekommen in einem Gasthaus in Hameln mit Zimmer frei. Es ist das erstemal, dass er von seinen Eltern getrennt ist.

Ja es ist Fruehling, in seinem Bett liegend und an die Decke starrend geht Bruno, der dem Strafraum-Monster Horst Rubesch im Gesicht so aehnelt, jetzt alles durch den Kopf wie es damals war.

Er faengt an als Hilfskoch in der Kueche zu arbeiten. Als nach drei Wochen die alte Kellnerin in Rente geht, geht die Stelle an ein junges, ziemlich huebsches Maedchen die sich Ilse nennt. Steckbrief Ilse: mittelgross, schlank, strahlend blond, glatte Haare ziemlich kurz geschnitten die hervorragend zu ihren blauen Augen passen, zur Arbeit traegt sie eine weisse Bluse unter der sich zwei feststehende, kesseTitten bemerkbar machen, weiter traegt sie einen schwarzen Minirock, fleischfarbene Struempfe und schwarze Lackschuhe. Ihr Outfit macht das Maedchen zu einer attraktiven Augenweide. Von Anfang an ist die Zusammenarbeit zwischen dem Hilfskoch und der Kellnerin ziemlich gut, die Atmosphaere ist freundlich. Ilse ist auf der Suche nach ihrem Prinzen auf einem weissen Pferd, doch der ist nicht in Sicht, er ist nicht da, nur Bruno ist da. Dieser merkt natuerlich, dass Ilse nach der Arbeit nie von einem Mann abgeholt wird, und er denkt dass sie noch keinen festen Freund habe. Zwischen Bruno und Ilse entwickelt sich eine Zuneigung, ein kleiner Flirt hier, eine nette Unterhaltung da, sogar ein Blinder haette ihre Sehnsuchtsblicke fuereinander sehen koennen. Die Fieberkurve steigt bei Bruno, am liebsten haette er Ilse in den Arm genommen und abgeschmusst von oben bis unten. Die erotische Spannung zwischen Ilse und Bruno erreicht ihren Hoehepunkt eines Nachts als das Gasthaus bereits geschlossen ist. Bruno kommt ganz nah heran an Ilse von hinten als er ihr hilft die grossen Vorhaenge zuzuziehen. Unbemerkt waechst da etwas in Bruno,s Hose, die Spannung ist elektrisch geladen. Ilse dreht sich schnell um und kuesst ihn voll auf den Mund. Sie sagt" Komm schnell ins Zimmer ". Ilse uebernimmt die Leitung und sie gehen hintereinander die Treppe hoch nach oben. Stufe fuer Stufe wird der Hammer haerter. Angekommen an der Zimmertuer, ist er so nervoes und hitzig geil, dass das Tueraufsperren Ilse uebernehmen muss. Bruno will so schnell wie moeglich seine geladene Kanone in Ilse hineinstecken. Mit zitternden Fingern hantelt er umstaendlich an Ilse,s Kleidern herum bis sie endlich nackt vor ihm steht. Ilse ruft " Klamotten aus! ". Bruno kriegt kaum Luft als er ihre festen Titten und das dunkelblonde Foetzchen von Ilse erblickt und er entledigt sich in Lichtgeschwindigkeit seiner Sachen. Ilse legt sich auf,s Bett die Beine auseinander und Bruno weiss nicht wie es weitergeht. Da steht er da, nackt mit seiner Fahne hoch. Mit ihrem Zeigefinger winkt sie Bruno zu sich und fluestert " Komm her Du geiler Bock!" Und Bruno will so schnell wie moeglich in das Himmelstor hineinfahren. Nervoes wie er ist presst er sein Geraet in Ilse hinein bis er in ihr ist und dann stoesst Bruno zu. Schon nach ein paarmal hin und her schiesst er eine volle Ladung Sahne in Ilse,s Moese hinein. " Ach das war gut, das war gut", schnauft Bruno zufrieden und er legt sich an die Seite zu Ilse. " Das ging aber schnell bei Dir", sagt sie zu ihm.

" Ja in der Kuerze liegt die Wuerze ", antwortet der geile Bock, ihm fiel im Moment einfach nicht Besseres ein. Doch Ilse ist ein bisschen enttaeuscht und fragt ihn" War das das erstemal fuer Dich? " Bruno antwortet leise" Ja das war mein erstesmal". Und mit kleinlauter Stimme faehrt er fort Ilse verstohlen anguckend" aber bei Dir nicht, das habe ich schon gemerkt ". Das Maedchen weicht seinem Blick aus und meint kurz angebunden, dass sie schon mal mit einem Mann was gehabt hat. Ja die Nacht war noch nicht vorbei und Bruno,s bestes Stueck besuchte Ilse,s Himmelstor noch dreimal und am Morgen dachte Ilse zufrieden und sich selbst wohlfuehlend " Gar nicht schlecht fuer einen Anfaenger". Und wie ein gestaehlter junger Gott marschiert Bruno am naechsten Morgen schnurstracks in die Kueche und er faengt an seine taegliche Arbeit zu verrichten. Ilse mochte Bruno, sie war geil und er war da zur Verfuegung. Eines Nachts nach dem Sex lagen Bruno und Ilse nebeneinander im Bett und Ilse schwaermte von Wohlstands-Idyll, sie redete davon dass sie ein Eigenheim moechte mit einem Whirlpool und ein schickes Auto und sie moechte eine nette Familie haben und zu Hause bleiben koennen und natuerlich moechte sie einen tollen Mann, der ihr dies alles ermoeglicht. Ihre Lebensphilosophie war einfach gestrickt : Ein Mann braucht Erfolg im Beruf und eine Frau braucht den richtigen Mann! " O weia! ", denkt Bruno der Hilfskoch " nein, ich werde nie der Prinz von Ilse sein und ein weisses Pferd hab ich auch nicht ".

Und Bruno macht aus seinem Herzen eine Moerdergrube und sagt nicht zu Ilse was er eigentlich zu ihr sagen wollte" Ilse ich hab Dich lieb".Nein das sagt er nicht zu ihr, das hat er sich verkniffen. Und er denkt weiter" Ja Ilse, deine Wuensche in deinem Leben wird bestimmt jemand anders erfuellen". Nichtsdestotrotz verlebten die beiden noch einige schoene Naechte zusammen.

Ja alles kam wie es kommen musste. Nach einer guten Woche aendert sich alles schlagartig. Da kommt ein mittelgrosser Unternehmer fuer eine schnelle Mahlzeit in das Gasthaus. Ilse bringt ihm die Speisekarte und wenn er Ilse anschaut, dann glaenzen seine Augen von Anfang an genauso wie sein roter Sportwagen der vor dem Gasthaus steht, Eigentlich hatte er nie die Idee wieder zu kommen, nur eine kurze Mahlzeit und dann weg, sein Geschaeft wartet auf ihn, doch alles aenderte sich wegen Ilse. Dieser gutgekleidete uebercharmante Mitdreissiger hiess Charly kam aus Hildesheim und er kam nun regelmaessig zum Mittagsmahl. In seiner ganzen Aufmachung in seinem silber seidigen Anzug mit lila Einstecktuechchen aehnelte er im Gesicht doch sehr dem hollaendischen Showmaster Rudi Carrell mit seiner pomadigen Haarwelle und seiner schnoddrigen Art zu reden, ganz wie der Rudi. Ja Charly himmelte die blonde Ilse an, er ueberschuettete sie mit Komplimenten "Ach Sie sehen ja heute wieder ganz toll aus Fraeulein Ilse, wenn Sie mir das Essen servieren, dann schmeckt es mir gleich noch besser ", oder " ach heute bringt mir der Sonnenschein persoenlich das Essen an den Tisch ". Ja Ilse musste aufpassen mit ihren Lackschuhen dass sie auf Charly,s Schleimspur nicht ausrutschte. Ilse taten die suessen Worte von Charly ja so gut, ja sie suhlte sich in den Komplimenten des Unternehmers. Bruno beobachtete die beiden oft heimlich aus dem Kuechenfenster heraus, dann stand er da wie ein Oelgoetze und war eifersuechtig auf Charly, zugleich wurde sein Pimmel immer haerter. Auch Charly,s Trinkgeld fuer Ilse wurde immer grosszuegiger, es kam wie es kam, er machte Ilse ein Angebot das sie nicht ablehnen konnte. Nachdem Ilse mit Charlie auf und davon war, dachte Bruno dass Ilse jetzt ihren Prinzen gefunden hat

er kam nicht auf einem weissen Pferd daher, dafuer aber in einem roten Sportwagen. Bruno vermisste Ilse und ploetzlich hatte der Hilfskoch keine Lust mehr in diesem Gasthaus weiter zu kochen. Er war jetzt auch auf der Suche nach einem Angebot das er nicht ablehnen konnte. Schon bald entdeckt Bruno eine Arbeitsanzeige in der Zeitung: Krankenhaus in Hameln sucht Koch - Zimmer vorhanden. Er fackelt nicht lange und schreibt das Hospital an. Nach einer Gespraechseinladung die anscheinend fuer Bruno sehr positiv verlaeuft, bekam er schon nach einer Woche einen Brief der ihm mitteilte, dass er die Stelle bekommt. Er sagt Tschuess zum Gasthaus und er sagt zu sich selbst " Eine neue Arbeit ist wie ein neues Leben". Schon nach kurzer Zeit in der Krankenhauskueche hatte Bruno das Gefuehl dass er hier sehr lange kochen wird, sehr lange. Zu dieser Zeit als er anfing im Krankenhaus zu arbeiten, passierte etwas in seiner Familie. Der Vater bekam einen Herzinfarkt als er gerade ein Schwein schlachten wollte. Er arbeitete in einem Metzgerei-Grossbetrieb, er hatte das Messer in der Hand, ihm wurde speiuebel er fiel zu Boden und war mausetot. Eigentlich ein schneller schmerzloser Tod fuer einen Menschen, doch fuer Bruno und die Mutter war dieser ploetzliche Tod des Vaters ein grosser Verlust. Und so wurde das Verhaeltnis zwischen Bruno und seiner Mutter noch enger und er besuchte die Mutter sehr oft. Auf der anderen Seite war Bruno doch jetzt ziemlich zufrieden mit seinem Leben als Krankenhauskoch und die Mutter freute sich auch dass ihr Sohn so eine gute Stellung bekommen   hat.
Bald lernte er die Krankenschwester Lisa kennen, eigentlich hiess sie Elisabeth aber alle nannten sie Lisa. Mann sie war wirklich ein Herzchen, Anfang zwanzig eher klein im Wuchs mit Minibusen und spindelduerr, das Gesicht gut geschnitten wie ein Fuechslein mit gruenen wachen Augen und rotbraun halblangen Haaren, die sie offen trug,

ja eine Art Lolita-Kindfrau, nach der sich die Maenner doch gern den Hals verrenkten. Wenn sie dann ein Waegelein mit Bettzeug im Krankenhausflur herumschob in ihrem hellblauen Kittel, der zuechtig ihre Knie bedeckte, und sie lasziv des Weges schlurfte in ihren braunen Halbschuhen, dann hielt sich die Luft von selbst an. Nur gut dass sich Lisa im Krankenzimmer nicht schminkte mit rotem Lippenstift und Make-up, vielleicht noch kurz auftrat in einem superkurzen weissen Mini-Rock, o Gott im Himmel, dann waeren die Schwerkranken aus ihren Betten gesprungen und haetten Lisa umarmt und ihr Foetzchen abgeschleckt. Auch Bruno bekam grosse Augen als er Lisa zum erstenmal auf der Treppe sah, die Kindfrau erregte ihn sofort und er dachte, diesem kleinen Fuchsmaedchen wuerde ich gerne mein Ding reinschieben. Man begegnete sich noch ein paarmal auf der Station, gruesste freundlich und warf sich ein paar unverbindliche Blicke zu, doch Bruno,s Atem ging bei jeder Begegnung langsamer, in seinem Inneren rumorte es, gaerte es doch er war zu scheu einen echten Flirt-Angriff bei Lisa zu wagen. Nach kurzer Zeit ergab es sich so, dass man sich traf in der Kantine beim Essen der Angestellten noch vor Mittag. Bruno sass allein am Tisch und ass eine grosse Portion von seinem eigenen Sauerbraten den er einen Tag zuvor in einer Essig-Rotweinsauce zubereitet hatte. Da gesellte sich ploetzlich Lisa an den Tisch auch mit einem Teller Sauerbraten mit Bandnudel, sie setzte sich Bruno gegenueber. Dieser verschluckte sich gleich als er sie erblickte, ihm lief die gute Rotweinsauce ueber die Lippen und da ja Lisa sehr extrovertiert und sehr agil ist, schnatterte sie gleich los, dass ihr der Sauerbraten sehr schmecke. Sie sah an Bruno,s Kochkleideung dass er Koch war. Etwas unbeholfen und verdattert meinte auch Bruno, dass der Sauerbraten wirklich gut schmecke und das sei sein Sauerbraten, er habe ihn gestern selbst gemacht.

Lisa erzaehlte Bruno, dass sie schon ein Jahr im Krankenhaus arbeite und frueher sei das Essen nicht so gut gewesen. Ein kleiner Small-Talk begann zwischen den beiden, man stellte sich gegenseitig vor. Da bewegte sich schon etwas in Bruno,s Hose, es wurde immer dicker und er fasste seinen ganzen Mut zusammen, er tut sich ja ein bisschen schwer der Damenwelt gegenueber Komplimente zu machen, doch jetzt startete er eine Charme-Offensive und sagte zu Lisa, dass er sie sehr, ja sehr attraktiv faende und ob sie auch schon eine Familie haette. Da lachte Lisa laut auf und meinte nein, sie sei solo und eine Familie gruenden, das moechte sie noch lange nicht. Da merkte Bruno ploetzlich, dass jemand leicht mit dem Fuss an sein Schienbein kratzte. Es konnte nur sein Gegenueber sein, denn niemand anders sass ja am Tisch. Lisa guckte verlegen leicht nach unten, und schob ein grosses Stueck Sauerbraten in ihren Mund hinein. Bruno wusste nicht was er sagen sollte und sagte deshalb nichts, doch sein Ding unterhalb seines Nabels verdickte sich immens. Sie leerten ihre Teller fast gleichzeitig, da sagte Lisa mit leiser suesser Stimme, dass sie jetzt auf der Station ein paar Betten frisch ueberziehen muesse und Bruno koenne sie doch ein Stueck des Weges begleiten, wenn er denn moechte. Ein Blitz der Freude durchzuckte Bruno,s Herz, nein das hatte er nicht erwartet, er war wie hypnotisiert von Lisa und ihrer ganzen Art, er konnte nicht mehr denken sagte nur "Ok, ja, ja gerne begleite ich Dich ein Stueck " und beide verliessen die Kantine, Bruno mit gespannter Hose.   Lisa ging voran und erzaehlte Bruno, sie muesse jetzt erst einmal Bettzeugs holen aus der Waeschekammer. " Ach ja", meinte Bruno halb weggetreten, sein Kopf war leer, seine Augen sahen sich fest an ihrem blauen Kittel, an dem Abdruck ihres Hinterteils. Im ersten Stock angelangt, im Flur war niemand zu sehen, standen sie dann vor einer Tuer.

Lisa oeffnete die Tuer mit einem Schluessel, ging hinein in die Kammer die nur spaerlich beleuchtet durch ein kleines Fenster war. Bruno guckte ihr nach, da packte Lisa ihn an seiner Kochuniform und zog ihn in die Kammer hinein, guckte ihm in die Augen und sagte bestimmend " Ich moechte jetzt mit Dir Liebe machen". " Ich auch "sagte Bruno wie aus der Pistole geschossen und hielt das Maedel an ihren Haenden fest. Lisa stellte sich ganz locker vor ein Waescheregal, spreizte leicht die Beine und meinte tonlos" Bedien Dich!" Bedien Dich, das hatte Ilse die Kellnerin nie zu ihm gesagt. Er verschluckte sich fast vor Geilheit, seine Haende umfassten schnell ihre Hueften und er begann Lisa leidenschaftlich zu kuessen und fuhrwerkte mit seinem Zungenpleschel tief in ihrem Mund herum, derweil machte sich Lisa an Bruno,s Hose zu schaffen, bald hatte sie es geschafft und spuerte seine pralle Maennlichkeit zwischen ihren Fingern, sie befreite sich von seiner Riesenzunge und meinte erfreut " Ja was haben wir denn da?" Bruno guckte nach unten und sagte " Das ist mein Schwanz". " Er gefaellt mir ", hauchte Lisa und steckte ihn kurzerhand in den Mund und lutschte ihn genuesslich. Bruno kam dem siebten Himmel immer naeher. Jetzt uebernahm Lisa die Fuehrung, Waeschesaecke lagen auf dem Boden, Bruno solle sich mit dem Ruecken darauf legen und er tat wie ihm geheissen. Flugs streifte sie Schlips und Schuhe ab, zog Bruno,s Hosen endgueltig nach unten und legte sich behaendig auf ihn so dass ihr schon feuchtes Foetzchen auf Bruno,s stehende Kerze traf, dieser schob ihren Kittel nach oben, packte sie an ihren kindlichen Pobacken und seine Kerze versank tief in ihrer wohligen Spalte. Es ging alles so schnell, doch alles haette nicht perfekter sein koennen. Bruno war so geil auf Lisa, er schaffte keine ganze Minute und dann spritzte seine Kerze was das Zeug hielt und auch Lisa,s Orgasmus war so grottenstark dass unten bei den beiden alles nass war. Bruno atmete aus tief befriedigt und sein starker Atem wirbelte Lisa,s braunrote

Haare durch die Luft." Das war gut Lisa ", sagte Bruno. " Ja das war gut ", erwiderte sie, sich von ihm loesend, doch ploetzlich verfiel sie in Hektik, sie half ihm schnell auf die Beine, nahm ein Serviertuechlein saeuberte ihn und sich ein wenig und meinte laechelnd " Bruno Du musst jetzt gehn, ich hab hier zu tun, wenn Du willst morgen um die selbe Zeit ok? " Da blieb ihm die Spucke weg. " Ok", sagte er "ok morgen wieder". Er war ueberrascht, er haette gerne Lisa noch in den Arm genommen, mir ihr ein bisschen geredet, aber er merkte dass sie es ernst meinte, er zog sich schnell an, gab Lisa noch einen Kuss auf den Mund " Ok, bis morgen ", sagten beide fast gleichzeitig, dann oeffnete er die Tuer, der Flur war menschenleer, er verliess ganz ruhig die Waeschekammer und spazierte zufrieden Richtung Krankenhaus-Kueche, er war gut gelaunt und dachte bei sich" Mann jetzt habe ich gerade Schwester Lisa gepackt, auf die doch alle hier im Krankenhaus scharf sind, das ganze maennliche Personal und die Patienten verdrehn auch ihre Koepfe nach ihr, und morgen gleich nochmal in der Waeschekammer mit ihr, ja geil, geil, ich glaube das ist hier der richtige Arbeitsplatz fuer mich. Am naechsten Tag zur selben Zeit essen Bruno und Lisa wieder in der Kantine Sauerbraten mit Bandnudel doch diesmal an verschiedenen Tischen und beide gehen dann getrennt Richtung Waeschekammer. Niemand war zu sehen. Wortlos gehen die beiden in die Kammer und in hungriger Leidenschaft knabberten sie sich gegenseitig gluecklich hoch bis zum Hoehepunkt. Bruno wollte noch mit Lisa reden, ob sie denn nicht einmal bei ihm in seinem Zimmer uebernachten wolle, doch sie liess sich auf kein laengeres Gespraech ein, meinte nur sie wolle keine feste Beziehung, sie wolle nur ein bisschen Spass haben und Bruno sei doch ein Suesser, dabei schob sie ihn freundlich aber mit Nachdruck aus der Waeschekammer hinaus mit den Worten " Tschau Suesser, morgen wieder zur gleichen Zeit". " Tschau Lisa ".

Bruno kuesste sie noch schell auf die Lippen, nickte und verschwand. Sein Herz schlug laut auf dem Weg zur Kueche. "Mann diese Lisa, aber man kann ihr ja kaum widerstehn, und wenn sie keine Beziehung will, dann will sie keine Beziehung, von mir aus, bin ja schon froh, dass ich zum Schuss komm bei ihr, dass sie mich ranlaesst. Ja man muss die Maedels eben nehmen wie sie sind ", denkt er. Zur Staerkung genehmigte sich Bruno in seiner Kueche noch ein herzhaftes Stueck von seinem wunderbaren Sauerbraten. Am naechsten Tag zur selben Zeit gings in der Erotikkammer des Krankenhauses wieder voll zur Sache. Bruno begluechte das kleine sexy Teufelchen von hinten und ihr leichtes Lustgestoehne machte ihn noch geiler, sein rechtes Knie fing an zu zittern und sein Orgasmus schuettelte ihn so durch, dass er beinahe nach hinten umgefallen waere, auch Lisa war leicht selig erschoepft und biss ihn zum Dank in seine Brustwarze. Aber Sadomaso ist nicht Bruno,s Ding. Lisa meinte Bruno sei ein toller Liebhaber, aber sie moechte jetzt erst einmal eine Sexpause einlegen. Sie wuerde sich dann wieder bei ihm melden. Ja Lisa war der Boss, sie bestimmte und Bruno machte das nichts aus, er war dankbar, dass er ueberhaupt bei ihr zum Zuge kam und alles war ok fuer ihn. Ein paar Tage spaeter, Bruno war auf dem Weg zur Kantine erblickte er Lisa mit Bettzeugs unter dem Arm im Gespraech mit einem jungen Mann, dieser hatte den linken Arm in Gips. Geistesgegenwaertig setzte sich Bruno in einen leeren Rollstuhl, der in einer Seitennische herumstand. Von da aus belauschte er die beiden und konnte nur verstehn, dass der Juengling beim Fussballspielen ungluecklich stuerzte und sich dabei den Arm brach. Bruno blinzelte zu den beiden vorsichtig hin, der Juengling war blond gelockt, er trug eine schwarze Trainingshose und ein rotweiss senkrecht gestreiftes Trikot-Hemd das wirklich toll aussah. Ploetzlich machte Lisa auf dem Absatz kehrt und ging langsam die Treppe nach oben. Der Juengling folgte ihr in angemessenem Abstand.

Bruno befreite sich aus dem Rollstuhl und tapste den beiden hinterher. Er war nicht eifersuechtig und da eine grosse Neugierde kein Kapitalverbrechen ist, wollte er wissen, was da noch passiert zwischen den beiden. Lisa und der Juengling standen vor einem Krankenzimmer erster Klasse, das anscheinend leer war." Ich kann Ihnen leider beim Bettbeziehen nicht helfen, Fraeulein Lisa mit meinem Arm ", roehrte der junge Mann. Sie lachte laut auf und ging ins Zimmer hinein, der Juengling guckte ihr nach und ehe er es sich versah, flugs zog ihn eine ausgestreckte Hand hinein. " Wauh, dachte Bruno " das ist Lisa, unverkennbar!" Er guckte sich um , verliess seine Deckung, niemand war zu sehen, auf Zehenspitzen ging Bruno zur Tuer, die nicht ganz geschlossen war. Was sollte er tun? Er wollte sehen, er konnte nicht anders, er oeffnete die Tuer einen Spalt breit, da hoerte er leises Stoehnen, er sah im Halbdunkel den Juengling auf einem Bett liegen, er lag auf dem Ruecken mit heruntergelassener Hose. Lisa beugte sich ueber das Bett und lutschte mit aller Inbrunst seinen steifen Schwanz, sie war so bei der Sache, dass sie nicht zur Tuer guckte. Der Juengling hielt seinen linken Gipsarm nach oben, mit seiner rechten Hand streichelte er Lisa,s Haare. " Schwester Lisa..es ist so gut..so gut ". Bruno hatte genug gesehen, lehnte die Tuere an. " Also wie sich Lisa hier um das Wohl der Kranken kuemmert ist schon lobenswert, wenn es doch mehr solche Krankenschwestern gaebe, von Lisa,s Hingabe koennten sich viele Schwestern eine Scheibe abschneiden ", das beeindruckt den Koch. Doch es sollte noch besser kommen. Am Tag darauf, als Bruno gerade auf die Herrentoilette gehen will um ein grosses Geschaeft zu machen, da schleicht sich doch vorsichtig umschauend ein junger Krankenpfleger im gruenen Kittel aus der Damentoilette heraus. Bruno kannte den Typ, hatte aber seinen Namen vergessen. Er vergewisserte sich kurz ob denn er nicht in die falsche Toilette ging, aber nein.

O nein, ploetzlich kam Lisa aus einer Toilette heraus, sich ihren blauen Kittel zurechtrueckend." Lisa! " " Bruno, was machst Du denn hier "." Lisa hast Du mit dem Krankenpfleger gerade..". " Ja hab ich ", antwortete sie ganz unschuldig in ihrer extrovertierten Art " ach das ist doch ein netter Kerl". " " Auch ein Suesser ", dachte Bruno. " Ach so, deine Sexpause gilt also nur fuer mich ", sagte Bruno, dass er sie mit dem Gipsarmjuengling erwischt hatte, das behielt er fuer sich. Lisa ging nicht darauf ein und hauchte verfuehrerisch " Hast Du schon mal in einer Toilette mit einem Maedchen Liebe gemacht? Dabei spreizte sie leicht ihre Beinchen. " Nein", keuchte er " nein". Er merkte deutlich wie sein Ding da unten anschwoll. Dann komm schnell, hier ist niemand",sagte das Maedel und zog ihn in eine der Toiletten. " Mensch Lisa, Du bist ja eine..erst mit dem Krankenpfleger und jetzt mit mir". " Komm Bruno, ich hab schon wieder Lust", Sie schloss die Tuer hinter ihm und oeffnete seine Hose. Da wurde Bruno ploetzlich brunzgeil und er dachte bei sich, dass man eben die Feste feiern muss wie sie fallen. Geredet wurde nicht mehr viel. Nachdem sie ihren Slip ausgezogen hatte hob er sie hoch, sie spreizte die Beine und krallte sich an ihm fest, er drang tief in sie ein und liebte sie in rustikaler Manier schoen fest und verliess dann schnellstmoeglich die Damentoilette um dann in der Herrentoilette sein grosses Geschaeft zu machen. Und Bruno dachte das ist ja alles hier unglaublich, Schwester Lisa ist wirklich eine Superkrankenschwester, wer weiss schon wie viele Mitarbeiter sie auf ihre Art hier noch beglueckt. Niemand kennt die Dunkelziffer. Das Betriebsklima hier im Krankenhaus scheint ja toll sein, anscheinend ist hier eine Gewerkschaft ueberfluessig. Bruno bekam Lisa eine Woche lang nicht zu Gesicht, doch nach einem Kantinenbesuch spuerte er einen Impuls mal wieder bei der Waeschekammer vorbeizugehen. Oh das haette er lieber nicht tun sollen, ausgerechnet der Oberarzt des Krankenhauses begegnete ihm in der Naehe der besagten Waeschekammer. Bruno kannte den Oberarzt im besten Mannesalter und dieser kannte den Krankenhauskoch Bruno. Man gruesste den anderen freundlich , doch Bruno hatte das Gefuehl keiner wollte von dem anderen gesehen werden. Der Oberarzt Dr. Merk war ein grosser stattlicher Mann, schon ueber 50 Jahre alt, der eine gefuehlte Autoritaet ausstrahlte. Er schien ein ordentlicher Esser zu sein, seine Leibesfuelle war nicht zu uebersehen. Er hatte scharfe Augen und einen Befehlsblick, ja in seiner ganzen Statur und vornehmlich in seinem Gesicht mit Brille, aehnelte er doch sehr dem deutschen Ex-Bundeskanzler Helmut Kohl. Was hatte der Oberarzt hier auf diesem Flur hier zu tun. In Bruno stiegen ein paar Gedanken hoch-nein das konnte nicht sein. Am Ende des Flurs versteckte sich Bruno hinter einer Saeule und beobachtete Dr. Merk. Dieser guckte auch um sich und blieb vor der Waeschekammer stehen, als wenn er auf jemand warten wuerde, doch es kam niemand und die Zeit verging, der Koch wollte schon in seine Kuechenwelt zurueckgehen, da tauchte ploetzlich Lisa auf und ging Richtung Waeschekammer. Dort stapfte der Oberarzt von einem Fuss auf den anderen, Lisa kam hinzu, oeffnete wortlos die Tuer, ging hinein, der Oberarzt schaute ihr nach, da zog ihn eine ausgestreckte Hand an seiner Krawatte in die Kammer und die Tuer wurde geschlossen. Ja Bruno hatte es irgendwie geahnt, gefuehlt, Lisa trieb es auch mit Dr Merk, dem Oberarzt, da hatte sie jetzt einen grossen Fisch an der Angel. Ob dieser weiss von den vielen kleinen Fischen die Lisa nebenbei so befriedigt, von ganz unten bis ganz oben, vom Koch bis zum Pfleger, vom Patienten bis zum Oberarzt.Lisa scheint eine Ueberbringerin der Lust zu sein fuer alle, vielleicht ist sie eine junge Mutter Theresa der Erotik. Da kam Bruno ein eigenartiger Gedanke, und bei diesem Gedanken bewegte sich gleich etwas in seiner Hose, er koenne ja warten hier hinter der Saeule, bis der Oberarzt fertig und verschwunden ist, danach koenne er ja Lisa in der Waeschekammer besuchen, in der Damentoilette war er ja auch die Nummer zwei hinter dem Krankenpfleger, jetzt wuerde er eben die Nummer zwei hinter dem Oberarzt sein. Er entschied sich zu warten, ging eine Treppe hoch und eine Treppe herunter, ging im Kreis umher. Nach einer angemessenen Zeit oeffnete jemand langsam die Kammertuer. Es war Lisa, ihr Kopf guckte nach links, nach rechts die Luft war rein und die Aehnlichkeit so gross, man konnte glauben der Bundeskanzler Helmut Kohl kam aus der Waeschekammer, er fummelte nervoes an seiner Krawatte und ging dann eiligen Schrittes Richtung Kantine. Bruno hatte alles beobachtet, im Geiste stellte er sich schon vor Lisa,s duennen Koerper ganz nackt zu sehen. Er wollte gerade losgehn, da lief doch die junge Heidi eine Krankenschwester mit dunkellockigen Haaren, die Bruno auch vom Sehen kannte zur Waeschekammer und klopfte an. Lisa oeffnete und ihre ausgestreckte Hand zog Schwester Heidi hinein, die Tuer wurde geschlossen. " Ja was ist das denn? Was will denn diese Heidi hier? Bruno kriegte sich nicht mehr ein. " Jetzt treibt sie es auch noch mit Frauen ", sagte er zu sich selber. " Ja arbeitet denn hier niemand mehr im Krankenhaus, gehn hier alle nur noch in die Waeschekammer zu Lisa! " Ja Heidi kam ihm in die Quere und nochmal warten, das wollte er nicht, er dachte wer weiss wer da heute noch vorbeikommen wird. Bruno dachte, dass Lisa eben ins Leben reinpackt was geht und das erfreute ihn. In der Kueche schmierte Bruno auf ein grosses Brot reichlich Butter und darauf einen Berg Leberwurst. Schwester Heidi gehoert also auch zu Lisa,s Liebesreigen hier, dachte er unterm Essen und er beschloss mit Lisa zu reden, er moechte sie etwas fragen. Schon am naechsten Vormittag in der Kantine war es soweit. Lisa spuerte dass Bruno etwas auf dem Herzen hatte, als er an ihrem Tisch vorbei ging und sie freundlich gruesste und dann an einem anderen Tisch Platz nahm. Als er fertig gegessen hatte, gab er Lisa einen Augenschlenkerer und diese folgte ihm in gehoerigem Abstand bis sie beide vor der Waeschekammer standen und er sagte zu ihr er moechte sie etwas fragen, sie sperrte die Tuer auf und meinte dass Bruno heute ziemlich scharf auf sie sein muesse. Wahrlich, beim Anblick dieser schoenen kleinen Krankenschwester, deren Haende gleich an seine Hose fuhr, vergass Bruno fast was er eigentlich zu Lisa sagen wollte. Sein bestes Stueck schwoll immer mehr an. " Was bin ich doch fuer ein Trottel ", dachte Bruno ploetzlich, ob sie eine Nymphomanin ist, das ist doch voellig unwichtig, soll sie doch mit dem ganzen Krankenhaus schlafen, wenn,s ihr Spass macht ". Da wollte Lisa wissen was Bruno sie eigentlich fragen wollte, doch der meinte das sei nicht so wichtig, waehrend sich seine Arme wie Polypen um die Kleine krallten. Aber Lisa liess nicht locker, ihre Neugierde war nicht zu besaenftigen, da nahm Bruno seinen ganzen Mut zusammen, zog Lisa fest an sich und fragte vorsichtig " Lisa bist Du eine Nymphomanin? " Da lachte Lisa laut " Eine Nymphomanin ich weiss es nicht, Du meinst weil ich mit den Maennern ein bisschen Spass habe, stoert Dich das ? " "Nein, nein keineswegs " erwiderte Bruno hastig. Lisa erzaehlte Bruno dass sie ausserdem mit einem Maedchen zusammenlebe. Das ueberraschte Bruno nicht, denn er ueberraschte sie ja mit Schwester Heidi. Lisa war eben bisexuell. Bruno sagte halbentschuldigend, dass er nur mitbekommen haette, dass Lisa wie er meinte viele gute Freunde haette und eifersuechtig sei er nicht und sie solle seine Frage einfach vergessen. Lisa antwortete sie muesse schon etwas vorsichtig sein hier im Krankenhaus, aber sie habe ja jetzt einen Beschuetzer den Oberarzt als Freund, das sei ja auch ein Suesser, er sei aeusserst grosszuegig, dabei zeigte sie auf das Goldkettchen um ihren Hals das Bruno schon vorher aufgefallen war.

Lisa sprudelte weiter, sie werde in der naechsten Zeit nur noch mit Pueppi im Krankenhaus schlafen. " Wer ist denn Pueppi ?" Das ist der Oberarzt ich nenn ihn Pueppi weil er mir immer so lieb in die Augen schaut, stell Dir vor Bruno er hat mir ein kleines Auto gekauft, ein Stadt-Auto, super was ? " "Ja super Lisa ". Bruno denkt eine Goldkette und ein Stadt-Auto, das kann er sich mit seinem Gehalt als Krankenhaus-Koch nicht leisten. Dafuer darf mich Pueppi ab und zu besuchen, er darf dann machen was er will mit mir und meine Freundin die Sandra schaut zu und dann machen wir es zu dritt, ja wenn er noch kann, er ist ja nicht mehr der Juengste. Am Schluss will Pueppi immer zuschaun wenn Lisa und Sandra sich lieben, dann sitzt er daneben keucht und holt sich einen runter. Doch der Worte waren jetzt genug gewechselt. Lisa hatte schon Bruno,s Schwanz in der Hand rieb ihn gefuehlvoll bis er gebrauchsfertig war und meinte sie moechte jetzt den kleinen Bruno schnell spueren. Ja beide konzentrierten sich wieder auf ihre eigentliche Zusammenarbeit, sich gegenseitig begluecken und es klappte auch wundervoll. Bruno spuerte dies sei das letztemal gewesen mit ihm und Lisa in der Waeschekammer. Lisa fand anscheinend ihren Prinzen und der hiess Dr. Merk, obwohl der Oberarzt verheiratet war mit einer Frau die den Wert der Anstaendigkeit sehr schaetzt. Beim Abschied sagte Lisa zu Bruno, dass es ihr guttat, das Zusammensein mit ihm und er sei ein toller Liebhaber . Bruno wusste nicht genau was zu sagen war, er zog das Maedel nochmal fest an sich und kuesste sie kraeftig auf die Lippen und sagte" Tschau Lisa, es war schoen mit Dir ". Das wars dann auch schon zwischen den beiden und wenn sie sich im Krankenhaus begegneten, dann wurde freundlich gegruesst als waere nie etwas gewesen. Auch der Oberarzt gruesste aufmerksam den Koch, wenn sie sich ueber den Weg liefen. Und Bruno gruesste zurueck " Gruess Gott Herr Doktor" wenn der Oberarzt mit anderen Aerzten im Schlepptau an ihm vorbei lief.

Bruno dachte der Oberarzt hat schon ein gutes Leben, hier im Krankenhaus ist er der hochgeachtete ehrenwerte Dr. Merk und wenn er die Klinik verlaesst, verwandelt er sich in Pueppi der die Krankenschwester Lisa und die lesbische Freundin Sandra aufbockt und am Ende noch einen Logenplatz bekommt als Zuschauer wenn er die beiden dann noch beim Liebesspiel beobachten kann.   Ja es ist Fruehling in Hameln, Bruno liegt immer noch in seinem Bett und es kommt ihm vor, als waere das alles gestern passiert, nach einem grossen Schluck Bier aus der Flasche, Bruno liebt ja Bier denkt er gut gelaunt weiter, wie alles weiterging in seinem Leben.   Nach seiner gescheiterten Beziehung mit der Kellnerin Ilse und nach den Erlebnissen mit der Nymphomanin Lisa ist Bruno doch ziemlich zufrieden mit seinem Leben als Krankenhaus-Koch. Er richtete sich sein Zimmer huebsch ein und guckte jetzt gerne Pornos auf seinem Videorecorder an. Einmal im Monat faehrt er mit dem Zug in die Grossstadt Hannover in die Rotlichtszene um den ganzen Tag im Zeichen der Geilheit zu verbringen. Zu Hause in Hameln war jeden Samstag Bruno,s Hoehepunkt die Sportschau um 18,15 Uhr in der ARD im Fernsehen. Ja Bruno war ein richtiger Sportschau-Fan, gespannt sass er puenktlich vor der Glotze und fieberte mit seinem Lieblingsverein dem HSV. Er war kein fanatischer Schlachtenbummler, gewinnen oder verlieren vom HSV, das war ihm egal. Nach der Sportschau gings dann ab in die Kneipe zu seinem Stammtisch. Dort warteten schon die Kumpels um dann den ganzen Abend ueber Fussball und Frauen zu reden. Und so verging das Leben von Bruno ziemlich festgelegt. Arbeit, Sportschau, Stammtisch und Rotlichtszene. Zwischen 20 und 35 Jahre hatte der Bruno natuerlich Sexualbeziehungen, die nicht laenger als zwei, drei Tage gedauert haben, aber in diesen langen Jahren war das defenitiv zuwenig fuer einen gesunden jungen Mann.

Ja Bruno ist kein Casanova, er ist interessant unattraktiv und er hat keine gluecckliche Hand in der Liebe. In seinen jungen Jahren, in all den langen Jahren hat Bruno so viele Enttaeuschungen in der Liebe erlebt, dass er an die grosse romantische Liebe, an die Liebe des Lebens nicht mehr glauben konnte und er hat sich mit sich selbst versoehnt, dass er bis zum Ende seines Lebens ein Junggeselle bleibt. Und er behielt seinen Arbeitsplatz als Koch, nach so langer Zeit gehoerte er schon zum Inventar des Krankenhauses. Und seine Mutter die er regelmaessig besuchte, war ja so froh, dass ihr Sohn anscheinend eine Stelle fuer das Leben gefunden hatte.   Doch alles aenderte sich wieder einmal als er in der Zeitung eine Anzeige las ueber einen Single-Treff in Hannover. Bruno beschloss diesen Single-Treff zu besuchen und fuhr an seinem freien Tag mit dem Zug nach Hannover. Wie es der Teufel haben will, geht zur gleichen Zeit auch Horst in diesen Single- Treff. Horst ist neugierig und Bruno ist auf der Suche. Sie begegnen sich. " Hey Bruno kennst Du mich noch?" sagte Horst zu ihm. Er musste kurz nachdenken, das ist ja Horst der aeltere Nachbarjunge. Der Single-Treff war nicht interessant weil das durchschnittliche Alter 50 plus war. Und da waren mehr Maenner als Frauen und nach einem Stuendlein hat Horst vorgeschlagen" Komm wir gehen weg, wir gehen in eine schoene Kneipe". Ja die beiden hatten sich viel zu erzaehlen und so begann die Freundschaft zwischen Bruno und Horst.   Bruno hatte drei wichtige Wendungen in seinem Leben.   Die erste Wendung war sein erstes tolles Wichserlebnis.   Die zweite wichtige Wendung war, er traf den Nachbarjungen Horst wieder im Single-Treff.   Die dritte wichtige Wendung war die grosse Ueberraschung.   Horst ist mit 20 Jahren bei seinen Eltern ausgezogen, dann haben sich Bruno und Horst aus den Augen verloren. Horst lebt jetzt in Hannover, ist 44 Jahre alt, schlank, mittelgross, er sieht ziemlich sportlich aus, aber er ist kein Sportler.

Er traegt einen kleinen Schnauzbart ueber den Lippen und aehnelt im Gesicht doch sehr dem damaligen Tatort-Kommisar Schimansky im Fernsehen. Er war dreimal verheiratet, ist dreimal geschieden und kinderlos zu seinem Glueck. Horst ist ein schneller Junge, er macht leicht dubiose Geschaefte, die sich oefters in der Grauzone befinden. Ueberall wo er Geschaefte machen kann, macht er Geschaefte. Und er kann keinen Arbeitgeber ueber sich haben. Horst liebt schnelle Autos, aber er kann sich schnelle Autos nicht leisten. Nach seinen Ausfluegen in das Rotlichtviertel in Hannover besucht der Bruno den Horst in seiner Wohnung und dann gehen beide noch in eine Kneipe, trinken ein paar Bier und unterhalten sich ueber Gott und die Welt. Bruno erzaehlt dass seine Eltern hochglaeubige Leute waren, die jeden Sonntag brav zur Kirche gingen und er ging mit, das gemeinsame Singen der Leute gefiel ihm. Doch mit der Zeit fand er heraus viele Besucher die vor dem Kirchgang heftig gestritten hatten, taten nach der Messe dasselbe wieder. Auf der Kirchentreppe nach unten meckerten sie und waren aergerlich zueinander. Die eine Stunde am Sonntagvormittag in der Kirche aenderte nichts an ihrem Verhalten. Der Pfarrer in der Kanzel konnte mit Engelszungen predigen " Liebe deinen Naechsten ". Die Leute aenderten sich nicht. Nach der Kirche schimpfte das Hausmeisterehepaar ueber ein paar Mieter und die Mieter schimpften ueber den Hausmeister und einige Nachbarn von Bruno regten sich ueber ihre Nachbarn auf. Das ging Bruno auf den Sack, das gefiel ihm nicht und irgendwann ging er mit seinen Eltern am Sonntag nicht mehr in die Kirche. Vater und Mutter waren zu guetig und meinten nur, es gibt eben solche und solche, sie akzeptierten die Entscheidung ihres Sohnes und machten ihm keine Vorwuerfe. Stattdessen spielte Bruno am Sonntag Fussball mit den Nachbarskindern auf einer Wiese.   " Ja glaubst Du denn an Gott?", fragte Horst direkt seinen Freund. "Ja schon ", aechzte Bruno verlegen.

Da erwiderte Bruno, er habe mal in so ein uebersinnliches Buch reingeguckt, nur so aus Langeweile und in diesem Buch haette doch ein Medium namens Seth behauptet " Das Leben ist vorgegeben und will doch gelebt werden ". Besonders der zweite Teil des Satzes habe ihm gut gefallen, und das Leben will doch gelebt werden. Das soll eben nicht heissen sich ein Leben lang unter eine Palme setzen und sich zu sagen " Ich kann sowieso nichts tun das Leben ist vorgegeben ". Nein man soll versuchen mit all seiner Kraft und seinen Moeglichkeiten und Talenten seine Traeume Wirklichkeit werden zu lassen. Eine bessere Botschaft sei ihm nie zu Ohren gekommen. Horst sagte zu Bruno, er denke jeder Mensch habe sein eigenes vorgegebenes Schicksal. Der eine habe ein Koenigsschicksal, der andere ein Bettlerschicksal, ein Kuenstlerschicksal, ein Sportlerschicksal, ein Soldatenschicksal. Bruno unterbrach Horst " Ja warum haben denn Menschen ein Moerderschicksal oder haben schon eine toedliche Krankheit in jungen Jahren, oder kommen behindert auf die Welt, ohne Arme und Beine oder blind, waehrend andere Menschen grosse Talente und Faehigkeiten besitzen . Und viele Menschen sterben doch bei Naturkatastrophen, bei Erdbeben, im Krieg oder bei Verkehrsunfaellen. "Ja das ist schwer zu verstehn ", meinte Horst " aber ich denke eben dass es ihr Schicksal ist und ich denke dass niemand seinem Schicksal entrinnen kann. Darauf bestellte Horst der Philosoph zwei neue Bier fuer sich und seinen Freund und fuhr tapfer weiter. " Schau Bruno, glauben-glauben heisst nichts wissen, sagte immer meine Grossmutter zu mir und sie sagte "Ich glaube nur dass zwei Pfund Rindfleisch eine gute Suppe geben " oder sie sagte " wenn ein Mensch zu 99 Pfennig geboren ist, dann kommt er zu keiner Mark". " Ja die alten Leute haben oft so gesprochen und die waren auch nicht dumm". Bruno hakte nach" Ja aber warum hat der eine ein gutes Schicksal und der andere ein grausames

Schicksal". " Vielleicht will jede Seele gewisse Erfahrungen machen", murrte Horst. Horst gab Bruno noch ein Schulmaedchen-Beispiel. Das kleine Schulmaedchen das auf dem Nachhauseweg von einem boesen Mann entfuehrt wird und instaendig zu Gott betet " Bitte lieber Gott hilf mir, dass ich wieder nach Hause zu meinen Eltern komme, ich will auch immer brav sein und meine Hausaufgaben machen, bitte bitte lieber Gott hilf mir". "Aber Gott hilft dem armen, verzweifelten Schulmaedchen nicht, es wird von dem Mann brutal vergewaltigt und anschliessend ermordet, ja wo war denn da ihr Schutzengel, wo war denn Gott? Was fuer ein Schicksal!" Stille herschte zwischen Bruno und Horst. Bruno schluckte tief, seine Augen wurden waessrig, die Geschichte nahm ihn mit. " So hat eben jeder sein eigenes Schicksal ", meinte Horst, " Du hast dein Bruno-Schicksal und ich hab mein Horst-Schicksal ". Da fragte Bruno seinen Freund direkt " Sag mal Horst glaubst Du an die Wiedergeburt? " " Daran glaube ich nicht, das steht fuer mich ausser Frage, fuer mich ist das ein einziges Kommen und Gehen, wir alle haben schon gelebt in frueheren Leben und werden wiedergeboren in neue Leben, wahrscheinlich erschaffen wir uns immer wieder neu, einmal als Mann, das naechstemal als Frau, vielleicht entscheidet das unsere Seele alles selber". Horst hatte schon einen trockenen Mund vom vielen Reden und genehmigte sich einen grossen Schluck Bier. Bruno sinnierte vor sich hin. " Ja aber wenn das wahr ist, dass das Leben vorgegeben ist, ja dann – dann gibt es ja keinen Zufall !". " Bravo Bruno richtig , es gibt keinen Zufall, so etwas wie Zufall gibt es nicht, es gibt zwar das Wort Zufall – zufallen – es faellt Dir zu, aber wenn zum Beispiel jemand fuenf Millionen Mark im Lotto gewinnt, dann ist das fuer mich kein Zufall, dieser Gewinn war dieser Person vorbestimmt ". Bruno meint ein Millionengewinn, hat denn der Spieler nicht einfach Glueck gehabt? Horst ueberlegt und murmelt" Glueck was ist Glueck, ja Glueck ist nicht so leicht zu definieren, Menschen empfinden verschieden was Glueck fuer sie bedeutet, der eine hat Glueck in der Liebe, in der Familie, der andere findet sogenanntes Glueck im Beruf, im Erfolg, widerum der andere findet Glueck im Wettkampf, im Sport oder der andere findet sein Glueck als Kuenstler als Musiker, als Maler oder einfach in der freien Natur, ich denke Glueck ist Freude und Wohlsein, das ploetzlich durch ein unvorhergesehenes Ereignis eintritt, doch kein Zufall, auf jeden Fall ist Glueck ein Zustand in dem man sich sehr wohlfuehlt, ja sich traumhaft wohlfuehlen kann". "Und der Lottomillionaer ", wirft Bruno ein, " der fuehlt sich ja auch traumhaft gluecklich, weil er ja Millionen gewonnen hat, ja Wohlstand und Gluecklichsein gehoert auch zusammen, vielleicht habe ich ja in meinem naechsten Leben mehr Glueck bei den Frauen als in diesem Leben ", meint Bruno nachdenklich. " Bestimmt Bruno ", erwidert Horst " aber warte ab da kommt schon noch was Groesseres daher fuer Dich in diesem Leben, egal was passiert, man sollte im Leben nichts zu ernst nehmen und versuchen sich eine heitere Grundlaune anzueignen.". Eine heitere Grundlaune diese Botschaft von Horst gefiel Bruno derart gut, dass er zu seinem Freund sagte, er bestelle gleich zwei neue Bier weil er jetzt in einer guten Grundlaune sei. Und diese zwei Biere waren nicht die letzten zwei Biere die Horst und Bruno tranken in dieser Kneipe. Bruno uebernachtete bei Horst und am naechsten Tag gegen Mittag fuhr er mit dem Zug in einer heiteren Grundlaune zurueck nach Hameln. Bei seinen Ausfluegen in das Rotlichtviertel in Hannover laeuft Bruno meistens ein wenig herum und guckt sich die Maedels an, ein Laecheln hier, ein bisschen Small-Talk dort mit dieser und mit jener, bis er sich fuer ein Maedchen entscheidet, was Bruno gar nicht gefaellt, dass er schon im voraus bezahlen muss und danach sind die Maedels nicht mehr so aufmerksam und freundlich, weil sie ja die Kohle schon in der Tasche haben und darum hat er dann eine Leiche im Bett, die nur noch daliegt und das Allernoetigste tut, naemlich ein wenig die Beine spreizen, ander Leckereien wollen die Maedels nicht mehr mitmachen oder nur gegen saftiges Aufgeld und was Bruno grausam schade findet, kuessen wollen die Maedels in der Rotlichtzone sowieso nicht. Einmal hatte Bruno eine junge Dunkelblonde mit hochtupierten Haaren und knackiger Sex-Figur. Sie nannte sich Katja und lockte Bruno mit suessem Mundgerede in ihr Zimmer. Nebeneinander nackt im Bett liegend hatte er immense Lust sie zu kuessen " Nein nicht auf die Lippen, nur auf die rechte Backe mal ". Bruno wollte mit seinen Fingern kurz ihre dichten Haare beruehren. " Nein ", rief sie " nur hinten die Haare streicheln, sonst geht die Friseur kaputt ". Bruno wollte mit seiner Zunge ihren Busen liebkosen. "Ok, aber nur kurz, aber nicht die Brustwarzen schlecken, das kitzelt zu stark ".Bruno war nahe am Verzweifeln. Dann wollte er ihre Muschi lecken. " Nein ", rief sie " nur ein bisschen an den Schamhaaren oben ". Er fuhr mit seiner Hand zwischen ihre festen Arschbacken. " nein, nein ", rief sie " das will ich ueberhaupt nicht ", Er koenne ja kurz ihre Backen kneten. Diese Katja brachte ihn zur Weissglut. Bruno war am Ende und er kraechzte " Hey bei Dir brauch ich ja einen Katalog was ich darf und was ich nicht darf, bei Dir darf ich ja gar nichts, also so was hab ich noch bei keiner Frau erlebt. Bruno wollte schon aus dem Bett heraus, doch Katja kam ihm zuvor, stand auf, blitzschnell hatte sie eine Spraydose in der Hand und spruehte auf Bruno,s Pimmel herum " Was ist das denn ? ", rief er entgeistert. " Nur zur Desinfektion ", meinte Katja und mit einem Frischetuechlein fuhr sie leicht ueber seinen Pimmel, dem das alles gar nicht gefiel. " Das ist ja hier wie im Krankenhaus? ",beschwerte sich Bruno und er dachte von einem Krankenhaus in das andere Krankenhaus, unglaublich waehrend die Dunkelblonde wortlos aber gekonnt ein Kondom ueber seinen dicken Pimmel streifte und sie begann heftig zu blasen. " Auch das noch ", blasen mit Kondom, die sieht mich nie wieder, doch das feste Blasen war gar nicht so schlecht und zu guterletzt spritzte er alles in diesen Kondom hinein. Und Bruno kehrte von der Rotlichtszene in Hannover meistens ziemlich unbefriedigt in seine Heimatstadt nach Hameln zurueck. Wir zaehlen das Jahr 1992, Bruno sitzt vor seinem Videorecorder, die Fernbedienung in der linken Hand, seinen harten Stecher in der rechten Hand und er geilt sich geil an den heissen Sexspielchen im Film. Irgendwann sieht er einen Porno mit asiatischen Frauen, mit Thai-Frauen und er denkt uh, die Maedchen sind schoen. Beim naechstenmal als er wieder Horst in Hannover besuchte, erzaehlt Bruno in der Kneipe seinem Freund dass ihn doch die Thai-Maedchen im Video sehr erregt haetten. Sein Freund Horst ist schon dreimal in Thailand gewesen und jedesmal hat er sich leergebumst. Und Horst sagt zu Bruno " Warum faehrst Du auch nicht einmal nach Thailand in den Urlaub. Es ist sehr schoen dort und die Maedchen werden Dir bestimmt gefallen ". Aber Bruno zoegert, er verreist nicht gerne und dann auch noch so weit mit dem Flugzeug. Bruno erzaehlt Horst von seiner Bus-Wochenend-Reise nach Wien, die er mit 18 Jahren ganz allein gemacht hat. Die Reise wurde zu einer Katastrophe und dass es so schlimm kommen wuerde, das haette er auch nicht gedacht. Bei der ganzen Hin-und Rueckfahrt war ihm speiuebel, er vertraegt keine Busfahrt und er sagt zu Horst bei der Hinfahrt sei etwas ganz Unschoenes passiert. Am Anfang sass Bruno ganz hinten und da war es am Allerfurchtbarsten, der Bus schaukelte hin und her. Bruno wurde schwindlich und er hatte das Gefuehl jeden Moment koenne alles hochkommen. Ein aelterer Herr neben ihm meinte, ein Buskranker solle sich am besten in die Mitte des Busses setzen, dort wuerde es nicht so schunkeln. Doch es dauerte nicht allzulange und Bruno wurde wieder schlecht mehr als zuvor. Sein Brechreiz nahm staendig zu, er dachte wenn ich vielleicht vorne sitze gehts mir besser. Widerum stand er auf, da war ganz vorne noch ein Plaetzchen hinter einer aelteren Dame frei, dort vorne auf dem Plaetzchen nahm er Platz, auch der Nebensitz war nicht belegt. Gegenueber auf der anderen Seite sass noch ein junges

29

Paerchen und vor ihnen war nur noch der Busfahrer. Bruno war ein wenig muede geworden, er schloss halb die Augen das haette er ueberhaupt nicht tun sollen. Nach einer gewissen Zeit sah er nur noch Wellen vor seinen Augen die immer staerker wurden, ja die zu grossen Riesenwellen wurden. Ihm wurde sauschlecht, es ging alles so schnell, er bekam kaum Luft, es gab kein zurueck mehr, es gab auch kein zurueckhalten mehr, mit vollem Druck ergoss sich eine riesige Kotzlawine aus seinem Mund und wirklich ungluecklicherweise auf den Kopf der Frau vor ihm, auf ihre grau gelockten Lockenhaare. Ahh, die Frau schrie hysterisch auf..ah..ah..ah, drehte sich um zu Bruno, dieser sah was er angerichtet hatte, seine Kotzbrocken versteiften die lockigen Haare der alten Dame, sie sah wirklich aus als haette man ihr eine Dornenkrone aufgesetzt, aber es war keine Dornenkrone wie bei Jesus Christus, es war eine Dornenkrone aus lauter kleinen Kotzbroeckchen. Bruno zitterte am ganzen Leibe, er wollte helfen, meinte es gut und fasste mit beiden Haenden in die Haare der Frau hinein um den Kotzbrei in der Mitte ihres Hauptes zu entfernen. " Ah..gehn sie weg, gehn sie weg, hilfe..hilfe", schrie die alte Dame. Sie hoerte gar nicht mehr auf zu schreien und die Kotze lief ihr vom Kopf herunter ueber ihr Gesicht, ueber ihre schoene weisse Seidenbluse. Nun war die Hoelle los im Bus, der Busfahrer ein ueber hundertKilo-Mann, sein dichtes schwarzes Haar war nach hinten geschleckt mit viel Pomadencreme, er haette der aeltere fette Bruder von Ronald Reagan dem amerikanischen Praesidenten sein koennen, ja alle der Busfahrer und viele Fahrgaeste, alle schrien durcheinander. Bruno haette sich am liebsten in ein Mauseloch verkrochen, er war voellig verzweifelt und entschuldigte sich immer wieder und wieder bei der Frau. Die Dame schrie nicht mehr, sie weinte nur noch vor sich hin, sie war voellig besudelt. Ihr ganzer Kopf und ihr Genick war voll Kotze und die stank fuerchterlich. Der Busfahrer schrie Bruno an " Hey Sie..

schaun Sie mal an, was Sie hier fuer einen Saustall machen, Sie koennen doch nicht einfach Leute vollkotzen, wenn Sie Busfahren nicht vertragen, dann duerfen Sie nicht Busfahren, ja schaun sie mal die Frau an wie die aussieht, schaun sie mal ihre Kleidung an, man kann doch nicht einfach loskotzen ". Bruno wollte noch erklaeren, aber der Busfahrer hoerte gar nicht zu und fuhr auf einen Seitenstreifen, der Bus hielt an. Die alte Dame stieg weinend aus und einige Busreisende stiegen auch aus und wurden zu ehrenamtlichen Helfern mit Wasser, Watte und Tempotuechern saeuberten sie den Kopf so gut es eben ging. Der Busfahrer hatte so eine Wut auf Bruno, er wollte ihn am liebsten aus seinem Bus rausschmeissen, doch das ging auch nicht, Bruno hatte ja eine Busreise nach Wien gebucht und auch bezahlt. Die Reise ging weiter und er versteckte sich in der Mitte des Busses, die Mitreisenden verzogen ihre Nasen, wenn er ihnen zu nahe kam, ihm wurde wieder schlecht, doch er musste gottseidank nicht mehr brechen. Der Busfahrer schrie noch nach hinten zu ihm, er solle sich gefaelligst fuer die Rueckfahrt in der Apotheke Tabletten besorgen gegen Buskrankheit. Wie ein gepruegelter Hund schlich Bruno in Wien angekommen ins Hotel, vorher entschuldigte er sich nochmal bei seinem Opfer wegen der Unannehmlichkeiten, aber die Dame wollte nur schnellstens auf ihr Zimmer unter die Dusche um diesen ekligen Brechgestank von ihrem Kopf zu bekommen. Nach einer kurzen Frischmachpause war noch eine kleine Stadtrundfahrt fuer die Reisenden angesagt, aber Bruno brachten keine zehn Pferde mehr hinein in diesen Bus. Nein Bruno brauchte Erholung von diesem Bus, er legte sich in seinem Zimmer aufs Bett, schaltete die Glotze ein und doeste bald weg. Es war schon abend als er wieder erwachte und er hatte Hunger. Nach einer langen Dusche, wollte er ganz planlos Wien ein bisschen kennenlernen, er wollte wieder ins Leben zurueckkehren und dieses haessliche Buserlebnis so schnell wie moeglich vergessen.

Das Hotel lag ziemlich zentral, er wollte den Prater besuchen und er nahm sich ein Taxi dahin. Oja, da war ja mords was los als er ankam auf diesem Riesen-Rummelplatz. Vorher brauchte er aber noch eine Unterlage, etwas zum Essen, etwas Bodenstaendiges. Nahe am Prater entdeckte er ein gutbuergerliches Gasthaus im rustikalen Stil, das war ja was fuer Bruno. Er ging hinein setzte sich an einen huebsch gedeckten Tisch, die Kellnerin sehr aufmerksam kam auch schon mit der Speisekarte vorbei, er bestellte erstmal ein Bier und studierte in Ruhe die Karte, da lief ihm schon das Wasser im Munde zusammen, als er las "Original ungarisches Rindsgulasch mit Beilage ihrer Wahl, Reis, Kartoffel, Spaetzle " Mm lecker lecker. Doch auf der Karte stand auch " Original Wiener Schnitzel mit Pommes und gemischtem Salat" und er war ja auch jetzt in Wien. O Gott, eine schwierige Entscheidung. Doch im Geiste spuerte er schon den Gulaschsaft in seinem Mund, da wusste er Bescheid und er bestellte bei der Bedienung " Original ungarisches Rindsgulasch mit Spaetzle ". Im Hinterstuebchen dachte er, vielleicht kann ich ja nach dem Gulasch noch das Wiener-Schnitzel essen, wenn ich noch nicht satt bin. Das Bier schmeckte wunderbar und bald kam auch schon die Kellnerin und servierte ihm in einem grossen Teller das Gulasch mit Spaetzle, wahrlich eine Herkules-Portion. Er hatte ins Schwarze getroffen. Die Fleischbrocken waren gut weich, auch durchzogen mit Fett und Gelee, am besten war aber die saemige schwere rote Gulasch-Sauce. Sie war ein Gedicht und schmeckte herrlich. Die Spaetzle freuten sich sehr in so eine geschmackvolle Sauce eingetaucht zu werden. Bruno haette sich am liebsten hineingelegt in diese ungarische Paprikarahmsauce und sie entschaedigte ihn voll fuer alles was er am Vormittag im Bus erlebt hatte. Er verschmatzte das Gulasch sehr langsam und bestellte noch ein Glas Rotwein und danach noch ein Glas Rotwein und die Kellnerin bekam ein nettes Trinkgeld und viel Lob fuer das Gulasch. Ein Wiener-Schnitzel danach, das haette er nicht mehr geschafft. Noch die Supersauce auf dem Gaumen schlenderte er dann pudelsatt und mit Rotwein-Wohlgefuehl auf dem Rummelplatz herum. Und ploetzlich stand er vor dem Wahrzeichen des Praters dem Mega-Riesenrad. Er staunte und bewunderte die Gondeln die voll mit Menschen hoch in schwindelnde Hoehen emporstiegen und wie er so mit seinen Augen die Gondeln nach oben verfolgte, da verdrehten sich seine Augen und ihm wurde leicht schlecht. "Oh nein, nicht schon wieder , sagte Bruno zu sich selber und liess das Riesenrad schleunigst hinter sich. Ungluecklicherweise stand er auf einmal vor einer Riesen-Achterbahn. Und als er die kleinen vollbesetzten Zuege von oben auf zwei Schienen krachend im Karacho herunterrasen sah, da rumorte es in seinem Magen doch heftig und er war in grosser Sorge, dass das gute Gulasch und die gute Sauce sich den Weg nach oben bahnen und das wollte er auf keinen Fall, da blieb nur ein Ausweg – die Flucht, und er fluechtete eiligst aus dem Prater, als er den Ausgang fand war er doch sehr froh und erleichtert, es war genug passiert an diesem heutigen Tag. Er schnappte sich ein Taxi und liess sich zurueck ins Hotel fahren. Bruno sehnte sich nach Ruhe, an der Hotelbar sah er einige Mitreisende und auch die alte Dame der er ja eine Kotzkrone auf den Kopf gespuckt hatte. Bruno ging allen aus dem Weg, ging sofort auf sein Zimmer, er holte aus der Mini-Bar ein Bier, schaltete die Glotze ein und legte sich aufs Bett. Jetzt gab es nur noch ihn und die Fernbedienung und er spielte so lange mit ihr, bis er Ausschnitte aus Fussballspielen sah, das gefiel ihm, das entspannte ihn und bald schlief er ein. Bruno schlief lange, zu lange und das Fruehstuecksbueffet verpasste er, doch das Wetter war warm und so ging Bruno voellig planlos ein bisschen spazieren und als er bei einer grossen Apotheke vorbeikam, ging er schnurstracks hinein und sagte dem Apotheker gleich direkt, dass er Tabletten brauche gegen Buskrankheit. Er sei naemlich buskrank. Der Apotheker redete viel, fragte ihn ob es ihm auch beim Autofahren uebel werde. Bruno antwortete nur im Bus. Der Apotheker legte dann verschiedene Packungen auf den Ladentisch. Er deutete auf eine grosse Packung und meinte diese Packung sei ein Rundumschutz gegen alle Uebelkeit im Bus, im Auto, im Flugzeug, auf dem Schiff. Bruno meinte er wolle keine Familienpackung, er brauche nur ein paar Tabletten fuer den Bus, dass ihm nicht wieder schlecht wird waehrend der Fahrt. Der Verkaeufer guckte leicht irritiert, ihm wurde klar dass er mit Bruno kein Geschaeft machen kann und schob ihm dann einen Streifen mit zehn Tabletten hin, er gab Bruno noch den guten Rat am Anfang der Fahrt besser gleich zwei Tabletten zu nehmen. Bruno bedankte sich, bezahlte und verliess die Apotheke. Auf dem Rueckweg ins Hotel kam er an einem Imbiss-Wurststand vorbei und da roch es schon herrlich verfuehrerisch nach gegrillten Wuersten. Bruno hatte noch nichts im Magen, auf eine Kaesekreiner mit Senf war er scharf, diese Oesterreich-Spezialitaet gab es ja auch in Deutschland. Er bestellte, bezahlte und es war soweit, er biss lustvoll in die saftige Wurst hinein, diese krachte auseinander und der heisse Kaese schoss in seinen Mund hinein. Mann war das gut, den naechsten Bissen Wurst nahm er mit viel Senf und schob ein Stueck Semmel nach. Das schmeckte lecker, ja Bruno liebt eben deftiges Essen. Doch satt wurde er nicht von der einen Wurst und so bestellte er nochmal das gleiche, eine gebratene Kaesekrainer mit scharfem Senf und Semmel und dazu ein Dosenbier. Und die zweite Wurst schmeckte ihm noch besser als die erste und er dachte, wer weiss wann ich hier mal wieder vorbeikomme, ein paar Schluck und das Bier war leer. Gut gesaettigt erreichte Bruno sein Hotel. In der Hotelhalle angekommen, ging doch ploetzlich die alte Dame mit einer Bekannten plaudernd an ihm vorbei, sie bemerkte ihn gar nicht, ihre grauen Haare glaenzten wieder huebsch gefoent auf ihrem Kopf. Bruno guckte verlegen zur Seite und war froh als er wieder auf seinem Zimmer war. Er schaltete den Fernseher ein und pflanzte sich aufs Bett. Im Fernsehen lief ein alter Film mit Peter Alexander, doch seine Gedanken wanderten hin und her ob es denn in Wien auch eine Rotlichtszene gebe wie in der Grosstadt Hannover. Eigentlich schon ein eigenartiger Wienurlaub mit Kotzen, Peter Alexander und Mini-Bar, er konnte sich nicht allein aufraffen loszuziehen und einige Sehenswuerdigkeiten von Wien anzuschauen, auch wollte er in einem huebschen Caffee eine echte Sachertorte mit Schlagsahne essen, er konnte sich nicht aufraffen, ja wenn eine fesche junge Wienerin ihn mitgeschleift haette mit ihr rumzuziehen, ja dann waer alles anders, aber da war keine fesche junge Wienerin in seinem Zimmer, da war nur die Mini-Bar, er oeffnete sie und genehmigte sich ein Bier und guckte Peter Alexander im Fernsehen. Und er beschloss heute abend wieder in das gutbuergerliche Gasthaus nahe am Prater zu gehen und diesmal ein saftiges Wienerschnitzel zu bestellen, bei dem Gedanken lief ihm jetzt schon das Wasser im Mund zusammen. Und er gab sich selbst Praterverbot, keine zehn Pferde wuerden ihn da wieder hineinbringen in diesen Rummelplatz. Alles war geklaert und es kam wie es kommen musste, bald fielen ihm die Augen zu und er schlief ein. Der Hunger weckte ihn wieder auf, es war schon dunkel und nach einer langen Dusche verliess er das Hotel, schnappte sich ein Taxi und liess sich zum Prater fahren. Gleich fand er wieder das gutbuergerliche Rustikal-Restaurant in dem er gestern abend das wunderbare ungarische Gulasch mit der Weltklasse-Paprikasauce gegessen hatte. Er ging hinein, nahm Platz und die Bedienung begruesste ihn ganz freundlich und bevor er noch seinen Wunsch aeussern konnte heute abend ein Wiener Schnitzel zu essen empfahl ihm die Bedienung freudig und doch mit Nachdruck heute abend das Tagesangebot zu probieren, naemlich eine ganze Surhaxe mit Sauerkraut mit Sauerkraut und Salzkartoffeln, Meerettich und Senf zu probieren. Sie selber haette heute schon zum Mittagstisch eine Haxe gegessen und die hat hervorragend geschmeckt. Mm-da schluckte Bruno zweimal und weil er eben so einem Rustikal-Angebot nicht widerstehen kann meinte er dass er die Haxe nehme und dazu ein Bier. Die freundliche Bedienung verschwand und Bruno war froh das Richtige bestellt zu haben. Das Wiener Schnitzel wuerde ihm ja nicht davonlaufen, das koenne er ja als Nachspeise verzehren. Das Bier kam an den Tisch und es lief auch gut die Kehle hinunter. Es dauerte nicht allzulange da wurde auch schon die Surhaxe serviert, nicht auf einem Teller sondern auf einer grossen Platte. Es war ein immenses Geraet. Mann, die rosa gesurte Haxe mit schoen weissem Fettgelee war riesig und sie roch nach Schweinestall und nach Salz, neben der Haxe lagen die Beilagen Sauerkraut, Salzkartoffel, Senf und Meerettich. Bruno dachte das ist keine Portion fuer eine Person, das ist eine Portion fuer zwei oder drei Leute. Doch er war tapfer, nahm Messer und Gabel in die Hand und nahm diese Riesenherausforderung an, er hatte ja auch einen Riesenhunger. Die Bedienung wuenschte ihm noch einen guten Appetitt. Ah-das Fleisch war weich und saftig und er genoss es diese wohlschmeckenden Schweinebrocken hinunterzuschlucken und er ass und ass und er salzte das leckere Surfett mit Salz und Pfeffer nach. Auch das Kraut war gut gewuerzt, die Salzkartoffel passten hervorragend dazu, der Meerettich stieg ihm in die Nase und der Senf war ein Gedicht. Bald kam auch laechelnd die Bedienung an den Tisch mit einem Glaeschen Obstlerschnaps auf Kosten des Hauses, den brauchte er auch, der war noetig zum Verteilen der Fleischberge in seinem Magen. Er bestellte noch ein Glas Rotwein, derweil ass er gemuetlich weiter bis die Platte voellig leer war, aber den grossen Haxenknochen liess er doch uebrig. Ein ueberlauter Ruelpser entkam Bruno und er dachte dass die hier in Wien gutes Essen haben.

Ein Wiener Schnitzel essen nach dieser gewaltigen Surhaxe, das konnte er abschreiben, das war unmoeglich. Als er seinen Rotwein ausgetrunken hatte, bezahlte er und lobte die Bedienung fuer ihren guten Tip mit der Surhaxe, sie haette ihm super geschmeckt und er gab ihr noch ein angemessenes Trinkgeld. Ja Bruno war so satt dass er kaum noch gehen konnte, doch jetzt zog es ihn zum anderen Geschlecht und es war ja auch seine letzte Nacht in Wien. Er wollte herausfinden ob es auch hier eine Rotlichtszene gibt. Er fand ein Taxi, stieg ein und fragte den Fahrer gleich zuzwinkernd wo man denn hier in der Stadt noch ein paar nette Maedchen treffen koenne. Der Taxifahrer war ein aelterer Mann, er war untersetzt hatte braune Haare und auffaellig gosse Zaehne die Bruno an ein Pferdegebiss erinnerten. Er verstand gleich was sein Fahrgast wollte und er meinte da gaebe es eine gewisse Gasse, da wuerden sich die Wiener- Maedels ein Stelldichein geben. Bruno erzaehlte dem Fahrer er sei nur uebers Wochenende hier in Wien. " Ja haben Sie denn schon ein Wiener Schnitzel gegessen ?" " Nein leider nicht, einmal hab ich Gulasch und dann Surhaxe gegessen und zwei Kaesekrainer !!" " Ja haben Sie denn schon eine echte Sachertorte probiert mit Schlagoberst ". " Nein leider nicht, aber ich moecht schon gern ", keuchte Bruno. Der Taxifahrer guckte schief nach hinten " Ja waren Sie denn schon auf dem Prater, sind Sie denn schon mit dem Riesenrad.." " Nein nein ", unterbrach ihn Bruno heftig " auf dem Riesenrad, da wuerde mir furchtbar schlecht werden, mir war schon auf der Busfahrt hierher nach Wien grausam schlecht, ich hab mich uebergeben, ich musste kotzen". " Ach so ", meinte der Taxifahrer und jetzt wollen Sie ein Wiener Maedel kennenlernen, ja da haben Sie recht was ist denn Wien ohne eine nette Wienerin, ich hab ja auch eine nette zu Hause ja eine waschechte Wienerin ",grinste der Fahrer ganz stolz und seine Zaehne blitzten. Als das Taxi in der gewissen Gasse ankam meinte der Fahrer noch dass Bruno hier bestimmt finden wuerde was er suche. Das Taxi war weg und Bruno sah in dieser Gasse Maedels die im Erdgeschoss aus rosa erleuchtenden Fenstern schauten. Und auf der Strasse ging die Weiblichkeit auf und ab, man zwitscherte miteinander. Natuerlich war das alles hier eine Nummer kleiner als die Rotlichtszene in Hannover, doch Bruno fand diese Gasse hier sehr angenehm. Ein paar Maenner standen herum und plauderten mit den Damen, die aus dem Fenster guckten. Leicht verlegen schluerfte Bruno durch die Gasse und ihm wurde zugerufen " Hallo Suesser komm mal her zu mir! " Er erblickte aeltere und juengere Teile und ploetzlich stand er vor einem mittleren Teil und Bruno ist ja auch ein mittleres Teil. Das Maedel gefiel ihm, es war ein kleines Maedchen mit aschblonden Haaren ueber die Schulter ragend, blaeulichen Augen und runder Gesichtsform. Zu einem engen schwarzen T-Shirt trug sie einen ultrakurzen grellroten Lederminirock und rote Schnuersandalen und das hervorstechendste Merkmal von ihr waren ihre Schenkel, nackte feste geile Schenkel. Die hatten es Bruno angetan und er konnte seine Augen nicht mehr von ihnen lassen. Nach ein bisschen "Hallo wie gehts ", fragte er das Maedel nach ihrem Namen " Freia ", antwortete sie und sie erfuhr er hiess Bruno. Und dieser fuehlte dass sich sein bestes Stueck immer mehr versteifte, wenn er Freia's Schenkel anglotzte. Es ging alles schnell zwischen den beiden, abgemacht wurde eine Stunde und auch der Preis. Bruno folgte Freia in ein Haus hinauf in den ersten Stock, sie versuchte mit einem Schluessel eine Wohnungstuer zu oeffnen, doch eine Sicherheitskette von innen verhinderte das. Da kam auch schon jemand und oeffnete die Tuer. Bruno erblickte eine Negerin mit vielen Kraushaaren in einem weissen Morgenmantel " Das ist meine Freundin Jenny aus Jamaica ", sagte Freia zu Bruno " wir teilen uns das Zimmer, mmh sie ist jetzt nicht allein, sie hat gerade einen Kunden". Die weissen Zaehne von Jenny erblitzten und sie schloss leise die Tuer. Freia meinte das waere kein Problem, sie nahm Bruno an der Hand und erzaehlte beim Hinuntergehn und Verlassen des Hauses, sie haette noch ein Zimmer, nicht weit von hier, das zur Verfuegung stehe, die Mieterin sei gerade uebers Wochenende in Salzburg. Bruno war ganz irritiert von dem ganzen hin und her, rein ins Haus , die Treppe rauf und wieder raus aus dem Haus. Der Riesenhaxe in seinem Magen gefiel das ganze hoch und nieder gar nicht so gut, sie machte ihn auch ziemlich unbeweglich. Und da stand er auch schon mit Freia vor einem Moped, ja einem roten Damenmoped." Ist nicht weit von hier, komm Bruno wir fahren schnell zum Zimmer meiner Freundin", sie quetschte seine Hand " da machen wir es uns dann richtig gemuetlich ". Bruno brummte nicht gerade ueberzeugend, man koenne doch auch mit einem Taxi fahren, aber da sass Freia schon auf dem Moped, sie startete den Motor und Bruno blieb nichts anderes uebrig als hinten aufzusitzen. Das Damenmoped aechzte und knarrte unter seinem Gewicht, Freia fuhr los und nicht langsam. Bruno schnaufte wie ein Walross und ihm wurde Angst und Bange wie Freia sich durch den Verkehr blitzte und das Damenmoped schaukelte immer staerker. Bruno krallte sich an das Maedel ein "Kannst Du ein bisschen langsamer fahren, ist es noch weit von hier?", rief er nach vorne. " Nein nicht mehr weit, nur in einem anderen Bezirk!" In einem anderen Bezirk, mit dieser Information konnte Bruno nicht viel anfangen. Doch Freia gab noch mehr Gas und fuhr ziemlich kurvenreich. Das hielt die gute Surhaxe und das Sauerkraut in Brunos Magen nicht mehr aus. Bruno wurde schlecht, es wuergte ihn, die Surhaxe und die Beilagen wollten nicht mehr in Bruno,s Magen bleiben, sie suchten ganz schnell nach einem Ausgang. Bruno konnte nichts mehr zurueckhalten, er drehte seinen Kopf nach links. Ungluecklicherweise fuhr jetzt auf gleicher Hoehe ein satter Mercedes-Benz und noch dazu irre gepflegt. Mit grossem Druck kotzte Bruno die Surhaxe, die Salzkartoffeln und das Sauerkraut auf die Windschutzscheibe des Mercedes. " Um Gotteswillen ", schoss es Bruno durch den Kopf, er schrie auf. Freia guckte nach hinten und sah die Bescherung, die vollgekotzte Windschutzscheibe des Mercedes, da gab sie Vollgas ihre aschblonden Haare flogen in die Hoehe und sie entkam dem Tatort und auch dem Mercedes. Bruno ging es gar nicht gut, da war noch einiges in seinem Magen das rumorte. " Wir sind gleich da ", meinte Freia beruhigend. Doch die Lust mit Freia was zu machen war weg fuer Bruno, er fuehlte sich dazu nicht mehr in der Lage, der Sex hatte sich aus dem Staub gemacht, sogar Freia,s Schenkel waren nicht mehr verlockend fuer ihn. Bruno wollte nur noch runter von dem Moped und ein bisschen kotzen, das war alles was er noch wollte. Er befahl Freia nachdruecklich, sie solle rechts ranfahren, es gehe ihm nicht so gut und er spuerte gleich kommt noch eine Ladung hoch. Dummerweise fuhr jetzt gerade ein Radfahrer auf gleicher Hoehe zu Freia,s Moped. Bruno guckte zu ihm hin, er besass einen entschlossenen Gesichtsausdruck, bestimmt hatte der Radfahrer eine positive Grundeinstellung, bestimmt war er ueberzeugt jeder Mensch ist seines Glueckes Schmied, bestimmt glaubte er an das Gute im Leben, doch seinem Schicksal kann man nicht entrinnen, das hatte doch schon Horst in der Kneipe zu Bruno gesagt. Der Surhaxenrest suchte sich zum zweitenmal einen Ausgang. Ehe es sich Bruno versah spuckte er unfreiwillig eine satte Portion Kotze dem Radfahrer direkt zwischen die Augen. Der Radfahrer schrie auf und Freia gab Vollgas. Freia war schon eine Wucht, jedesmal entkam sie dem Tatort, der Mercedesfahrer und der Radfahrer beide hatten keine Chance gegen Freia und ihr flottes Damenmoped. Endlich an einer Strassenecke konnte das Maedel anhalten und sie guckte Bruno an der langsam vom Moped stieg, er war ganz weiss im Gesicht, gelbweiss. " Tut mir leid Bruno ich seh schon es geht Dir nicht gut ", sagte Freia und ihre Hand

40

streichelte ihn am Arm. Bruno machte Freia ein Kompliment dass sie ein Supermaedel sei aber ihm sei ziemlich schlecht und mit einem Galgenlaecheln im Gesicht meinte er, er sei zu nichts mehr imstande und er muss sich jetzt hinlegen ein Taxi ins Hotel finde er schon. Er kramte in seiner Hosentasche herum, zog ein paar Scheine heraus und gab Freia genug Geld und ihr Gesicht erhellte sich. " Tschau tschau Suesser und danke", sie gab ihm einen Kuss auf die Wange " und hoer mal, wenns Dir wieder besser geht dann komm vorbei ". "Ja vielleicht komme ich ja wiedermal nach Wien und vielleicht ist ja dann dein Zimmer nicht belegt". Freia lachte und setzte sich auf ihr rotes Damenmoped, ein letztesmal guckte Bruno auf Freia,s Schenkel in die er so gerne hineingebissen haette, das Maedel gab Gas und weg war sie. Da stand Bruno nun nachts in einem fremden Land, in einer fremden Stadt irgendwo und mutterseelenallein und schlecht war ihm auch noch und alles war weg, Freia war weg, ihre Schenkel waren weg und die Surhaxe war auch weg und wenn er jetzt den Namen seines Hotels nicht mehr wuesste, dann war auch das Hotel weg, nein eine Busfahrt nach Wien, nie mehr im Leben, oh Gott, er wollte sich wieder wohlfuehlen und da sah er ploetzlich vor sich die Mini-Bar in seinem Hotelzimmer " Die Mini-Bar ", sagte er zu sich selber "da will ich hin !" Und da ja in Wien nachts viele Taxis unterwegs sind, hatte er Glueck und bald sass er in einem Taxi das ihn zu seinem Hotel fuhr. Unter der Fahrt ging es Bruno schon viel besser und ihm gingen Gedanken durch den Kopf, er haette Freia doch auch in sein Hotel mitnehmen koennen fuer die ganze Nacht, aber es ging alles so schnell, vielleicht genierte er sich auch im Insgeheimen sie mitzunehmen , weil sie doch ein leichtes Maedchen war. Ach Schwamm drueber, diese Ueberlegungen brachten jetzt auch nichts mehr. Als er dann in seinem Zimmer vor der Mini-Bar stand, oeffnete er sie langsam oh, man hatte sie wieder aufgefuellt, er entnahm erst einmal ein Bier denn ein Bier schadet nie und da entdeckte er noch einen Magenbitter, ja wunderbar, er oeffnete das Flaeschchen und trank den Magenbitter gleich ex. hinunter, danach legte er sich in voller Kleidung aufs Bett und genoss das Bier in langsamen Zuegen, es ging ihm wieder gut und bald fielen ihm die Augen zu. Am naechsten Morgen nach dem Fruehstueck im Hotel schluckte Bruno gleich zwei Tabletten aus der Apotheke gegen Buskrankheit und ab gings in den Bus zur Rueckfahrt. Stolz mit ausgestreckter Hand zeigte Bruno dem Busfahrer seine Tabletten und er nahm Platz in der Mitte des Busses, doch der Fahrer guckte immer wieder unglaeubig nach hinten und auch die alte Dame mit den grauen Locken drehte sich, schaute manchmal um sich ob denn Bruno nicht zu nah in ihrer Naehe sei, sie wollte auf keinen Fall wieder eine Ladung Spucke von hinten auf ihren Kopf bekommen. Waehrend der ganzen Fahrt zurueck musste sich Bruno nicht mehr uebergeben dank der Tabletten, aber schlecht und uebel war ihm die ganze Zeit. Seit diesem Erlebnis fuhr Bruno nie mehr mit einem Reisebus in den Urlaub. Horst schmunzelte, als ihm Bruno sein Wien-Fiasko schilderte, er schuettelte den Kopf und meinte das sei alles unglaublich, eine einzige Komoedie, aber im Flugzeug wuerde es ihm bestimmt nicht schlecht werden, es gebe da auch Supertabletten und auch Schlaftabletten, da wuerde er vom Fliegen gar nicht viel mitbekommen. " Warum fliegst Du nicht einmal nach Thailand Bruno, die Maedchen im Video haben Dir doch so gut gefallen". Doch ein gebranntes Kind scheut das Feuer, nach dem Wien-Trauma konnte Horst ihn nicht ueberzeugen, Bruno lehnte ab, er wollte nicht fliegen. Auch bei seinem naechsten Besuch bei Horst in der Grossstadt Hannover ging es in der Kneipe wieder um dasselbe Thema, Horst redete auf Bruno ein, einmal eine Flugreise nach Thailand zu machen, er wuerde bestimmt nicht flugkrank werden, doch Bruno wehrte ab, liess sich von Horst nicht umstimmen. Horst war chancenlos.

Doch sein Freund der eigentlich aussieht wie Schimansky gab nicht so leicht auf. Als Bruno ihn nach einiger Zeit wieder besuchte in Hannover und sie in der Kneipe sassen und nach ein paar Bierchen da trugen die Ueberredungskuenste von Horst Fruechte. Horst machte Bruno gekonnt den Mund waessrig, er sagte er habe einen Geheimtip auf Lager. Horst erzaehlt von einer geheimnisvollen Insel,von einer kleinen thailaendischen Insel im Sonnenschein umgeben von blaugruenem Meer. Horst berichtet von einem herrlichen Fleckchen Erde bedeckt mit gruenen Bergen und hohen Kokosnusspalmen soweit das Auge reicht. Bruno hoerte von menschenleeren weissen Sandstraenden, die einen einluden zum Faulenzen und Baden im warmen Ozeanwasser. Das Essen sei aeusserst lecker und ausserdem das Wichtigste, die Thai-Maedchen wuerden den Touristen sehr zugaenglich sein. Diese Information liess Bruno erwachen aus seiner Alltagsdimension, ja sie versetzte ihn mit einem Schlag in ein wahres Gluecksgefuehl und er sagte zu sich selber " Das muss das Paradies sein! " Und da musste der Horst den Bruno gar nicht mehr viel ueberreden nach Thailand mit ihm zu fliegen. Bruno hatte jetzt ein Sehnsuchtsziel und das war das Paradies. Er sagte zu Horst in feierlichem Ton, dass er sich jetzt entschieden haette diese Insel zu besuchen. Da freute sich Horst dass es ihm gelungen war Bruno doch noch zu ueberzeugen und er gab ihm gleich noch ein paar gute Tips,er solle im Januar fliegen, wenn es bei uns Winter ist und er soll sich gleich in den Ort Lamai begeben, er soll ins Best-Resort gehen und sich dort einen Gartenbungalow mieten, da war er schon oefters, es sei dort wunderschoen. Er selber koenne leider nicht mit Bruno gemeinsam fliegen, da er noch einige wichtige Geschaefte zu erledigen haette. Er wuerde dann bald nachkommen und ihn treffen im Best-Resort. Bruno solle nicht vergessen sich noch ein paar Tabletten zu besorgen gegen Uebelkeit, sicher ist sicher und er soll auch Schlaftabletten mitnehmen fuer die lange Flugreise. Alles war geklaert und Bruno konnte im Januar von seinem Arbeitgeber dem Krankenhaus vier Wochen Urlaub bekommen und als er zurueckkam war sein Leben nicht mehr dasselbe. Zuerst besuchte er noch seine Mutter und erzaehlte ihr dass er in den Urlaub fliege nach Thailand. " Das ist ja ein gefaehrliches Land", sagte die Mutter " willst Du da wirklich hinfliegen mein Sohn ? Und es ist doch auch so weit weg ". Bruno beruhigte seine Mutter und erzaehlte ihr dass sein Freund Horst schon dreimal in Thailand war und er hat gesagt, es sei dort wunderbar. " Du kennst doch Horst von frueher, er war mal unser Nachbarjunge, ,mach Dir keine Sorgen Mutter ". Da spuerte sie dass diese Reise fuer ihren Sohn eine Herzensangelegenheit war und deshalb versuchte sie auch gar nicht ihm diese Reise auszureden und sie sagte zu ihm " Ok Bruno dann wuensch ich Dir einen schoenen Urlaub, pass auf dich auf und glaube auch nicht alles was man Dir so erzaehlt in der Fremde. Da musste Bruno gleich an die Mutter von Horst denken, die ja gesagt hat " Glauben heisst nichts wissen, ich glaube nur dass zwei Pfund Rindfleisch eine gute Suppe geben ".   Ja es ist Fruehling in Hameln und inzwischen ist es dunkel geworden, Bruno ist aufgestanden aus seinem Bett und hat sich ein dickes Leberwurstbrot gestrichen. Heute ist sein Faultag und natuerlich auch sein freier Tag. Er legt sich zurueck ins Bett und verspeist sein Wurstbrot genuesslich, dazwischen nimmt er einen Schluck aus der Bierflasche, die neben seinem Bett steht und wieder sieht er vor sich alles, als waere es gestern gewesen ja wie alles weiterging, wie alles weiterging.

KAPITEL II

Bruno in Thailand

Und so flog Bruno in einer heiteren Grundlaune im Januar 1993 von Frankfurt aus nach Bangkok. Horst hatte noch geschaeftlich zu tun, aber er versprach baldigst nachzukommen. Das Flugzeug war ziemlich gut gefuellt, Bruno ergatterte einen Fensterplatz, neben ihm der Sitz war frei, so konnte er es sich richtig gemuetlich machen. Er reiste mit leichtem Gepaeck einer kleinen braunen Reisetasche die er oberhalb seines Sitzes verstauen konnte. Bruno wollte sich passend zur Sonneninsel ganz neue Sonnenklamotten kaufen. Er genoss das Abheben der Maschine in die Luft, er guckte aus dem Fenster und dachte das Abenteuer kann beginnen. Im Flugzeug sitzend denkt Bruno ein bisschen an seine Arbeit, speziell an den Kohlrouladengeruch der die ganze Krankenhauskueche terrorisiert hatte, doch dieser Geruch war jetzt fuer vier Wochen weg. Im Gegensatz zu seiner Busreise nach Wien bei der er erbarmungslos buskrank wurde, wurde er nicht flugkrank. Im Gegenteil er fuehlte sich aeusserst wohl, das Fliegen machte ihm Spass, doch bald wurde er muede zur Sicherheit hatte er eine Schlaftablette geschluckt, die Augen fielen ihm zu und wenn ihn die Stewardess nicht oefters geweckt haette wegen Essen und Trinken, dann haette er wohl die ganze Zeit durchgeschlafen. Zur Feier seines ersten Fluges in seinem Leben bestellte er ein Glaesschen Sekt zum Essen. Er konnte waehlen zwischen Fischfilet und Haehnchen, er entschied sich fuer das Haehnchen, er mag ja keinen Fisch, dafuer liess er sich noch oefters Rotwein nachschenken von einer freundlichen Stewardess und unterm Essen dachte er an die schoenen Thai-Maedchen, die er gesehen hatte in einem Porno-Video und jetzt erwarteten ihn Thai-Maedchen die den Touristen sehr zugaenglich sind, ja rosige Aussichten fuer ihn. Und der Wein zeigte Wirkung und er nickte huebsch ein. Nachdem Bruno nach einem langen Flug in Bangkok mit einem nicht gekannten Ohrendruck gelandet war und nach allen Kontrollen die

Flughafentuer oeffnete und zum erstenmal ins Freie trat, da schoss ihm ein blitzheisser Luftschwall entgegen, der ihm fast den Atem raubte. " Puh ", schnaufte er " und dazu soll man sich noch bewegen hier in dieser Gluthitze, tapfere Menschen, diese Thailaender ". Er fragte sich ein bisschen durch, ein paar Brocken Englisch kann er ja, er musste den Flughafen wechseln und bald sass er in einer kleineren Maschine die nach Koh Samui flog. Die Flugzeit dorthin betrug eine Stunde und Bruno dachte bald wuerde er auf der Sonneninsel sein. Die Zeit verging, Bruno doeste, er guckte zum Fenster, unter ihm war nur Wasser, Wasser, blaues Meer, da kam eine Durchsage des Piloten man befinde sich jetzt im Anflug auf Koh Samui und das Flugzeug senkte sich in die Tiefe. Da guckte Bruno wieder zum Fenster und sah einen Felsen auf den das Flugzeug zusteuerte und er bekam ploetzlich Angst sagte zu sich "Ja der Felsen ist ja viel zu klein, darauf kann dieses grosse Flugzeug ja nie landen, das ist unmoeglich! " Und der Felsen kam naeher und naeher wurde immer groesser. Bruno stand der Schweiss auf der Stirn, er guckte weg vom Fenster, guckte um sich, wollte mit jemand sprechen "Wir zerschellen in tausend Stuecke " ,dachte er " wie soll das Flugzeug hier landen, das geht doch nie". Er guckte wieder zum Fenster, der Felsen kam immer naeher, Bruno fuehlte Todesangst. " Und das soll das Paradies sein ? " Seine Gedanken eskalierten. "Mann der Horst, haette ich nur nicht auf ihn gehoert, er ist mir ja immer schon dubios vorgekommen, in der Hoelle werden wir gleich landen, alle zusammen ". Doch wie in Zeitlupe verwandelte sich der Felsen allmaehlich in eine gruene Farbe und mehr und mehr konnte man Berge, Waelder und auch Baeume erkennen. Ah – Bruno war so erleichtert dass er dachte ah – alles gut - oh mein Gott und der Horst ist ja auch ein guter Kerl. Und frueh am Nachmittag setzte der Pilot megasicher auf einer roten Aschenbahn zur Landung an. Der winzige Flughafen sah lieblich aus, in kleinen bunten Waegelchen wurden die

Touristen in die Ankunftshalle gefahren. Das Klima war herrlich, weich mildes trockenes Sonnenklima begruesste Bruno und ein warmer Wind kitzelte seine Wangen. Umgeben war dieser Micky-Maus Flughafen von satter gruener Landschaft. Bruno‚s Augen sahen viele schoene Kokosnusspalmen die ueberall herumstanden und hoch emporragten, ueber ihnen nur der blaue Himmel. Er kam aus dem Staunen nicht mehr heraus. " Lamai, Chaweng, Maenam ", riefen die Fahrer der Kleinbusse und Taxi‚s den Ankoemmlingen zu, es herrschte ein heilloses Durcheinander. Horst sagte zu Bruno noch in Deutschland, er solle nach Lamai gehen, dort waere am meisten los. Ein rotes Sammeltaxi nach Lamai fuhr ab, mit seiner kleinen Reistasche unterm Arm stieg Bruno ein. Ein gutgebraeunter Thailaender am Steuer fuhr ziemlich schnell die Lehmstrasse entlang. Es krachte und schepperte, das Taxi war voll von Leuten von ueberall her. Bruno fing an zu schwitzen, er guckte durchs Fenster nach draussen, alles huschte an ihm vorbei, Baeume, Straeucher, Bungalows kleine Geschaefte, Esslokale, leere Bars, Baustellen auf denen niemand arbeitete. Er sah wenig Menschen, die Insel kam ihm vor wie ausgestorben, ja verlassen vor, des Raetsels Loesung musste sein, dass die meisten Leute wegen der Hitze Siesta hielten, einfach schliefen. Ploetzlich hielt das Taxi an im Zentrum eines Ortes "Lamai, Lamai ", rief der Fahrer laut nach hinten und das Taxi leerte sich schnell. Bruno erblickte gleich ein nicht allzugrosses Mittelklassehotel, es erstrahlte ganz in hellgelber Farbe, auf einem Schild ueber der Eingangstuer stand in dickweissen Buchstaben "Best-Resort". Na sowas, das Taxi hielt genau da wo Horst Bruno vorgeschlagen hatte zu wohnen, im Best Resort, es lag total zentral, Bruno guckte sich alles an, das Resort machte seinem Namen alle Ehre. Ein praechtiger Garten mit bunten Zierpflanzen umgab die Anlage, einige huebsche Holzbungalows standen in diesem grossen Garten ganz locker herum, sahen aus wie braune Riesenpilze. Von Anfang an fuehlte sich der Koch aus Hameln hier sehr wohl und er hatte das Gefuehl die hohen Kokosnusspalmen freuten sich auch ihn zu sehen, als wuerden sie ihn angucken und ihm zufluestern " Hallo herzlich willkommen lieber Bruno ". Vom Garten aus fuehrte ein kleiner Weg zum Strand , seine Augen sahen jetzt das Meer in seiner vollen Pracht, es war ruhig und glitzerte violettblau. Da ging er gleich freudigst zur Reception und mietete einen Gartenbungalow mit der Nummer 10 und gab auch dort seinen Pass in den Hotelsafe. Ein Bett und ein Nachtkaestchen auf der eine Nachtischlampe stand fuellte das kleine aber saubere Zimmer fast restlos aus. Es gab noch einen kleinen Raum fuer Dusche und Toilette. Bruno setzte sich auf die Bettkante und schaltete den Ventilator ein, der von der Decke herunterhing auf Stufe drei. Ah – das tat gut, Schweiss rann ihm ueber sein Gesicht, diese Holzhuette hier war jetzt erst einmal sein Zuhause fuer die naechste Zeit, er legte sich aufs Bett, sein Koerper entspannte sich immer mehr, ja er war angekommen auf der Sonneninsel und die hohen Kokosnusspalmen empfand er schon als seine Freunde. Wann wuerde sein Freund Horst wohl kommen? Auszupacken hatte er ja nicht viel, sein leichtes Gepaeck bestand vorwiegend aus Toilettenartikeln, ein paar Hemden, Unterhosen, aus reichlich Vitamintabletten, Schlaftabletten, Tabletten gegen Uebelkeit und Kondomen. Nach einer langen Dusche hatte Bruno Lust einen Spaziergang zu machen auf der Hauptstrasse der Beachroad. , er war auf der Suche nach ein paar Wohlfuehlklamotten, ja raus aus der warmen Deutschlandkleidung. Von ueberall her wurde Bruno angeguckt, die Thailaender laechelten freundlich, die Auslaender gruessten aufmerksam und die Thai-Maedchen blinzelten ihn verschmitzt an – ah waren die schoen, die gefielen ihm gut. An einem Kleiderstand kaufte er ein aermelfreies weisses Baumwoll T-Shirt auf der Vorderseite stand in goldenen Buchstaben " Thailand ", dazu eine blaue kurze Sporthose und ein paar einfache braune Lederschlappen. Geld hatte er ja schon in Bangkok am Flughafen gewechselt. Auf einem kleinen Holzkohlengrill neben dem Kleiderstand wurden gegrillte Haehnchen angeboten, lecker sahen die aus. Er kaufte eine heisse Keule und verspeiste sie gleich auf der Stelle und merkte dass die Haehnchen hier nicht so salzig schmecken wie zu Hause, nein hier schmecken sie eher scharf-suess! Mit dem neuen Haehnchengeschmack noch auf der Zunge ging er zurueck in seinen Bungalow zog sich um und spazierte dann zum Strand der ziemlich leer war. Da stand er nun in seinem neuen Inseloutfit, er der Krankenhauskoch aus Hameln und blickte um sich, die Sonnenstrahlen schimmerten glaenzend uebers Wasser, die Luft roch salzdurchtraenkt und frisch, das Klima erwaermte ihn von Kopf bis Fuss. Kein Schnee, keine Eiseskaelte, kein grauer Himmel. Sich sehr wohlfuehlend setzte er sich in ein Strandrestaurant unter einen Sonneschirm und bestellte ein Bier, den ersten Schluck widmete er seinem Freund " Prost Horst auf dein Wohl, danke fuer den Tip! "Ja er wollte seinen Urlaub ganz ruhig angehen lassen und alles Neue geniessen was da auf ihn zukommt. Als er ausgetrunken hatte, kehrte er zu seinem Resort zurueck, da lagen auf der Wiese vor seinem Bungalow gruene Kokosnuesse im Gras. Er nahm eine grosse Nuss in die Hand, inspizierte sie, versuchte sie irgendwie mit den Fingern zu oeffnen. Ein junges Thai-Maedchen einen Kopf kleiner als er kam hinzu und zeigte ihm stolz die Machete in ihrer Hand. Sie grinste nahm die Kokosnuss in die linke Hand, mit der Machete in der Rechten schlug sie zu. Plak, plak. Rindenstuecke flogen weg, mit ein paar gekonnten Schlaegen schlug sie die Kokosnuss auf und reichte sie ihm. Das Ding war trinkbereit, mit einem Nicken bedankte er sich bei ihr und trank. Sie lachte ihre weissen Zaehne blitzten. Das Kokoswasser schmeckte suess und fruchtig zugleich, sie selbst wollte nicht trinken. Die Kleine gefiel ihm mit ihrem frechen Blick, sie hatte eine sexy schlanke Figur und wache braune Augen, ihr dichtes pechschwarzes Haar trug

49

sie halblang, in ihrem blauweiss gestreiften T-Shirt und in ihrer schwarzen Jeans sah sie aus wie ein argentinischer Fussball-Fan. Das Maedel konnte ein wenig Englisch und er erfuhr dass sie Som hiess, 25 Jahre alt war und aus einer Stadt kam die nicht weit weg von Bangkok lag. Seit einem halben Jahr arbeitete sie nun als Zimmermaedchen hier im Best-Resort. Bruno wusste nicht was ihn dazu trieb, er fragte " Tonight we go eat you and me together ". Die Kleine schaute auf, ploetzlich rief jemand ihren Namen laut, da lief sie erschrocken zurueck zum Hotelgebaeude, doch er wusste er wuerde sie bald wiedersehen. Und so war es dann auch, gegen 7 Uhr abends klopfte Som an seine Tuer. Bruno zog sie an ihrer Hand hinein ins Zimmer, er hatte Lust auf dieses Thai-Maedchen. Zwei Menschen aus voellig verschiedenen Welten sahen sich staunend an und beide spuerten, dass es an dem anderen viel zu entdecken gab. Nach einem kurzen "Hello how are you " und " you ok? " wurde die sexuelle Spannung so stark in diesem Raum, dass Bruno dachte, ja hier laeuft alles viel schneller ab als in Deutschland. Nur noch ihr rassiges Gesicht sehend, kuesste er Som ploetzlich auf den Mund, fuehlte ihre warmen weichen Lippen auf den seinen, spuerte ihre Zunge, waehrenddessen sie die seine verschlang. Da hielt sie inne deutete zum Fenster und sagte aufgeregt " Boss look, Boss look". Bruno kapierte anfangs nicht, doch dann fiel der Groschen. Sie hatte panische Angst der Hotelboss wuerde sie sehen hier im Zimmer im Bungalow Nr.10. Bruno zog die Vorhaenge zu und meinte dass der Boss jetzt nichts mehr sehen koenne. Danach zog er Som hektisch aus, die hatte nichts dagegen und auch sie half ihm beim Ausziehen und er bewunderte ihre goldbraune weiche Haut die seinen Pimmel noch haerter werden liess. Auf den Rat von Horst hin hatte Bruno gleich eine Doppelpackung Kondome mitgenommen, er wollte ja in Thailand nicht gleich viele kleine Bruno,s produzieren und waehrend er sich hastig so ein Ding

"Marke de Luxe – gefuehlsecht ", ueberstuelpte lag Som ganz ruhig im Bett summte vor sich hin ,Bruno war sehr erregt und als er es geschafft hatte, fielen sie sich in die Arme und am Ende waren sie doch beide ueberrascht, dass alles so schnell ablief. Som war das erste Thai-Maedchen mit dem er schlief und es tat gut und er umarmte ihren goldbraunen Koerper noch eine Weile und knetete ihre festen Titten und Som erzaehlte ihm er sei der erste Auslaender mit dem sie geschlafen habe, sie habe zwar schon vorher herumgeflirtet mit einem Schweizer und einem Italiener, aber das wars auch schon. Bruno nickte, sagte aber nicht viel dazu er dachte an die Mutter die sagte er soll in der Fremde nicht alles glauben was man ihm erzaehlt. Aber er befand sich jetzt auf dieser Sonneninsel auf der ein goettliches Klima herrscht, er bekam einen tollen Bungalow am Meer und in seinem Bett raekelte sich neben ihm ein nettes braunes anmutiges Thai-Maedchen, er hatte gerade mit ihr geschlafen und das alles am ersten Tag seiner Ankunft, ja Bruno hatte das Paradies gefunden und so konnte es weitergehn. Ein wenig spaeter uebergossen Bruno und Som ihre Koerper mit einem Schoepfer kaltem Wasser aus einem grossen Kuebel der in der Toilette stand, sie seiften sich gegenseitig ein kicherten und lachten wie zwei unschuldige Kinder. Und das Krankenhaus von Bruno war weit, weit weg in einer anderen Welt und diese Welt vermisste er kein bisschen. Fuer ihren Liebesdienst wollte Som kein Geld von Bruno, er fragte ob sie mit ihm heute abend essen gehen wolle, ja in einer Stunde wuerde sie wieder an seine Tuer klopfen, noch ein Kuss von ihr und weg war sie. Sie hielt Wort und spaeter dann zeigte sie Bruno Lamai bei Nacht. Und er kam aus dem Staunen nicht mehr heraus. Die ganze Hauptstrasse erstrahlte in roetlichem Schimmer und die Reklametafeln der Bars und Pubs blitzten hellgrell und farbenfroh in der Dunkelheit, es war bombastisch. Aus den Bars riefen ganze Horden von Maedels den vorbeigehenden Maennern zu

" Hey sexy man welcome sit down please ". Bruno traute seinen Augen kaum, so ein Riesenangebot an jungen, heissen Maedels hatte er in seinem Leben noch nie gesehen. "Das Paradies bei Nacht", dachte Bruno, gegen diese lebendigen Mengen an Frischfleisch hatte die Rotlichtszene in Hannover keine Chance, gegen hier sei sie ein ruhiger Vorort. Er fragte Som ob sie denn nicht Lust haette auch in solch einer Bar zu arbeiten, sie schuettelte den Kopf, meinte voll entruestet das moechte sie nicht und sie wuerde auch nicht mit jedem Typ mitgehen. Hand in Hand streifte er mit Som umher, die beiden mochten sich und Som zeigte ihm den Tanzschuppen "Bauhaus ", er sah die Disco " Mixed Pub und die " Blues-Bar. Tagsueber schien die Insel sich in einem Dornroeschenschlaf zu befinden, doch nachts erwachte sie, wurde lebhaft und maerchenhaft erotisch. Bruno,s Magen meldete sich und Som ging mit ihm in eine einfache Garkueche, sie bestellte zweimal Nudelsuppe mit Huhn. Bruno guckte ganz neugierig auf die kleinen Gewuerzglaeser vor ihm am Tisch, er war ja Koch uh – das gefiel ihm, ein Glaeschen mit schwarzer Fischsauce und kleingeschnittenen bunten Chillys, ein Glaeschen mit Essigwasser und roten Chillys, dann ein Glaeschen mit getrocknetem roten Chillypulver und ein Glaeschen voll mit Zucker. Noch bevor ihn Som warnen konnte, er solle etwas vorsichtig sein mit dem Wuerzen tat Bruno von jedem Glaeschen einen gehaeuften Loeffel voll in seine Suppe ruehrte um und liess es sich schmecken. Ahh..nach ein paar Loeffel Suppe bekam er Schweissausbrueche und sein Hals brannte schierheiss, Som lachte und reichte ihm ein Glas Wasser, doch das half nicht viel. Er japste nach Luft den Mund weit offen ein und aus schnaufend, sein Gesicht roetete sich, es fehlte nur noch dass er Feuer speite wie ein Drachen. Mit der Zeit gings dann besser und Bruno dachte so eine Suppe weckt ja Tote auf, vielleicht sollte ich so ein Gebraeu im Krankenhaus zubereiten und das dann den Kranken vorsetzen, vielleicht gesunden einige Patienten darauf oder sie werden noch kraenker. Die Suppen wurden getauscht. Som gab Bruno ihre Suppe die lange nicht so scharf war und sie nahm seine, ihr machte die Schaerfe nichts aus. In einem Supermarkt kaufte Bruno spaeter zwei Flaschen Bier und Som fuehrte ihn an den Strand, es war immer noch angenehm warm, das Meer zischte leise vor sich hin und sie waren allein, hockten im grobkoernigen Sand und tranken Bier. Som fragte Bruno ob er nicht rauche und er erwiderte in seinem kargen Bruno-Englisch dass er es einmal probiert habe als Junge heimlich nach dem Fussballspielen auf der Wiese mit einem anderen aelteren Jungen zusammen. Er zog an der Zigarette und paffte aus, doch der andere Junge sagte " Du musst inhalieren, tief einatmen das gibt Dir ein gutes Gefuehl ". Bruno tat wie ihm geheissen und ihm wurde richtig schwindlig und er musste gleich kotzen. Von da an beschloss er das Rauchen sei nichts fuer ihn und er ruehrte keine Zigarette mehr an. Som meinte sie rauche auch nicht aber sie trinkt gern Bier und Whisky-Cola. Da schmiegte sie sich an ihn und sagte leise wenn Bruno moechte koenne sie bei ihm bleiben , seinen ganzen Urlaub bei ihm bleiben, sie liess ihn wissen wenn er fuer sie sorgen wuerde hier auf der Insel, waere das kein Problem, sie koenne auch aufhoeren im Best-Resort zu arbeiten. Das Angebot schmeichelte Bruno, aber es ueberforderte ihn auch, gewiss er mochte Som, sie war voellig in Ordnung, aber am ersten Tag sich schon festlegen fuer vier Wochen zusammen zu sein, nur mit ihr, wo es doch hier so viele wunderschoene asiatische Bluemchen gab, ein Gefuehl der Unfreiheit ueberkam ihn und er meinte verlegen erst einmal ein paar Tage zusammensein waer doch auch schoen. Ohne Einwaende akzeptierte Som Bruno,s Vorschlag. Bald spazierten die beiden zurueck ins Best-Resort. Som schlief in ihrer Unterkunft und Bruno schlief den Schlaf des Gerechten in seinem Bugalow Nr. 10.

Den naechsten Tag verschlief Bruno fast voellig, sein Koerper war muede vom langen Flug, es war schon nachmittag da klopfte Som an seine Tuer. Ah- seine Muedigkeit war weg und Bruno zog sie gleich hinein unter seine Bettdecke und nachdem sie zusammen die aeltesten Bewegungen der Welt gemacht hatten verschwand Som um am Abend nach der Arbeit wieder aufzutauchen. Sie gingen auf die Beachroad um ein bisschen einzukaufen. In einem Laden kaufte er fuer Som Badezeug,s einen Zweiteiler Bikini und Hoeschen in blau mit roten Puenktchen, ausserdem bekam sie eine uebergrosse schwarze Sonnenbrille von ihm. Bruno,s Augen erblickten ein kurzaermiliges hellbraunes Safari-Hemd, das gefiel ihm wunderbar, es hatte vorne zwei Brusttaschen und darauf stand Safari-Camel, das musste er haben. Som handelte fuer ihn noch den Preis herunter und deshalb kaufte sich Bruno noch ein zweites Safari-Hemd, das gleiche wie das erste nur in hellgruen. Mit ihren Einkaufstueten spazierten sie die Beach-Road entlang und Bruno meinte heute abend moechte er essen im Flamingo-Restaurant, das einen guten Eindruck auf ihn machte, es war nicht weit entfernt vom Best-Resort. Auf dem Weg dorthin begegnete Som ihrer Freundin Lady Ut, sie war auch ein huebsch apartes Thai-Girl und sie arbeitete im Best-Resort in der Kueche. Som erzaehlte Lady Ut bruehwarm das Bruno sie zum Essen eingeladen hat in das Flamingo. Lady Ut seufzte sehnsuchtsvoll, das Flamingo-Restaurant sei ein sehr gutes Restaurant und Bruno beaeugte derweil die niedlichen Sommersprossen auf ihrer Nase. Eine Ewigkeitssekunde verging, da hoerte Bruno sein Herz schlagen und er sagte "Lady Ut you go with us to eat I invite you ok ?" Das Maedel freute sich ungemein ueber die Einladung, nickte ganz gluecklich und fiel Som fast um den Hals. " Oh thank you, thank you very much Mr. Bruno ". Ja das Flamingo war ein feines Restaurant. Bruno und die Maedels nahmen draussen im Garten Platz der von einem Zaun aus Gruenpflanzen bunten Bluemchen und gelbem Flieder umgeben wurde. Ihr Tisch stand auf frisch gemaehtem gruenen Rasen, weiss schimmernde Lichtkugeln aufgespiesst auf Holzpfaehlen erleuchteten den Garten rundherum. Und auch der Wettergott spielte mit an diesem angenehmen Abend, Es war herrlich warm. Um einen Holzkohlegrill standen Leute herum und unterhielten sich mit dem Koch. Som meinte in Thailand bestelle man immer mehrere Gerichte gleichzeitig. Der Koch aus Hameln hatte heute seine Spendierhosen an und meinte Som solle nur reichlich bestellen, gestern hatte er ja nur eine Huehnersuppe mit ihr gegessen. Ja reichlich bestellen, das liess sich Som nicht zweimal sagen, sie bestellte gleich eine ganze Latte von Gerichten. Zum Trinken kam eine grosse Flasche Mekong-Whisky auf den Tisch, dazu ein paar Flaschen Cola, ein voller Eiskuebel und ein Teller mit kleingeschnittenen Zitronenscheibchen. Som mixte gekonnt die Drinks, man stiess zusammen an und Bruno schmeckte der Thai-Whisky ganz besonders gut. Lady Ut erzaehlte das Best-Resort sei schon fast ausgebucht und in der Kueche herrsche auch Hochbetrieb. Bruno genoss das ganze Ambiente, da sass er nun im Paradies mit zwei sexy Thai-Maedels in einem tollen Restaurant im Freien trank Mekong-Cola mit Zitronenscheibchen und siehe da, das Essen kam auch schon angefahren, eine ganze Palette von Koestlickeiten wurde serviert. Das Nationalgericht von Thailand eine rote Tom-Yam-Gung-Suppe, in der viele Krabben, Pilze, Tomatenstueckchen, Zwiebeln und scharfe kleine Pepperonis herumschwammen. Einmal im Leben muss man so eine Suppe probieren, sie schmeckt mehr als koestlich. Weiter gab es Felsenaustern, gruene Muscheln in heissem Kraeutersud, gegrillte Rindersteaks, Haehnchenteile in Kokosnuss-Currysauce, gebratene Koenigskrabben in Knoblauchsauce und dazu viel gekochter Reis. Aufgetischt wurde wie bei einer Hochzeit. Und der Mekong-Whisky schmeckte zum Essen vorzueglich, sein Geschmack ist einmalig, leicht likoermaessig ein wenig wie Rum mit einem Schuss Amaretto. Eigentlich mag Bruno kein Fischzeug,s keine Muscheln und Austern, die verschlangen Som und Lady Ut genussvoll. Das Fischzeug und der Bruno, Freunde fuers Leben werden die beiden wohl nie, doch eine leichte Annaeherung fand heute abend statt. Zuerst labte sich Bruno erst einmal an den saftigen Rindersteaks und an den Haehnchen in der Kokosnuss-Currysauce, mit dem Wuerzen war er heute etwas vorsichtiger als gestern und dann wurde die Annaeherung vollzogen, die Krabben in derTom-Yam-Gung-Suppe schmeckten ihm doch sehr und dann verzehrte der Koch aus Hameln zwei riesige Koenigskrabben mit Knoblauchsauce und Reis. Die Stimmung war voll im gruenen Bereich und Bruno dankte Som fuer ihre Superbestellung, man lachte, ass und trank. Bruno erzaehlte von seinem Krankenhaus er mache da oefters Sauerbraten und Kohlrouladen, die Sodom und Gomorrha- Seite des Hospitals erwaehnte er aber nicht. Som meinte hier auf dieser Touristeninsel gehe es in erster Linie nur um Spass und Freude, um " Sabei, sabei ", wie die Thai,s zu sagen pflegen, das heisst soviel wie sich wohlfuehlen, sich entspannen. Lady Ut sagte es gaebe aber auch zwei Hauptgefahren fuer die Auslaender hier, es sei schon passiert dass einem Touristen eine Kokosnuss auf den Kopf gefallen sei, bei starkem Wind und heftigem Regen sollte man auf keinen Fall unter den hohen Kokosnusspalmen spazierengehen. Und was auch immer wieder vorkommt, dass schlafende Gaeste aus der Haengematte fallen und sich verletzen. Bruno versprach aufzupassen. Nachdem alle pappsatt waren und Bruno die nette Rechnung bezahlt hatte, verliess man das Festmahl. Lady Ut bedankte sich nochmal bei Bruno fuer die tolle Einladung und ging zurueck ins Hotel. Mit ihren Einkaufstueten und zwei Flaschen Bier vom Supermarkt gingen Bruno und Som zum Strand, hockten sich in den Sand und tranken das kuehle Bier und lauschten, die Musik kam diesmal vom Meer, es lieferte ein temperamentvolles Brandungskonzert. Bruno steckte Som ein bisschen Geld zu, sie nahm dankend an. Doch ihr Wohlsein wurde gestoert, einige ungebetene Gaeste gingen zum Angriff ueber und stachen Bruno ein paarmal. Som meinte grinsend, dass er noch zuwenig getrunken haette, denn Alkohol mochten die kleinen Biester gar nicht. Da platzte Bruno der Kragen, er fing doch glatt an zu reden mit den Viechern und rief mit lauter Stimme " Hey hoert mal ihr Moskitos, ihr koennt mich bald am Arsch lecken, ich komm hierher aus Deutschland und mach Urlaub hier, ich will meine Ruhe haben, lasst mich zufrieden, ich lass euch auch zufrieden, habt ihr mich verstanden? " Und siehe da, diese saftige Gardinenpredigt hatten sie anscheinend verstanden, kein einziger Moskito stach Bruno mehr am Strand, er hatte den Moskitos gruendlich den Kopf gewaschen. Bruno wusste gar nicht, dass die Viecher so gut die deutsche Sprache verstehn. Niemand vom Personal bemerkte als Som in der Dunkelheit in Bruno,s Bungalow hineinhuschte. Vorher lieferten schon zwei Hotelangestellte alles an seine Tuer was Bruno bei ihnen bestellt hatte. Eine grosse Flasche Mekong-Whisky, einen Sektkuebel voll mit Eiswuerfel, ein paar Cola, Glaeser und einen Teller Zitronenscheibchen. Die beiden verliessen den Bungalow nicht mehr, nur noch Schnaps und Liebe zaehlten und " Sabei, sabei ". Som war keine Trinkerin, doch trinkfest, Mann konnte das Maedel mithalten und was wegschlucken. Er war sich ziemlich sicher, ein Wetttrinken mit ihr wuerde zu ihren Gunsten ausgehen. Som erzaehlte Bruno dass morgen abend im Best-Resort eine Zimmermaedchen-Party stattfinden wuerde und sie deshalb sehr spaet zu ihm kaeme. Weit nach Mitternacht legte sich Som auf den Ruecken nackt ins Bett die Beine spreizend und grinste Bruno an. Dieser legte sich behutsam auf ihre Schokoladenseite und ging auf Entdeckungsreise. Als er am naechsten Morgen kurz erwachte war Som schon wieder weg, aber das machte ihm nichts aus, fuer die Auferstehung aus dem Whiskyreich war es eh zu frueh, er schloss die Augen und schlief weiter. Am Spaetnachmittag fuehlte sich Bruno wieder fit und beschloss einen ausgedehnten Spaziergang am Meer zu machen. Die Sonne schien warm vom Himmel herunter, aber sie brannte nicht und er marschierte weit den Strand entlang, die superfrische Meeresluft und das Gehen schenkte ihm ein angenehmes Wohlgefuehl, und er wanderte so lange bis zwei grosse Riesenfelsen die ins Meer hineinragten ihm den Weg versperrten weiter zu gehn. Bruno kletterte auf einen der Felsen hoch, setzte sich und genoss den wunderbaren Ausblick auf das weite blaugruene Meer, dann legte er sich auf den Ruecken, im Bett liegen und an die Decke glotzen, darin ist Bruno Weltmeister, aber diesmal lag er auf einem grossen Felsen und glotzte hoch zum Himmel, dafuer war er auch talentiert. Bruno waere beinahe eingedoest auf dem hohen Felsen und er spuerte es ist Zeit den langen Rueckweg anzutreten und dieser Marsch zurueck machte ihn hungrig. Irgendwann sah er schon von   weitem das Best-Resort, er hielt inne und es war ihm als ob ihn das Hotel anzog. Dort fand jetzt also Som‚s Zimmermaedchenparty statt. Bruno wollte ihr nicht nachspionieren, aber ein bisschen neugierig war er schon, wollte gucken, ein wenig kibitzen was da so abgeht auf dieser Party, aber niemand sollte ihn sehen. Inzwischen war es dunkel geworden und er schlich sich vorsichtig durch den Hotelgarten zu den Personalzimmern und fand unweit Deckung hinter einem dichten Zierbaum. Zwei Zimmer mit offenstehenden Tueren waren hell erleuchtet, aus ihnen droehnte laute, lustige Thai-Musik. Davor standen bestimmt ein Dutzend Maedels sie lachten und unterhielten sich lautstark und alle hatten noch ihre Arbeitskleidung an.Er sah auch Som und Lady Ut, die beide ziemlich mit das Wort.

fuehrten. Doch gleich neben den Zimmern des Personals befanden sich anscheinend auch Gaestezimmer. Die Tuer eines Zimmers oeffnete sich und drei junge Burschen kamen heraus, einer hatte einen weissen Turban auf dem Kopf und kurze schwarze Hosen an. Die anderen zwei Typen waren bekleidet mit bunten modernen Kaftan-Hemden und blauen Jeans. Es schienen Araber zu sein. Die Drei gesellten sich zu den Maedels, man begruesste einander freundlich. Kannten die sich alle schon laenger? Der mit dem Turban legte ganz ungeniert seinen Arm um Som und schmuste ihren Hals, einer der zwei Typen umarmte Lady Ut, seine Hand fuhr an ihrem Hinterteil auf und ab, anscheinend hatten beide nichts dagegen, im Gegenteil sie genossen grinsend die Zuneigung der Araber. Hey – was war das denn ! Wollte Som nicht bei mir bleiben den ganzen Urlaub lang ? Bevor Bruno weiterdenken konnte, gingen die Typen zusammen mit Som und Lady Ut ein paar Meter weiter und ploetzlich schubsten sie die Maedels in ihr offenes Zimmer hinein, folgten ihnen und machten dann die Tuer zu. Hey– was war das denn ! Da verschwindet meine Thai-Freundin mit drei Maennern im Zimmer und niemand sagt was. Bruno war aufgebracht, die verruecktesten Gedanken schossen ihm durch den Kopf, was die da drin wohl alles machen im Araberzimmer, na Kreuzwortraetsel werden sie wohl nicht loesen, drei Maenner und zwei Maedchen, die treiben es alle zusammen – geil, die machen einen Fuenfer na klar, die machen einen Fuenfer ! Ist Som auch eine Nymphomanin wie Schwester Lisa im Krankenhaus und ist Lady Ut auch eine ? Ist das Paradies hier voll von Nymphomaninen ? Bruno konnte sich nicht ewig hinter diesem Zierbaum verstecken, ein bisschen wartete er schon noch aber nichts passierte, die Tuer oeffnete sich nicht mehr, die Tuer blieb geschlossen. Darauf verliess er seinen Spionagestand. " Na ja, das wars dann wohl mit Som ", dachte er, eigentlich wollte er schon ein Maedchen fuer sich alleine haben und er beschloss mit Som Schluss zu machen, doch es kam keine Traurigkeit in ihm hoch, ja ein gutes Gefuehl sprudelte aus seinem Inneren und er fuehlte sich frei, wieder frei und er dachte an all die vielen Bluemchen hier auf der Insel, an all die schoenen Maedchen hier und er freute sich auf all die Abenteuer die er jetzt erleben koenne mit den huebschen Bluemchen hier. Sein Magen meldete sich wieder, jetzt bekam er richtig Appetitt. Bruno ging zurueck in seinen Bungalow Nr. 10, nahm eine Dusche und zog sein nigelnagelneues Safari-Camel Hemd an, er waehlte das hellgruene, dazu die schwarze Sporthose, er stellte sich vor den Toilettenspiegel und er dachte heute seh ich fesch aus, ja interessant attraktiv, er verliess seinen Bungalow und ging zur Beach-Road, das Strassenbild war gepraegt von vorbeifahrenden Obst-Mopeds, auf ihren Seitenwaegen waren kleine Glaskaestchen montiert, in den Glaskaestchen lag herrlich frisch geschittenes Obst, rote Melonenstuecke, gelbe Ananas, gruene Mangos, Kokosnuesse auf Eis und viel verschiedenes Thai-Obst das Bruno nicht kannte und er staunte auch ueber die fahrenden Suppenkuechen die an ihm vorbeifuhren ah-der Suppenduft stieg ihm in die Nase, nein diese Angebote gab es in Deutschland nicht. Viele Gedanken begleiteten ihn auf seinem Weg, kannten die Maedels die Araber schon laenger oder war es das erstemal dass sie in diesem Zimmer landeten und ob Som wohl heute Nacht zu ihm in den Bungalow komme. Ach das war eigentlich gar nicht mehr so wichtig fuer ihn, er hatte ja schon abgeschlossen mit ihr. Da gab es auf der Beach-Road ein deutsches Restaurant das hiess " Zur Einkehr " und Bruno hatte jetzt richtig Lust auf deutsches Essen, dort kehrte er ein. Das Gastzimmer war eingerichtet wie eine groessere Bauernstube mit einem halben Dutzend Holztischen und Stuehlen, ja rustikalmaessig, ja Bruno ist ja auch ein Rustikal-Koch, zwei Falangs (Auslaender) mit ihren Thai-Ladys waren schon am Essen. Ein kraeftiger Mann in den besten Jahren, aber mit schuetterem Haar kam an seinen Tisch, er schien der Chef zu sein, er reichte ihm die Speisekarte, Bruno,s Magen knurrte schon heftig und er bestellte auf der Stelle ein Rahmschnitzel mit Nudel und gemischtem Salat und ein Bier, der Mann bedankte sich fuer die Bestellung und verschwand. Das Essen kam bald auf den Tisch und das Rahmschnitzel war auch mit Pilzen garniert, der Salat war auch lecker, das alles mundete Bruno vorzueglich, nach dem Essen fragte ihn der Chef ob es ihm geschmeckt habe. Bruno meinte es war wirklich gut, das Schnitzel war schoen weich und die Rahmsauce wunderbar er sei ja selber Koch koche in

Deutschland in Hameln im Krankenhaus. Das fand der Chef interessant, die beiden hatten irgendwie einen Draht zueinander, da setzte sich der Chef zu seinem Gast an den Tisch und sie plauderten miteinander. Bruno erfuhr, dass sein gegenueber Bernhard heisse, er komme aus Karlsruhe und er ist auch Koch. Bernhard erzaehlte Bruno dass die Liebe ihn hierher verschlagen haette, schon vor vielen Jahren im Urlaub hatte er sich in ein Thai-Maedchen total verliebt und sich dann auch in diese Insel verknallt. Das Thai-Maedchen ist jetzt seine Frau und sie arbeitet in der Kueche, er hat ihr das Kochen beigebracht. Vor drei Jahren hat er es gewagt Deutschland den Ruecken zu kehren und hier auf der Insel ein Restaurant zu eroeffnen " Zur Einkehr ", ja wenn man mit einer Thai verheiratet ist, ist alles viel einfacher hier. Er habe auch vorher schon im Ausland gekocht und auch seine Eltern haben ihn finanziell unterstuezt und er hoffe dass alles gut weitergeht hier, er war uebrigens einer der allerersten Auslaender der hier ein Lokal aufgemacht hat. " Mensch Bernhard Du bist ja ein Pionier ". Dieser lachte und meinte das haben schon einige Gaeste zu ihm gesagt, dass er ein Pionier sei, inzwischen weiss er auch ziemlich Bescheid was so abgeht auf der Insel. Bruno fand Bernhard sehr sympatisch, irgendwie spuerte er das Beduerfnis sein Herz auszuschuetten und Bernhard von der Sache mit Som zu erzaehlen. Als Bruno seinen Bericht beendet hatte, meinte Bernhard das sei hier nichts Aussergewoehnliches. Das Maedel Som hatte eben eine Leiche im Keller. Bruno verstand keine Silbe von dem was er hoerte und Bernhard erzaehlte ihm dass hier viele Thai-Maedels eine Leiche im Keller haben oder sogar mehrere Leichen, das sei eben hier so eine gefluegelte Redensart und er klaerte Bruno auf wenn zum Beispiel ein Thai-Maedchen einen festen Touristenfreund hat hier auf der Insel und nebenbei noch einen anderen geheimen Freund hat von dem der Hauptfreund nichts weiss, dann hat eben das Maedel eine Leiche im Keller.

" Ein Paradies voller Leichen, unglaublich! ", schoss es Bruno durch den Kopf. Bernhard meinte viele Maedels haben hier neben ihrem Touristenfreund noch einen geheimen Thaifreund oder einen anderen Falang im Geheimen und wenn der Haupttouristenfreund wieder nach Hause fliegt, dann gehen die Maedels wieder zu ihrem geheimen Freund zurueck, zu ihrer Leiche im Keller. Und Bernhard fuhr fort, hier gaebe es noch ganz andere Kaliber, ein geschaeftstuechtiges Maedchen sagt zu ihrem deutschen Hauptfreund sie liebe nur ihn, sie warte auf ihn und er soll ihr doch ein bisschen Geld schicken, dass sie nicht mehr in der Bar arbeiten muesse und in ihr Elternhaus zurueckkehren kann um dort auf ihn zu warten bis er wiederkomme. Aber dasselbe sagt sie auch zu einem Franzosen, zu einem Schweizer, zu einem Italiener zu einem Englaender. Also hat das Maedchen praktisch neben ihrem deutschen Hauptfreund noch vier Leichen im Keller. A – jetzt verstand Bruno. Und Bernhard meinte, das Beste sei aber alle vier Maenner schicken dem Maedel jeden Monat Geld und keiner weiss etwas von dem anderen. "Ah " sagte Bruno " der Hauptfreund schickt Geld.." " Und die vier Leichen aus den anderen Laendern schicken auch Geld dem Maedchen ", beendete Bernhard den Satz. Bruno meinte das sei ja toll, die vier Leichen bezahlen auch Geld, ja es sei das erstemal ueberhaupt in seinem Leben dass er hoere dass Leichen Geld Geld schicken koennen, dass eine Leiche eine Ueberweisung taetigen kann, das war neu fuer ihn. Darauf bestellte er gleich noch ein Bier fuer sich und fuer Bernhard und als das Bier kam und er mit dem Chef anstossen wollte, da passierte es wouh-ploetzlich war es dunkel, stockdunkel – " Juhui ", schrien die anderen Gaeste " Stromausfall ", rief Bernhard laut " ach das kommt hier schon mal vor, bin gleich wieder da". Und er verschwand im Dunklen. Bruno nahm einen grossen Schluck Bier, nein langweilig ist es nicht auf dieser Insel, hier ist fuer Abwechslung gesorgt, da verschwinden

Maedels in arabischen Zimmern und sie haben Leichen im Keller und nach dem Essen wirds dunkel, aber da kam auch schon Bernhard zurueck mit zwei Oellampen in den Haenden und hinter ihm seine Thai-Frau mit brennenden Kerzen, die ueberall auf den Tischen verteilt wurden. Bruno nahm einen kraeftigen Schluck Bier und da auf einmal – oh, alles war wieder hell. " Das dauert nie sehr lange mit dem Stromausfall ",meinte Bernhard sichtlich erleichtert. Bruno machte das nichts aus, eine Ueberraschung jagte die andere, er freute sich Bernhard zu kennen, bedankte sich bei ihm fuer seine interessanten Inselinformationen und meinte beim Abschied in das Gasthaus " Zur Einkehr "werde er bald wieder einkehren. Auf dem Weg zum naechsten Supermarkt spukte noch das Leichengespraech mit Bernhard in seinem Kopf herum, und er dachte dass auch in anderen Laendern Frauen und auch Maenner eine geheime Liebschaft haben, ja die ganze Welt ist voll von geheimen Liebschaften, voll von Leichen die im Keller liegen. Im Supermarkt kaufte Bruno dann neben zwei Flaschen Bier noch eine kleine Taschenlampe, er wollte vorbereitet sein, falls das Licht ausgeht in seinem Bungalow. Gut gestaerkt pflanzte er sich dann in seinem neuen Zuhause auf,s Bett fuehlte sich satt und wohlig und oeffnete eine Flasche Bier. Wann wuerde sein Freund Horst wohl auf die Insel kommen? Da klopfte es ploetzlich an seiner Tur, er dachte ah – das ist Som, er wollte sie gleich zur Rede stellen, ihr reinen Wein einschenken. Er oeffnete die Tuer, zu seiner Ueberraschung war es nicht Som sondern ihre Freundin Lady Ut die da stand und ihm mitteilte, Som koenne heute abend nicht zu ihm kommen, sie sei krank, habe leichtes Fieber und Kopfschmerzen und liege schon im Bett. " In was fuer einem Bett ? ", dachte Bruno " bestimmt im Bett des Sultans ". Doch er verriet nicht dass er Bescheid wusste und die beiden Maedels in flagranti erwischte, er spielte den Mitleidvollen und seufzte" Oh, die arme Som". Die kleinen Sommersprossen in ihrem Gesicht liessen Lady Ut suess aussehen und dazu ihr Ponyschnitt der fast ihre Stirn bedeckte, wie sie da so stand im Halbdunkel dachte Bruno, das Maedel ist schon eine kleine huebsche Maus, da spuerte er etwas wachsen in seiner Hose und dachte eigentlich solle man nichts anbrennen lassen im Paradies. Bruno zog das Maedchen an ihrer Hand in den Bungalow hinein und meinte er haette noch ein paar gute Tabletten aus Deutschland fuer Som, die wuerden sie schnell wieder gesund machen, ganz nebenbei fragte er sie ob sie denn einen Freund habe. Sie verneinte, meinte aber nach einer kurzen Pause laechelnd, wenn ihr aber ein Mann gefalle, dann gehe sie schon mit ihm mit aber nur fuer " Short Time ", fuer kurze Zeit. Das Ding in Bruno,s Hose wurde immer groesser und fester und alle Daemme waren gebrochen. Er umarmte Lady Ut und er sagte er moechte mit ihr Liebe machen, er gebe ihr auch Geld um was huebsches zu kaufen. Als Lady Ut das Wort Geld hoerte bekam ihr Gesicht einen freudigen Ausdruck, doch im naechsten Moment sagte sie dass Som ja Bruno,s Freundin sei, er beruhigte sie Som wuerde davon nichts erfahren und er fuehrte ihre Hand zwischen seine Beine und sie fuehlte seinen Hammer und sie sagte leise " Oh Mr. Bruno you have Big Bamboo ! " Er nickte und schnaufte " Yes for you ", und sie zogen sich gegenseitig aus und alles nahm seinen Lauf, er stuelpte wieder ein Kondom ueber, danach begann er sie heftig zu stossen und beide erlebten eine tolle Zeit miteinander. Als Lady Ut mit Bruno,s Geldgeschenk den Bungalow Nr.10 verliess, gab sie ihm zum Abschied noch einen echten Thai-Kuss, den kannte er schon von Som, ein Thai-Kuss ist wenn man seine Nasenspitze leicht reibt an der Backe des anderen , danach fiel ihm gerade noch ein, er gab Lady Ut noch ein paar Fiebertabletten mit fuer Som. Bruno blieb im Bungalow, er nahm eine Dusche, danach legte er sich ins Bett, und genehmigte sich einen herzhaften Schluck Bier.

Er sinnierte" Ach das war jetzt schoen mit Lady Ut, das hat gut getan, das ist heute ein Tag der Ueberraschungen, ja vielleicht nicht gleich ein Maedel fuer den ganzen Urlaub mieten, vielleicht sollte man seinen Urlaub verbringen als ein kleiner Bienenkoenig der den suessen Bienchen Honig gibt, guten Honig. Er fuehlte sich wohl und schlief bald ein. Am naechsten Tag noch vor Mittag klopfte es wieder an Bruno,s Tuer, er oeffnete, es war Som, sie sah gut aus wie immer, grinste ihn frech an und meinte dank seiner Tabletten aus Deutschland sei sie wieder gesund. Sie ging an ihm vorbei und setzte sich gleich aufs Bett. Er hatte noch leichte Gefuehle fuer Som, hatte aber keine Lust die Komoedie weiter zu spielen. Er sagte ihr auf den Kopf zu, dass er sie gestern gesehen habe als sie im Zimmer des Arabers verschwand, von Lady Ut sagte er nichts. Som erschrak, sie hatte schon verstanden, aber sie tat so als verstehe sie ihn nicht ganz. Bruno wiederholte sie gesehen zu haben und sagte in seinem Koch-Englisch" You go to the Oelscheich! " Oh, da wusste Som es hat keinen Sinn mehr es abzustreiten, ihren Kopf senkend griff sie nach Bruno,s Hand und meinte sorry,sorry, ja anfangs wollte sie nicht mit ihm schlafen und auch nicht mit seinen Freunden, aber der Araber habe ihr soviel Geld geboten, soviel Geld verdiene sie hier nicht in drei Monaten als Zimmermaedchen und da habe sie eben an ihre Familie gedacht, sie erhob sich vom Bett und ging umher, sie guckte Bruno mit grossen Augen an und dann..dann habe sie mit den Maennern Liebe gemacht. " Also haben sie doch einen Fuenfer gemacht ", dachte Bruno wic cr schon vermutet hatte. Som fuhr fort wenn Bruno jetzt mit ihr Schluss machen wolle das sei kein Problem, sie koennen ja Freunde bleiben, weil sie erst einmal bei dem Araber bleibe wegen viel Geld. Bruno nickte zustimmend und er wusste mit seinem Gehalt als Krankenhaus-Koch koenne er mit dem Sultan nie mithalten und er meinte zu Som, Freunde bleiben ist eine gute Idee, weil wir ja eine tolle Zeit miteinander verbracht haben. Beide guckten sich an, Som und Bruno die Zeit des Abschieds war gekommen und Gefuehle kamen hoch bei beiden. Som drueckte Bruno,s Hand und meinte leise und verschmitzt, wenn er noch einmal moechte mit ihr das letztemal... Oh, ein Abschieds-Bum-Bum! Das war ein Angebot von Som das Bruno nicht ablehnen konnte. Schnell nahm er das Maedchen in den Arm und kuesste sie auf den Mund und sagte zu ihr, dass das eine tolle Idee sei und er moechte gerne. Es dauerte nicht lange und die beiden liebten sich zum letztenmal so inbruenstig und intensiv als wuerde in einer Stunde die Welt untergehen. Danach wechselten noch ein paar Geldscheine den Besitzer, Som bedankte sich artig mit einem Thai-Kuss, es folgte eine lange Umarmung und dann verschwand Som aus Bruno,s Leben.   Ja es ist Fruehling in Hameln und es ist spaet in der Nacht, Bruno freut sich dass er die Wahl getroffen hat heute seinen freien Tag im Bett zu verbringen und sein ganzes Leben noch einmal zu erleben im Geiste, es vorueberziehen zu lassen, ja was alles passiert ist, doch jetzt macht er eine kurze Pause, seine Blase hat sich gemeldet und nach der Toilette geht er in die Kueche und holt sich aus dem Kuehlschrank ein paar Blaetter Kochschinken, die isst er sofort ohne Brot, danach legt er sich gleich wieder ins Bett um weiter zu erleben wie alles weiterging und er findet es hoechst spannend.   Nachdem Som gegangen war, kreisten Bruno,s Gedanken umher. So laeuft das also ab hier im Paradies mit den Maedels, eigentlich ganz harmonisch, der Meistbietende bekommt den Zuschlag wie bei einer Auktion. An die eine grosse Liebe noch zu glauben das fiel Bruno schwer. Ueberschaubare Beziehungen wuensche er sich jetzt und ein wenig Zaertlichkeit bei einem Maedchen, nett sollte sie sein und anschmiegsam, bei einer mit haengendem Kopf wuerde auch gleich bei ihm alles zusammenfallen. Er machte einen Spaziergang am Strand danach spazierte er auf der Beachroad herum und Bruno fiel es wie Schuppen von den Augen, von ueberall her laechelte man ihm zu Maedchen riefen " Hello how are you ", am Strand, auf der Strasse, aus den Bars heraus, sie winkten aus den Massagesalons, aus den Garkuechen, sie grinsten ihn an in den Supermaerkten. Er hatte das Gefuehl er kann sie alle haben, nicht alle, aber fast alle wenn er es sich nur leisten kann, Bruno war kein Trottel, er war interessant unattraktiv, doch das zaehlte hier nicht, das einzige was zaehlte hier im Paradies fuer die Maedels war Geld. Geld war der Oeffner fuer ihre suessen kleinen Muschis. Und sie konnten alle so wunderbar laecheln, kein Wunder Bruno befand sich ja im Land des Laechelns. Am Spaetnachmittag ging er in einen Supermarkt auf der Beachroad um einzukaufen. Als er den Supermarkt betrat erblickte er ein Thai-Maedchen, das gerade ein Regal mit Chips und allerlei Suessigkeiten auffuehlte. Seine Augen klebten an diesem huebschen schlanken jungen Ding in ihrer hellblauen langen Jeans, ihr orange knappes T-Shirt war rot gepunktet, ihr Koerper erschien straff, machte sie etwa Hanteltraining ? Ihre glatten schwarzen Haare hingen halblang laessig ueber ihre Schulter. Beinahe haette Bruno vergessen was er eigentlich kaufen wollte, ein paar Postkarten, Kugelschreiber und zwei Flaschen Bier. Als er alles beieinander hatte, schwaenzelte er ein bisschen um das Maedchen herum, auch ihr Gesicht sah toll aus, geschminkte Augen, sinnlich rote Lippen, ihre Haut glaenzend gepflegt, sie war wirklich eine sexy Lady. Bruno dachte warum tut so ein huebsches Maedchen in einem Supermarkt Regale auffuellen, so ein Maedchen sollte in einer guten Bar arbeiten, die koennte sich doch vor Verehrern kaum retten. Er guckte auf ihr kleines Hinterteil und stellte sich vor wenn er sie von hinten – und bei dieser Vorstellung vibrierte sein Unterkoerper. Das Maedel bemerkte dass er sich fuer sie interessierte und schenkte ihm darauf ein breites Laecheln. Bruno fragte sie gleich nach ihrem Namen, eine hohe leise Stimme antwortete " Cola ".

" Cola, ah wie Coca Cola, ja den Namen kann ich mir merken, ein lustiger Spitzname " , erwiderte er und er sagte er heisse Bruno. Und noch bevor er mit der Tuer ins Haus fallen konnte und sie fragen ob sie heute abend mit ihm essen geht, sagte sie um 7 Uhr abends waere sie frei und er koenne sie hier abholen. Bruno gab sein ok und er wunderte sich dass das Maedel Cola so schnell zu haben sei. Er ging zur Kasse und bezahlte seine Sachen, die Kassierin grinste ihn unverbluemt an und Bruno dachte an das Maedel, das er heute abend hier abholen wuerde. Zurueck im Bungalow legte er sich aufs Bett und stellte sich vor was er so alles mit der Coca Cola-Lady machen moechte. Er richtete sich zurecht und diesmal zog er das braune neue Safari-Hemd an und puenktlich um 7 Uhr ging er in den Supermarkt und Cola wartete schon auf ihn, als sie beide an der Kasse vorbeigingen, schmunzelten verschaemt zwei weibliche Angestellte, vielleicht waren sie ja neidisch auf Cola, dass ein Auslaender, ein Falang sie auswaehlte und nicht sie. Bruno war grottenspitz auf das Maedchen, er wollte mit ihr gleich in seinen Bungalow, wollte sie kuessen, umarmen, ausziehen sie nackt sehen und Cola hatte nichts dagegen, er dachte zum Essen gehen kann man auch spaeter. Als er mit ihr an der Rezeption des Best-Resorts vorbeikam, guckte ihn der Thai hinter dem Tresen etwas merkwuerdig an, doch Bruno hatte nur seine Begleitung im Kopf, diese sagte nicht viel und als er die Bungalow-Tuer hinter sich zumachte, wollte er ihr gleich an die Waesche. Ja Bruno hatte sich im Paradies schon veraendert, er war nicht mehr der schuechterne, etwas verlegene Krankenhaus-Koch, er zeigte jetzt offen seine Leidenschaft fuer das andere Geschlecht und das bereitete ihm grosse Freude. Bruno umarmte Cola und machte ihr Komplimente sie sehe toll aus und wollte sie kuessen, doch sie wich etwas zurueck. Er war scharf auf das Maedel, schnaufend oeffnete er die Knoepfe ihrer guertellosen Jeans, dies liess Cola zu und langsam fuhr er mit seiner rechten Hand hinein

Oh, ploetzlich alles dunkel – Stromausfall schon wieder, doch Bruno fummelte weiter, seine Hand ging tiefer und tiefer..oh und dann fuehlte er einen Pimmel und er denkt das ist nicht meiner, er erschrickt, was ist das..da steht er nun im Volldunkel und hat einen Pimmel in der Hand der nicht der seine ist. " Oh you no Woman ", rief er laut in die Dunkelheit und liess den Pimmel los. " Mei ben lei ", lispelte Cola, das heisst auf Deutsch kein Problem. "Oh no", ratterte Bruno aufgeregt, das kann er nicht machen und suchte im Dunkel nach der Taschenlampe die er im Supermarkt gekauft hatte, er fand sie auf dem Nachttisch, knipste sie an und leuchtete in ihr Gesicht, er stehe eben nur auf Frauen, er habe auch noch nie mit einem Mann. Cola versuchte ihn zu beruhigen und meinte mit zwei Maennern kann es auch schoen sein. Er schuettelte den Kopf, die Situation ueberforderte ihn voellig, er fragte Cola warum sie ihm nicht gesagt habe, dass sie ein Mann sei, darauf antwortete sie, sie habe gedacht er wisse das. Wouh, und das Licht ging wieder an, der Stromausfall war vorbei. Cola kniete vor Bruno nieder und versuchte seine Strandhose herunterzuziehen, das wollte er aber gar nicht, er wollte Cola so schnell wie moeglich loswerden, er schob sie zurueck und kramte ein Buendel Geldscheine hervor und gab sie dem Maedel, das kein Maedel war. " Das ist fuer Dich, kein Problem ", und er liess sie wissen dass er jetzt wieder allein sein moechte. Cola ging aus der Hocke hoch, faltete ihre Haende vor ihrer Nasenspitze zu einem Thai-Gruss und ohne Meckern oder Murren verliess sie Bruno,s Bungalow Nr. 10. Der setzte sich erstmal auf sein Bett und konnte nicht glauben, dass er nicht erkannte, dass Cola ein Junge war, sie sah wirklich aus wie ein super huebsches Maedchen, jetzt verstand er auch warum die im Supermarkt alle so grinsten und an der Rezeption der Thai wusste natuerlich auch Bescheid. Jeder nach seinem Belieben aber mit Maennern das war nicht sein Ding, ja hier auf der Insel schien es fuer alle alles zu geben, da war fuer jeden Geschmack etwas da, etwas verfuegbar. Bruno nahm einen Doppelschluck Bier und dachte dieses Coca Cola-Erlebnis muesse er unbedingt seinem Freund Horst berichten, dieser hatte ihm nicht viel erzaehlt, ueber diese Art von Maedels und er bekam Hunger, in seinem braunen Camel-Hemd verliess er seinen Bungalow. Der Thai an der Rezeption laechelte ihn schief an und Bruno laechelte ebenso schief zurueck. Er besuchte wieder das Gasthaus " Zur Einkehr " und Bernhard bot ihm gleich ein Wienerschnitzel an mit Pommes und gemischtem Salat, dieses Angebot lehnte er nicht ab, bei dem Wort Wienerschnitzel muss Bruno immer an Wien denken, damals hatte er es nicht geschafft so ein Ding zu essen, Gulasch und Surhaxe hatten den Vorrang. Das Schnitzel von Bernhard schmeckte herrlich und danach setzte sich der Chef wieder an den Tisch zu seinem Kochkollegen und Bruno hatte das Beduerfnis die Sache mit Cola dem Bernhard mitzuteilen. Als er alles erzaehlt hatte, meinte Bernhard, das sei ihm auch schon passiert ganz am Anfang als er auf die Insel kam, es gaebe Ladyboys hier die sich so perfekt herrichten dass man sie oft kaum von echten Maedels unterscheiden kann, noch dazu wenn man was getrunken hat. Man sagt hier auf der Insel, wenn ein Maedchen zu schoen ist, dann ist sie ein Ladyboy. Und so erzaehlte Bernhard dem Bruno ein bisschen ueber Ladyboys. Er meinte es gibt solche und solche, manche Ladyboys sind sehr ehrlich, sie leben sich selber nach dem Motto, ich bin was ich bin, viele fuehlen sich in jungen Jahren schon sehr feminin, wahrscheinlich zu viele weibliche Gene, meist mit 18 Jahren gehen sie dann in eine Klinik und lassen sich dort umbauen, danach haben sie eine Vagina und Brueste. Die echt Veranlagten wie ich sie nenne suchen eher eine stabile Beziehung, eine langfristige Verbindung in der sie anerkannt werden. Anerkennung ist fuer Ladyboys ganz wichtig. Die nicht echt Veranlagten verwandeln sich zu Ladyboys aus rein geschaeftlichen Gruenden, mit einer sexy Figur kann man kann man mehr Geld machen als ein Kellner oder ein Bauarbeiter jeh verdienen kann. Jobs finden sie dann im Cabaretgewerbe in Transvestieshows auch als Friseuse, das meiste Geld verdienen sie aber mit schnellem Sex, im Angebot Analverkehr, Oralverkehr. Bernhard schmunzelte, guckte nach unten, ja blasen koennen sie wirklich gut, oft besser als viele Maedchen, das erzaehlen mir einige Gaeste, aber ich habe ja meine Thai-Ehefrau die reicht mir und im Restaurant hilft sie super mit. Beindruckt lauschte Bruno Bernhards Erzaehlungen, , er bestellte noch ein Bier. Als Bernhard ihm das Bier brachte beugte er sich vor, die Neugierde uebermannte ihn. "Ja sag mal Bernhard und von hinten, ich meine hintereingangsmaessig wie geht das, benutzen die Freier dann ein Kondom ?" " Ach ", meinte Bernhard " die meisten Maenner sagen sie machen es nur mit einem Kondom, aber wenn sie dann betrunken sind, alkohollustig, dann sieht die Sache ganz anders aus, andere Maenner behaupten sie koennen nicht mit einem Gummi, benutzen aber dann doch einen, man kann halt nicht in die Schlafzimmer hineinschauen, am Ende muss jeder selber wissen was er tut. Ja Bernhard der Pionier wusste Bescheid, zum Abschluss seines Vortrages meinte er " Eines haben die Ladyboy,s den Maedels aber voraus ". " Ja was denn ,was denn? " " Schwanger werden die nie! " Bruno meinte das ist wahr und er sagte zu Bernhard es sei doch schoen, dass es hier fuer alle Geschmacksrichtungen eine Auswahl gibt. Bernhard trank mit Bruno noch einen Himbeergeist, der ging auf Kosten des Hauses. Bruno bedankte sich fuer alles bei ihm und verliess das Informationszentrum " Zur Einkehr ". Was wollte er jetzt, er wollte ein Maedchen fuer die Nacht, ein echtes Maedchen und so ging er gleich in die grosse Happy-Bar an der Beachroad, dort gab es viele Maedels zur Auswahl, er setzte sich auf einen Hocker, bestellte Whisky-Cola und beschloss bei den Maedels ein bisschen genauer hinzuschauen, was hatte der Pionier gesagt, wenn ein Maedchen zu schoen ist, dann ist es ein Ladyboy. In der Happy-Bar war die Musik laut und die Maedels riefen durcheinander und unterhielten sich mit den Gaesten. Da stand ein huebsches Thai-Maeuschen hinter dem Tresen und guckte Bruno lieblich an, sie streckte ihre Haende aus und legte sie in seine Haende, sie sagte kein Wort, laechelte nur entspannt. Bruno war sich sicher das sei ein echtes Maedchen und er spuerte sie habe ein einfaches Gemuet, das gefiel ihm, er wollte ja ueberschaubare Beziehungen, nett sollten sie sein und anschmiegsam, er lud das Maedel zu Whisky-Cola ein und sie sollte sich zu ihm setzen, Das tat sie auch und er erfuhr dass sie Nan heisst und aus einem kleinen Dorf kommt das ganz weit weg ist. Sie war noch ziemlich jung und konnte kein Englisch, nur ein paar Woerter konnte sie sprechen " How are you, what is your name, I like you, I go with you ", nette Woerter kann sie sprechen, dachte Bruno, aber was sie wirklich gut konnte, sie konnte Bruno lieblich anlaecheln mit ihren blitzweissen Zaehnchen und ihre einladende suesse schlanke Figur war auch nicht zu uebersehen. Und nach ein paar Whisky-Cola mehr beschloss Bruno das junge Thai-Maeuschen Nan mit dem einfachen Gemuet mit in seinen Bungalow zu nehmen. Diese freute sich riesig und beide machten nachts zusammen einfache Liebe in einem einfachen Bungalow. Geredet wurde nicht viel, vielmehr Zeichensprache mit den Haenden war angesagt, doch Bruno fuehlte sich mit dem Maeuschen so wohl, dass er sie noch fuer einen weiteren Tag und eine Nacht buchte. Tagsueber zu Mittag lud er sie ein in ein tolles Strandrestaurant zum Essen. Eine grosse Unterhaltung konnte man nicht fuehren miteinander, doch das stoerte niemand. Spaeter spazierten sie zusammen am Meer herum, hockten sich in den Sand und liessen sich von der Sonne bescheinen. Gedankenlos sitzen beide nebeneinander und gucken hoch zum blauen Himmel und die Zeit bleibt stehn. Doch aus einem heiteren Nichts das Maedel wurde unruhig, Wind kam auf und ueber das Meer kam eine schwarze Luft angerollt und Bruno fragt " Was ist das denn ? " Das Maedchen ruft und deutet mit dem Finger auf die schwarze Luft " Lain. Lain ". " What..ah Rain, Rain come ". Er versteht, die Thai,s koennen das R nicht so gut aussprechen, anstatt Rain Rain – Lain, Lain. Und der Himmel verfinstert sich, es wird schwaerzer in Sekundenschnelle, es faengt an zu regnen, immer staerker. Schnell rennen Bruno und das Maedel in das naechstgelegene Strandhotel um Schutz vor der Naesse zu suchen. Doch ploetzlich findet ein satter Wolkenbruch statt, es blitzt und donnert fuerchterlich und der Himmel giesst riesige Wassermassen herunter, ja man sagt jetzt schuettet es Hunde und Katzen, Affen und Schweine und es kracht und scheppert von oben herab, dass man denkt im naechsten Augenblick geht die Welt unter. Bruno schaut von der Hotelbar aus fasziniert dem Unwetter zu, so ein Gewitter hat er in Deutschland noch nie erlebt, diese prasselnden Wassermassen ohne Ende, doch im Gegensatz zu Deutschland ist der Regen warm und das Klima nicht kalt. Unglaublich nach einer guten halben Stunde ist der ganze Spuk vorbei, die himmlischen Schleusen schliessen sich, es klaert sich hell auf und es regnet nicht mehr und am Strand dampft die Luft feuchtwarm vor sich hin. Da hat Nan das Maeuschen ploetzlich grosse Lust ins Meer zu huepfen, ja sie ist ein echtes Naturkind und sie zieht Bruno mit an der Hand, aber der muss erst noch die Rechnung fuer zwei Bier bezahlen. Danach gehen beide zum Strand und das Maedel huepft in voller Kleidung in das Meer hinein. Bruno kennt das schon von seiner ersten Thai-Freundin Som, sie hat ihm erzaehlt viele Thais haben Angst vor der Sonne dass ihre Haut zu dunkel wird oder gar schwarz, deshalb gehen sie vollbekleidet ins Wasser und haben eine Menge Spass dabei. Ja andere Laender, andere Sitten. Die Thai,s lieben weisse Haut, die Auslaender lieben braune Haut, jeder liebt das was er nicht hat.

Bruno legt seine paar Klamotten in den Sand und geht mit blauer Sporthose in das Meer hinein. Ah, das Wasser ist herrlich, herrlich warm fast wie in der Badewanne und Bruno und Nan spritzen sich lustig an, dann packt er das Maeuschen umarmt es, das Maedel kichert und der Koch aus Hameln denkt, ja das Meer ist auch ein Teil vom Paradies und er fuehlt sich sauwohl in diesem weich warmen Salzwasser und er ist sich sicher dieses Meer besitzt Heilkraefte fuer den ganzen Koerper und er nimmt sich vor, viel oefter in dieses wunderbare Wasser hineinzugehen, noch mehr Zeit in der Apotheke Gottes zu verbringen. Das Maeuschen hat einen Wunsch, sie macht Bruno klar, dass sie am Abend noch einmal am Strand sein moechte, sie liebe das Meer und wo sie herkommt aus dem kleinen Dorf das ganz weit weg ist von hier, da gibt es keinen Strand, da gibt es kein Meer. Bruno ist doch kein Unmensch und natuerlich erfuellt er ihren Wunsch, und in der Nacht sitzen sie im Strandrestaurant, zu romantischer Thai-Musik essen sie einen Riesenfisch zusammen und trinken Bier. Bruno erzaehlt Nan dass er auch schon ein bisschen Thai sprechen und verstehen kann, er kann sagen " Sawadi kab..hallo gruess Gott..khun sabeidi mei..gehts Dir gut?..oder kob khun kab..vielen Dank..dankeschoen..khun suai..Du bist schoen..khun mao..Du bist betrunken..you are sexy Lady..nein halt das ist ja Englisch! " Das Maeuschen laechelt und meint Bruno speak good Thai, di mak mak..das heisst viel, viel gut. Und Bruno und das junge Maedel mit dem einfachen Gemuet erleben noch einmal eine Liebesnacht in Bungalow Nr.10. Am naechsten Tag ist es dann vorbei mit der Einfachheit und das Maeuschen verlaesst gutgelaunt gegen Mittag den Bungalow.

Wie ein Baer schlief Bruno den ganzen Tag, am Abend ging er dann in ein Restaurant am Strand und bestellte ein leckeres Fruehstueck, Kaffee, Toast, Spiegeleier mit Schinken und er dachte, bin ja gespannt wann der Horst wohl kommt. Nach dem Fruehstueck ging er auf die Beachroad und nahm gleich Platz in der Happy-Bar. Ja und sein Freund kam auch noch am selben Abend mit der letzten Maschine auf die Insel. Er fuhr natuerlich sofort in das Best-Resort um dort Bruno zu treffen, doch der war nicht da, aber der Bungalow neben ihm war noch frei, so bezog Horst den Bungalow Nr.11. Nachdem er ausgepackt und geduscht hatte, zog er los und ging auf die Beachroad und Horst der schnelle Bube brauchte auch nicht lange um Bruno zu finden, er sah ihn in der Happy-Bar sitzend mit dem Ruecken zur Strasse, neben ihm sass eine niedliche Thai-Lady mit der er sich unterhielt. Horst ging langsam auf ihn zu und hielt ihm von hinten mit seinen Haenden die Augen zu. Bruno schnappte nach Luft, drehte sich um und erblickte seinen Freund Horst." Hey Horst " rief Bruno erfeut "Mensch Horst das ist ja gut dass Du da bist !" " Mensch Bruno alles klar bei Dir, alles ok..ich hab schon einen Bungalow neben Dir gebucht..na wie gefaellt es Dir hier im Paradies, hab ich zuviel versprochen? " Bruno erwiderte nein, nein er habe nicht zuviel versprochen und er sei ganz gluecklich hier. Horst nahm neben Bruno Platz auf der anderen Seite und dieser dachte da sitzt der Kommisar Schimansky neben mir.

Bruno stellte kurz das Maedel neben ihm vor sie heisse Pam, Horst gruesste sie und meinte dann das hellgruene Safarihemd stehe ihm aber gut, ob Bruno denn schon Werbung mache fuer Camel, das waer auch nicht schlecht meinte dieser, ihm gefiel auch das Outfit von Horst, er trug ein aermelloses rotes T-Shirt mit einem weissen Elefanten auf der Brust und schwarze Thai-Boxing Shorts . Ja nun folgte eine laengere Unterhaltung zwischen den beiden, Horst erzaehlte er habe gute Geschaefte gemacht, sie haben auch nicht allzulange gedauert und deshalb sei er jetzt schon hier. Bruno erzaehlte ihm von seinen Erlebnissen mit der Thai-Lady Som, es war sein erstes Thai-Maedchen und er hatte eine schoene Zeit mit ihr verbracht bis sie aus finanziellen Gruenden zu einem Araber wechselte, er erzaehlte von Lady Ut und dem Ladyboy Cola und von dem Maeuschen Nan die ihn hier in der Bar ab und zu diskret anlaechelt, sie bekam auch eine nette Gage von ihm. Neben ihm sitzt jetzt Pam die er einlud zu einem Mekong-Cola. Horst schmunzelte als er von Cola hoerte, er meinte das passiere hier fast jedem Mann, der zum erstenmal hierher kommt, die Ladyboys schmuecken sich auch ganz toll heraus und er habe Bruno extra nichts erzaehlt, weil er seinen Freund nicht gleich verschrecken wollte. Bruno dachte der Horst ist schon dubios schlau und er berichtete weiter vom deutschen Restaurant " Zur Einkehr " von Bernhard dem Pionier der ja auch Koch sei, von ihm erfuhr er ueber Leichen im Keller und viel ueber Ladyboys. Horst sagte ja der Bernhard ist ein guter Typ und sein Essen ist sehr schmackhaft und er aehnelt einem Politiker sehr im Gesicht, er aehnelt Willy Brandt dem Ex-Bundeskanzler der SPD. Bruno denkt nach " Ja wenn Du es so sagst, es ist richtig der Bernhard aehnelt ihm sehr er hat ein richtiges Willy Brandt-Gesicht. Bruno bestellte noch zwei Mekong-Cola und das Maedchen Pam neben ihm verabschiedete sich artig und ging wieder hinter die Bar zurueck zu ihren Freundinnen, sie verstand zwei Freunde hatten sich viel zu erzaehlen. Es stellte sich heraus dass Horst noch eine Woche laenger blieb als Bruno und Schimansky kam schon lange zur Einsicht dass dies hier eine Trauminsel sei wie es sie vielleicht nur einmal auf der Welt gibt. Und Horst sagte zu Bruno " Schau hier die ganzen Maedels an, ueberall Maedels und Du kannst sie haben, ja wenn Du da als Mann nicht zugreifst, dann bist Du ein Dieb deines eigenen Schwanzes ". "Das hast Du jetzt aber schoen gesagt, aber so ist es". Und die beiden stiessen an zum Wohl und der Mekong-Cola schmeckte herrlich." Ja und die Maedels sind frei hier ", meinte Bruno. " Ja frei wie die Voegel", erwiderte Horst " ja sie sind frei wie die Voegel, hier gibts keine Zuhaelter, niemand lungert hier im Dunkeln herum um dann spaeter abzukassieren , die Maedels arbeiten alle auf eigene Rechnung, man muss nur als Kunde die Barausloese bezahlen, wenn man ein Maedel aus der Bar herausholt, das ist voellig ok. Da fiel Horst ein er moechte morgen ein Moped mieten, auch Bruno sollte eines mieten, es sei hier auf der Insel unerlaesslich. Bruno sass in seinem ganzen Leben noch auf keinem Moped, aber hier im Paradies wuerde Horst schon dafuer sorgen, dass er das Fahren schnell lerne und er meinte er habe hier schon Kinder gesehen die Moped fahren die Beachroad entlang und die sind nicht viel aelter als zehn Jahre, in Deutschland waere das unmoeglich. " Das gibts eben nur hier , laechelte Horst. Zu spaeter Stunde verliessen die beiden huebsch angeheitert die Happy-Bar ohne Anhang und spazierten genuesslich durch Lamai. Sie sahen verliebte Paerchen und Singles beim Einkaufen, sie beobachteten Frauenjaeger umherstehend den Maedels nachguckend, sie sahen Betrunkene lachend in der Bar sitzend, gegen Betrunkene gibt es nichts einzuwenden, das waren die zwei ja auch .Sie erblickten Hippies mit Rucksaecken und Thai-Maedchen allein die Strasse entlang gehend kreuzten ihren Weg. Abgestuerzte lagen am Strassenrand und schliefen, vor einem Supermarkt hockten aeltere Maenner auf Baenken mit Augen – ganz weit weg. Horst meinte in diesen Tagen sei die Insel kein Ziel fuer die ganze Familie, sie sei eher ein Platz fuer einen Abenteuerurlaub auf eigene Faust. Er schlug vor mal nachzusehn ob im Bauhaus die Puppen schon tanzen. Das Bauhaus war eine bodenstaendige Disco im rustikalen Stil, ein grosser dunkler Holzschuppen mit Ecken und Nischen zum Kennenlernen und Beschnuppern. Als die beiden ankamen war der Laden schon ziemlich voll.

Die Schoenen der Nacht hatten Einzug gehalten. Auslaenderfrauen sah man kaum. Der Lautstaerkepegel war hoch und die Leute schrien und laermten. Der Gitarrenriff von " Smoke on the Water " zog Touristen und Thai,s gleichermassen in seinen Bann. Bruno und Horst fanden am Rande der Tanzflaeche noch einen Stehplatz und bestellten bei einem Kellner erstmal zwei Bier. Im Nu waren sie umringt von asiatischen Perlchen, von rassigen schwarzen, dunkelbraunen Geschoepfen, von hellen goldgelben Girls, von Frauen mit roetlich herbem Gesicht und knochiger Figur, von Damen mit chinesischem Einschlag, die beiden Deutschen waren umzingelt von Gesichtern voller Verlangen. Bruno war ueberwaeltigt, das Paradies ueberwaeltigte ihn, er guckte sich die Augen weg und geisterte vor sich hin " Ein Mann muesste hier zehn Schwaenze haben ". Dann musst Du aber auch zehnmal mehr bezahlen ", rief Horst. Bruno nickte schnaufend, am liebsten haette er all diese Maedchen umarmt und abgekuesst, er spuerte die Leidenschaft seines Koerpers, besonders unterhalb seines Bauchnabels, oh wie wohl fuehlte er sich doch hier in diesem Delikatessenladen der Weiblichkeit. Horst merkte dass sein Freund ganz hin und weg war und er rief " Willst Du all diese Maedels hier naeher kennenlernen ? Dann musst Du einen Langzeiturlaub buchen ! " "Ja das weiss ich, aber ich bin schon ganz gluecklich mit meinem Vierwochenurlaub hier, da hab ich schon genug zu tun und seine Augen streiften herum und konnten sich nicht satt sehen. Da kam auch schon das Bier, Horst bezahlte und sie stiessen an auf einen tollen Urlaub, den Augenblick geniessen, die Zeit hier geniessen, um das gings .Horst meinte die Chance als Mann nachts seinen Bungalow allein zu erreichen sei aeusserst gering, leckere Begleitung lauert hier ueberall. Bruno musste mal fuer kleine Maedchen, er bewgte sich in Richtung Toilette, da zogen ihn ein paar resolute Maedels in eine dunkle Ecke, nun gingen sie auf Tuchfuehlung, es war als wuerden ihn kleine Krebse zwicken, ihn piksen, Haende betatschten ihn sie waren ueberall, er spuerte Lippen auf seinem Gesicht, roch suessen Schweiss, hoerte gehauchte Worte, hoffnungsvolle Seufzer, man fuhr zwischen seine Beine, befuehlte sein bestes Stueck und massierte es leicht. Bruno wusste wieder einmal, er ist angelangt, der Krankenhaus-Koch aus Hameln hatte das Paradies gefunden, ja er war angekommen an einem Ort an dem jeder Mann einmal in seinem Leben ankommen sollte. Und auch Bruno und Horst waren in dieser Nacht chancenlos ihren Bungalow allein zu erreichen, leckere Beute begleitete sie, die beiden hatten nichts dagegen. Bruno,s Eroberung hatte eine helle goldgelbe Haut und die Suesse von Horst sah aus wie eine Halbchinesin. Am naechsten Mittag, die Schoenen der Nacht hatten Bungalow Nr. 10 und Nr. 11 schon am Vormittag verlassen, sie waren auch nicht interessiert an einer Langzeitbindung, ja am Mittag nach einem huebschen Fruehstueck am Strand ging Horst mit Bruno zu einem Mopedverleih auf der Beachroad. Horst waehlte ein rotes Moped fuer sich, mit Bruno auf dem Ruecksitz fuhr er auf einen leeren Seitenweg nahe am Strand, dort lernte der Neuling dann in Rekordzeit ein bisschen Mopedfahren, er kapierte erstaunlich schnell und es machte ihm grossen Spass. Danach gings zurueck zum Mopedverleih, Bruno waehlte ein blaues Moped und Horst gab ihm den Tip am Anfang langsam fahren, bis er sich immer sicherer fuehle. Bruno meinte das ist super hier, egal wie alt du bist, du steigst auf ein Moped und faehrst los, du brauchst keinen Fuehrerschein, es gibt keine Alkoholkontrollen, auch wenn du nicht gut siehst, das spielt keine Rolle, du steigst auf und faehrst los. Horst meinte das gibt es wahrscheinlich nur hier auf der Insel und er fuhr voraus mit seinem Gefaehrt und Bruno fuhr langsam hinterher auf seinem Moped in blau. Der Thai vom Mopedverleih kannte Horst gut und deshalb mussten die beiden zur Sicherheit keinerlei Ausweise hinterlegen.

Nach ein bisschen Herumfahren in Lamai schlug Horst vor, Bruno sollte mal eine Bodymassage, eine Ganzkoerpermassage kennenlernen. Damals gab es auf der Insel keine raffinierten, mondaenen Massagesalons wie in Bangkok. Ein bisschen Erloesung konnte man finden in einer kaputten Nebenstrasse nicht weit entfernt von der Satisfaction-Bar. Dort warteten junge Maedchen auf Kundschaft fuer eine Massage, gab es nichts zu tun, guckten sie in den Fernseher, schminkten sich oder strickten. Bruno und Horst parkten ihre Mopeds vor dem Haus, als sie eintraten stierte sie ein knappes Dutzend Maedels neugierig an, eine aeltere dicke Thai-Mama sass auf einem Sofa und begruesste sie freundlich. Anscheinend waren sie die einzigen Gaeste. Horst klaerte Bruno auf ueber das Angebot, er war hier schon ein paarmal Gast ,er koenne hier eine einfache Thaimassage haben mit " Happy Ending " mit gluecklichem Ende. Bruno verstand nicht ganz und Horst meinte zum Schluss der Massage wird Dir einer gefuehlvoll runtergeholt, wenn Du weisst was ich meine "Happy Ending ", verstehst Du? " Ah jetzt verstand er. Horst fuhr fort im Angebot waere ausserdem eine Oelmassage special mit viel Oel auf der Haut, aber auch Sonderwuensche waeren willkommen fuer einen kleinen Aufpreis, man kann aber auch die Koenigin der Lueste waehlen, die Ganzkoerpermassage, die man Bodymassage nennt. Bruno wollte mal die Koenigin der Lueste ausprobieren und Horst entschied sich fuer eine Oelmassage special und beide Maenner machten aus aufeinander zu warten bis der andere fertig sei. Horst verschwand schnell mit einem schwarzen Kraushaar-Girl in einem Zimmer. Bruno waehlte das Maedchen Tina in ihrem weissen Bikini und in ihrer olivgruenen kurzen Sporthose und er spuerte schon Bewegungen an seiner Genusswurzel. In einem Nebenraum zog sich Tina splitternackt aus, wie geil sie doch aussieht dachte Bruno. Ihr kleiner Busen wurde bedeckt von langen braungefaerbten Haaren, ihr huebsches Antlitz strahlte Ruhe aus, einige Gymnastikstunden hatte dieses Maedchen bestimmt hinter sich, dieser schlanke guttrainierte und doch zerbrechlich wirkende Koerper war eine Augenweide. Schoen langsam befreite sie auch Bruno von seinen Klamotten, grinste dabei ueber beide Ohren. Mit einem Gartenschlauch spritzte sie ihn und sich selbst ab, jetzt folgte ein gegenseitiges, gefuehlvolles Einseifen mit Shampoo und Bruno genoss es sehr alles schoen einzuseifen bei ihr, ihren Busen, ihr Aerschlein, ihre Muschi das war sexy und auch sie kuemmerte sich um seinen Big Bamboo, rieb ihn leicht unterm Seifenschaum. Voll bedeckt mit Schaum hauchte Tina dass sich Bruno hinlegen soll. Das Quietschen der Gummimatte unter ihm brachte Tina zum Schmunzeln. Bruno lag auf dem Ruecken, diese Inselschoenheit bedeckte ihn nun mit ihrer Schokoladenseite und begann langsam auf ihm hin und her zu rubbeln, das dauerte eine Weile und es gab ihm ein wohliges Gefuehl. Er spuerte auf seiner Haut ihre Haut den festen Busen, ihren griffigen Koerper, ihr Becken, ihre Schenkel, blitzschnell fuhr sie mit ihrer Scham ueber seinen Kopf und parkte sie dann in seinem Gesicht – Koerpereinsatz total. Ah das war geil, ein prickelndes Wohlsein ueberflutete seinen Koerper, seine Finger verschwanden unter viel Blubberschaum und sie spazierten in der Gegend umher und landeten auf ihrem suessen Hintern und er steckte einen Finger in ihren Hintereingang hinein, da versetzte ihm die Kleine einen dicken Kuss und streckte ihre Zunge tief in seine Mundhoehle. In dieser verbindenden Position verweilten sie erst einmal sekundenlang, danach rubbelte Tina weiter auf Bruno,s Koerper herum und dieser herzte genussvoll ihre Oeffnungen. Seine Fahne ging hoch und sie war bereit zu jeder Schandtat und flutsch, die Fahne flutschte hinein in die Moese von Tina, es gab kein Halten mehr und er liebte Tina mit voller Leidenschaft und sie stoehnte ohne Unterlass. Es dauerte nicht allzulange und er erlebte eine himmlische Unterleibsexplosion

und er konnte nicht anders Tinas Koerper noch auf seinem Koerper festzuhalten so gut war das mit Tina. Gluecklich und entspannt befreite man sich voneinander, spritzte sich gegenseitig ab und Bruno sagte es sei seine erste Bodymassage gewesen und Tina habe sie super gemacht und er sei auch das erstemal hier auf der Insel und alles sei picobello. Tina meinte schoen dass es ihm gefallen habe und er koenne jederzeit wieder kommen und er meinte er wolle noch soviel sehen und kennenlernen in seinem Urlaub. Er bezahlte fuer die Koenigin der Lueste, Tina lachte und Bruno war wieder frei. Horst der schnelle Bube war schon fertig mit der schwarzen Lady und wartete auf ihn, sie verabschiedeten sich von der Thai-Mama und bestiegen ihre Mopeds, Bruno erzaehlte von seiner Bodymassage dass sie umwerfend war und Horst meinte sein Koerper wurde massiert und voellig eingeoelt, geoelt wie eine gute Fahrradkette und hatte er Lust mit der Schwarzen zu schlafen und das hat er auch gemacht, und er steht gar nicht so auf verrueckte Stellungen oder Sado Maso, ein einfacher Bums rein, raus, rein, raus ist fuer ihn immer noch das geilste. Ja beide gaben Gas und fuhren gutgelaunt ans Meer. Unter einem Sonnenschirm bestellten sie Bier und liessen sich dann von einer Strandverkaeuferin Papaya-Salat mit gegrillten Haehnchenkeulen und Klebereis (khao niau) bringen. Dieser Papaya-Salat – Som Tam wie ihn die Thais nennen, ist der Nationalsalat von Thailand, viele Thai,s essen ihn sehr scharf, manche wuerzen den Salat mit einem Dutzend Chillys und mehr. Horst ging sich noch die Haende waschen vor dem Essen
er fuehlte sich noch oelig von der Massage. Unterdessen fragte die Verkaeuferin Bruno ob sie den Som-Tam Salat scharf oder weniger scharf wollen. Bruno verstand nicht ganz und er sagte " Its ok, its ok ". Darauf praeparierte sie den Salat sehr scharf. Bruno bezahlte und die Verkaeuferin zog weiter. Ah – der leckere Salat! Er konnte nicht warten bis Horst zurueckkommt und unvorsichtigerweise schob er eine gehaeufte Gabel

voll Som-Tam Salat in seinen Mund hinein und noch gleich eine volle Gabel hinterher, er kaute tapfer und ploetzlich blieb ihm die Luft weg und es wurde ihm in seinem Mund so grausam heiss, dass er dachte jetzt sei er in der Hoelle gelandet. Und diese Schaerfe breitete sich immer mehr aus und wurde noch staerker, schnell nahm er einen Schluck Bier doch das half nichts, er empfand dieses unertraegliche Brennen noch schlimmer als die scharfe Huehnersuppe mit Som damals. Bruno hielt es nicht mehr aus, er stand auf huepfte von einem Fuss auf den anderen und japste vergeblich nach Luft " Ha..ha ..ha..ha..ha ". Horst kam zurueck, war sein Freund verrueckt geworden ? Doch dann sah er die Bescherung, Bruno deutete verzweifelt auf den Som-Tam Salat und japste weiter nach Luft. Horst schob ihm gleich eine Portion Klebereis in seinen Mund, er meinte das helfe und reichte ihm sein Bierglas. Bruno schluckte den Klebereis und trank gierig als wenn er am Verdursten waere, es linderte das Schmerzbrennen ein wenig. " Das ist ja die Hoelle..o Gott ", rief Bruno heiser " ja nie wieder !" Jetzt ass er selber noch einen Brocken Klebereis und trank noch mehr Bier und setzte sich wieder langsam in seinen Liegestuhl, sein Hals und sein Mund brannte und er war fix und fertig und er kraechzte zu Horst das naechstemal werde er zu der Verkaeuferin sagen nur einen Chilly, nur einen Chilly und nicht mehr, das sei genug fuer ihn. Vorsichtig probierte Horst den Som-Tam Salat o Wouh, an Essen war gar nicht zu denken auch fuer Horst nicht und es dauerte noch eine gute Viertelstunde bis sich Bruno einigermassen erholt hatte von dieser Chilly-Attacke. Jetzt liessen sich die beiden die Haehnchenkeulen schmecken und den Klebereis und ein Bier tranken sie auch noch zum Nachspuelen, den Som-Tam Salat liessen sie stehen. Danach war Siesta angesagt und sie legten sich aufs Ohr.   Noch
in der selben Nacht liessen Bruno und Horst ihre Mopeds stehn und schlenderten locker die Beachroad entlang.

Sie besuchten eine groessere Disco in brauner Holzverkleidung die sich Mixed Pub nannte. Glaenzende Silberengel und rote kleine Teufelchen hingen an kaum sichtbaren Nylonschnueren befestigt von der Decke herab. Verschiedene Scheinwerfer liessen die Tanzflaeche in rot, gruen, gelb und blau erstrahlen. Im Moment droehnte huebsch laut das Meisterwerk von den Bee Gees " Stayen alive ". Viel Gestalten tauchten im Halbdunkel vor einem auf die man nicht gleich indentifizieren konnte, man wurde beguckt angelacht und dann huschten sie an einem vorbei, man wusste nicht gleich was man gesehen hatte, ein Maennlein oder ein Weiblein. Dies herauszufinden waere nur moeglich gewesen wenn man dieser Person an den Busen langt oder ihr zwischen die Beine greift, aber das wollte der Koch aus Hameln auch nicht tun. Horst kannte das Mixed Pub ja schon von seinem letzten Besuch auf der Insel, ihn ueberraschte nichts mehr. Bruno bestellte beim Kellner zwei Bier. Dieses gemischte Pub war wirklich etwas Besonderes. Wer war wer? Dieser Umstand erzeugte eine geheimnisvolle erotische Schwingung, die einen kribbelig machte, die man koerperlich spueren konnte. Bruno staunte, so eine verrueckte geile Disco hatte er in seinem Leben noch nie betreten, hier traf man Junge und Alte, Touristen, Thailaender, Maedels und Ladyboys, nicht identifizierbare Wesen und Bettler. Diese kunterbunte Mischung von Menschen begaffte sich gegenseitig, feierte sich selber und Respekt fuer jedermann war vorhanden. Die beiden tranken ihr Bier und beobachteten die heissen Girls auf der Tanzflaeche wie sie tanzten, wie sie sich bewegten und natuerlich war auch im Mixed Pub genuegend leckere Begleitung zur Auswahl, ein kurzes Laecheln, ein netter Blick haette schon genuegt und die Maedels waeren auf Tuchfuehlung gegangen, doch irgendwie hatten die beiden Deutschen Hummeln im Hintern und nachdem sie ihr Bier ausgetrunken hatten zogen sie weiter. Naechste Station war die Blues-Bar, schraeg hinter dem

Mixed Pub, die Bar war ziemlich gut gefuellt. Die Leute hatten Tische zusammengestellt und lauschten andaechtig der Live-Band, eine winzige Buehne und rechts daneben ein Holztresen war ueberdacht. Vier junge Thai-Musiker spielten auf dieser Buehne gerade einen Bluessong. An den Bretterwaenden konnte man bunt gemalte Bilder von Jimi Hendrix, B.B. King und Eric Clapton bewundern. Ein gutes Dutzend einfacher Holztische und Stuehle waren ganz in grau und sie sahen aus als haetten sie schon einiges mitgemacht. Die gesamte Bar haette auch in einem Hinterhof in Chikago eine gute Figur gemacht. Hier war Bluesfeeling, hier war Rustikalfeeling, hier fuehlte sich Bruno wohl, er mochte Bluesmusik und auch Rock. Das Publikum war hier uriger, bodenstaendiger, es sah wilder aus gegenueber dem Mixed Pub. Viele Langhaarige, Rocker in Leder, Taetowierte, aber auch Auslaender mit ihren Thai-Freundinnen sah man hier und die Atmosphaere war friedlich und froehlich. Bruno und Horst ergatterten noch ein freies Plaetzchen an einem Ecktisch und bestellten eine grosse Flasche Mekong-Whisky mit Eis und Cola. Nach Mitternacht platzte der Laden aus allen Naehten und keiner schien mehr hier nuechtern zu sein. Da fragte der Saenger ploetzlich durchs Mikrophon ob denn jemand vom Publikum Lust haette auf der Buehne ein Lied zu singen oder Gitarre zu spielen. Da betrat eine kraeftige Dame mit blonden langen Haaren in braunen Cowboystiefeln und braunem Lederhut die Bretter die die Welt bedeuten. War sie Amerikanerin? Sie wankte schon hin und her redete mit den Musikern hielt das Mikro nach unten..oohuu. cinc gewaltige Ruckkopplung fand statt, doch dann fing sie an leidenschftlich zu singen den Evergreen " Summertime "sie sang den Song mit einer wahren Janis Joplin - Reibeisenstimme ja geil. Am Ende riss sie die Arme nach oben, wollte zu schell die Buehne verlassen und da blieb sie mit einem Stiefel an einer etwas hochstehenden Bodenlatte haengen, sie verlor das Gleichgewicht, sie schrie auf und ihr beleipter Koerper krachte vollwuchtig direkt auf einen Tisch vor der Buehne, Glaeser schepperten und der Whisky floss umher, es herrschte positiver Aufruhr, doch auch stuermischer Applaus fuer die Darbietung der Lady, die sich zum Glueck nicht verletzt hatte und bald wieder auf ihren Beinen stand und flinke Kellner wischten das ganze Chaos zusammen. Marihuana-Geruch kitzelte die Nase von Horst und er fragte Bruno, ob er das auch rieche, da rauche jemand Marihuana. Dieser hatte keine Ahnung von dem Kraut aber er meinte das rieche ganz gut, ja am Nebentisch rauchten zwei Langhaarige unverbluemt mit ihren Thai-Lady,s einen dicken Joint. Bruno hatte noch nie so etwas probiert, da meinte Horst er werde mal etwas besorgen fuer sich und ihn zum Rauchen. Bruno nickte. Als nach einigen Zugaben die Band aufhoerte zu spielen, kamen die Musiker an die Tische und unterhielten sich mit den Gaesten. Der kleine Saenger Joy, ein echter Jimi Hendrix Typ, ja er haette ein Bruder von Jimmy sein koennen, er stiess mit Bruno und Horst an und erzaehlte dass er alle Bilder an der Wand selbst gemalt habe, er konnte wirklich gut malen und die beiden erwiderten dass die Musik super gewesen sei und auch der Mekong-Whisky schmecke ihnen super. Der Saenger meinte darauf laechelnd, ja das sei manchmal ein Problem, er schmecke der Band auch so gut, zu gut. Darum nannten sich die Jungs auch " The Mekong-Blues Band ". Ja jeden Abend zu trinken mit den Gaesten bis zum Abpfiff, die Musiker mussten schon eine Superkondition haben und eine Superleber. Hinter der Bar im Gebuesch flackerte ploetzlich ein hohes Feuer auf und man hoerte Bongos trommeln. Als nur noch eine grosse leere Whiskyflasche auf dem Tisch stand und sie anscheinend die letzten Gaeste waren, beschlossen Bruno und Horst heute Nacht mal allein zu schlafen, ganz jungfraeulich. Die Beiden stapften heitertrunken am Strand entlang der von den Sternen erhellt wurde und erreichten die Bungalows nur zu zweit.

Man musste ja hier im Paradies nur die Hand auszustrecken und schon war man nicht mehr allein. Vor seiner Tuer meinte Bruno zu Horst, wenn es so eine Blues-Bar in Hameln gaebe, die wuerde gut laufen und er wuerde oft nach der Arbeit im Krankenhaus vorbeischaun, aber selber so ein Ding aufziehen, da muesste man erstmal kraeftig investieren und woher sollen die Bluesmusiker kommen. Horst dachte laut, ja in Hannover eine Blues-Bar mit Musikern aus Thailand und original Mekong-Whisky und leckere Blues-Maedels zum Flirten, das waere etwas Besonderes in Hannover. Auf jeden Fall moechte er morgen mit Bruno mit den Mopeds nach Chaweng fahren in das Reggae-Pub. Und Bruno freute sich darauf wieder etwas Neues auf der Insel kennenzulernen. Gesagt, getan. Am naechsten Tag nach dem Abendessen im Strandrestaurant fuhren Bruno und Horst mit ihren Mopeds los Richtung Chaweng. Auf halber Strecke mitten in den Bergen fing es an zu regnen, doch es war nur leichter warmer Regen, sie stellten sich unter und tranken ein Bier im Beverly-Hills Resort. Wenn es ein Problem auf der Insel gab, dann waren es die Strassen, bei laengerem Regen loesten sich diese Sandwege buchstaeblich auf und verwandelten sich zu ueberschwemmten Lehmrinnen, eine Strasse im herkoemlichen Sinne gab es nicht mehr. Die Inselbewohner fuhren dann weiter auf Verdacht und wenn man einen Pechtag hatte, versackte das Moped bis zur Haelfte in einem Schlammloch. Doch diesmal stand ihnen das Glueck zur Seite, es hoerte auf zu regnen, die Natur beruhigte sich und Bruno und Horst setzten ihren Weg fort. In Chaweng konnte man auch von der Beachroad aus ueber eine lange wackelige Holzbruecke zum Reggae-Pub hinueber fahren, ein Stausee trennte das Pub von der Beachroad. Horst erzaehlte es sei jedesmal ein Abenteuer heil ueber diese Bruecke zu kommen, er sah mit eigenen Augen wie sich Leute oft zu dritt auf dem Moped bekreuzigten oder ein Eilgebet zum Himmel hoch schickten, bevor sie auf diese Holzbruecke fuhren, doch anscheinend kamen einige Stossgebete ganz oben nicht an, denn einige Fahrer betrunken oder nicht, stuerzten von der Bruecke lautschreiend ein paar Meter tief in den darunterliegenden Stausee, der aber zum Glueck nicht tief war. Am Ufer warteten dann schon die Thai,s sie leisteten erste Hilfe, sie hatten einfache Holzboote und fischten dann die Leute aus dem Wasser heraus und auch die im Schilf und Seegras verhedderten Mopeds. Vorsichtig fuhren Horst und sein Freund hinueber auf die andere Seite. Bruno staunte, das Reggae-Pub kam ihm vor wie ein buntgeschmuecktes Prachthaus unten aus Stein und oben aus Holz gebaut. Sie parkten ihre Mopeds vor einer Lady-Bar und Bruno war verwundert ueber das ganze Drumherum ausserhalb des Reggae-Pubs, da konnten einem schon die Augen uebergehen. Ein ganzer Jahrmarkt an kleinen Staenden machte sich hier breit, bei Kerzenlichtbeleuchtung boten die Thais alles moegliche zum Verkauf an. Auf kleinen Tischchen lagen Geldbeutel aus Hanf, Schlangenlederguertel, Krokodilstiefel, Silberschmuck, Ganschapfeifchen in vielen Variationen, Kaftans, T-Shirts, Jeans, bunte Seidentuecher, Raeucherstaebchen und Musikkassetten. Ein Duft von Grillhaenchen, gebratenen Fischen und Marihuana zog durch die milde warme Nachtluft. In einem einfachen Thai-Restaurant gab es eine herrliche Rindfleischsuppe mit Nudel. Horst erzaehlte diese Suppe sei beruehmt, die Leute kaemen hierher aus allen Teilen der Insel nur um diese Suppe zu essen. Die Knochen und das Fleisch werden hier ausgekocht und gekoechelt viele Stunden lang, bis der Suppensud ganz schwarzbraun ist. Bruno lief schon das Wasser im Mund zusammen, aber er war ja noch satt vom Abendessen in Lamai. Ja und ein grosses Thai-Boxing Stadium sei nicht weit entfernt von hier, meinte Horst. Doch die beiden setzten sich nun ein wenig abseits auf einen Mauervorsprung und beobachteten das gewurlige Treiben auf dem Jahrmarkt und die Moskitos summten schon um sie herum. " Ueberraschung ", rief Horst, der schnelle Bube und zog einen kleinen Joint aus der Hemdentasche, er erzaehlte zu Mittag habe ihm ein Bekannter in Lamai diesen Joint geschenkt. Bruno hatte in seinem Leben noch nie einen Joint geraucht, doch irgendwann ist immer das erstemal. Horst meinte trocken, wenn wir uns schon im Reggae-Pub, im Bob Marley-Land aufhalten und auch wegen den Moskitos hier, da muessen wir jetzt einen rauchen. Das leuchtete Bruno ein und Horst lernte ihm schoen entspannt am Joint zu ziehen, leicht inhalieren und wieder locker ausblasen, und Bruno tat wie ihm geheissen, er hustete noch ein paarmal aber es ging schon und waehrend die beiden abwechselnd ihr Zigarettchen pafften, konnte man die Wirkung des Marihuana bei den Moskitos huebsch beobachten, sie wurden derart stoned, dass sie sich kaum noch in der Luft halten konnten, ja einige fliegende Moskitos waren so bekifft dass sie frontal in der Luft zusammenstiessen, mit letzter Kraft suchten sie dann ein ruhiges Plaetzchen auf um sich suessen Traeumen hinzugeben, das war jetzt ihr einziges Ziel. Doch auch bei Bruno und Horst haute dieser kleine Joint ganz schoen rein, nun hatten sie auch Lust Musik zu hoeren, vielleicht ein bisschen das Tanzbein zu schwingen. Sie gingen in das Reggae-Pub hinein und im Inneren war das Pub sehr liebevoll eingerichtet, Tigerfelle, Pfeil und Bogen, Speere , Lanzen und Bongos hingen von rotgruen bemalten Waenden herab. Afrikanische Skulpturen, ekstatische Gesichter, bizarre Masken starrten einen an, ein Buddha-Schrein war herrlich blumengeschmueckt, alte Fotos von beruehmten Reggae-Stars wie Peter Tosh und Jimmy Cliff konnte man bewundern, doch die meisten Poster , die meisten Bilder an den Waenden waren natuerlich von ihm, von Bob Marley, er war allgegenwaertig, eine Band spielte im Moment nicht, doch eine erhoehte Holzbuehne war voller Musikinstrumente. Das Pub war mehr als halbvoll und das Publikum gemischt.

" Rastafarei ", schrie der Thai-Disjockey und ein Bob Marley Song erklang, bei Bruno wirkte das Marihuana schon, er hoerte die Musik glasklar, sein Koerper war vom Rhytmus erfuellt, er hatte Kaugummi-Beine, sie bewegten sich von selber und er empfand das alles als sehr angenehm. Horst klopfte ihm auf die Schulter " Gut der Joint was? ". "Ja super, mir gehts hervorragend ja super ", rief Bruno und guckte seinen Freund an, der jetzt ganz kleine Aeuglein hatte und er dachte bei sich, der Horst schaut doch wirklich aus wie der Kommisar Schimansky. Die beiden schlenderten an die Bar, tranken Bier und genossen die Gegenwart. Irgendwann legte der DJ. eine tolle Powernummer auf zum Tanzen. Ploetzlich kam ein neuer Schwarm Maedels in das Reggae-Pub hinein, etwas lag in der Luft. Sie mussten aus dem Sueden kommen, ihre Haut war braunschwarz, heisse luesterne Gesichter musterten die beiden Deutschen von Kopf bis Fuss. Wenn man bekifft ist, sind die Eindruecke besonders intensiv, die Wahrnehmung ist gesteigert, irre ja witzige Bilder ueberfluten einen. Diese rassigen Geschoepfe wollten sich die beiden naeher angucken. Ein grosses ziemlich duerres Exemplar, kurzhaarig mit ueberlangen Beinen holte sich eine Cola an der Bar, ihr knapp gruener Jeansrock und ihr rot hautenges T-Shirt machten sie zu einer sexy Lady, sie trug weissen Puder auf ihrer Gesichtshaut dazu silberrunde Ohrringe, ihr knochiger Koerper bewegte sich als wuerde er ueber einen Laufsteg bei einer Modenschau schreiten. Das Wort " Gazelle " besuchte Brunos Hirn. " Schau mal die da", hoerte er seinen Freund sagen, vor Horst stand ein kleines schlankes Maedel mit lockig braunen Haaren und blitzenden Zaehnen, in ihrem rosa Kleidchen mit schwarzen Puenktchen ermunterte sie ihn mit ihr zu tanzen, sie besass ein weisses Traumgebiss mit dem sie tolle Werbung machen koennte fuer Colgate – Zahncreme, ja sie koennte das Colgate – Maedchen werden fuer Asien. " Die mit den Zaehnen ",rief Horst zu seinem Freund.

Oft vergassen Bruno und Horst die Namen der Maedels, Lady Som, Ut, Nan, Lek, Mon, Nok, Da, Oi, ja wer auf der Welt konnte sich denn diese Namen alle merken, und so beschlossen die beiden gestern Nacht in der Blues-Bar in einer verrueckten Laune, dass sie den Maedels eigene Namen geben koennten, nach ihren hervorstechendsten Koerpermerkmalen, bei einer langen Nase etwa " Die mit der Nase ", hatte eine einen dicken Hintern dann " Die mit dem Arsch ". Eine andere Lady war auch ein Blickfang, klein im Wuchs etwas kraeftiger gebaut als die anderen beiden Maedels, zu einem goldgelben Pulli trug sie schwarze Jeans bis zum Knie. Mann, das Maedel hatte einen herrlichen Busen, einen Superbusen, er machte einen festen strammen Eindruck, man bekam richtig Lust hinzulangen. Natuerlich hatte sie gleich ihren Namen weg " Die mit dem Busen ". In ihrem Schlepptau befand sich ein zierlich schmales Girl, auch von der kleineren Sorte, bekleidet mit blauem T-Shirt und blauer Jeans, ihr Unschuldsblick konnte Maenner erregen, ein langer Pferdeschwanz reichte hinunter bis zu ihrem suessen Hinterteil. Sie strahlte Ruhe aus, wer auch immer mit ihr sprach, sie hoerte nur zu, sagte kein Wort, ihre Augen schienen bewegungslos, sie bekam von Bruno einen neuen Namen " Das stille Wasser ". Schnell fanden Horst und Bruno heraus dass sich alle vier Maedels gut kannten, die schlaksigen aufreizenden Bewegungen der " Gazelle " machten Bruno heiss, er begehrte sie doch sie wollte sich nicht von dem "Stillen Wasser " trennen, ebenso bei Horst, er wollte " Die mit den Zaehnen " doch diese wollte widerum " Die mit dem Busen " nicht allein lassen, warum auch immer, soziales Verhalten? " Entweder alle viere oder keine von denen ", rief Horst mit spitzer Zunge. Bruno dachte kurz nach, dann blitzten seine Augen und er sagte " Am besten wir nehmen alle viere und die \Gage teilen wir durch zwei, man soll doch in seinem Urlaub nichts anbrennen lassen ". Horst war einverstanden und meinte das sei eine gute Idee, er habe ja in Deutschland noch ein paar schnelle Geschaefte gemacht, ja erfolgreiche Geschaefte und er lade Bruno ein, kein Problem und er uebernehme alle Unkosten. Da freute sich Bruno, klopfte seinem Freund auf die Schulter und bedankte sich bei ihm mit einem "Hey ja super Horst danke ", dieser hatte heute seine Spendierhosen an und er presste " Die mit den Zaehnen " an sich, machte alles klar und fluesterte ihr einen Geldbetrag ins Ohr fuer alle vier Maedels zusammen. Da leuchteten ihre Augen auf, sie sah so gluecklich drein, als haette sie gerade viel Geld im Lotto gewonnen, schnell besprach sich das Maedel mit den anderen drei Huebschen, pure Freude brach aus, sogar das " Stille Wasser " blinzelte ein bisschen aufgeregt. Horst hatte den Maedels ein Angebot gemacht das sie nicht ablehnen konnten. Er meinte nuechtern da die finanzielle Seite nun geklaert sei, waere es Zeit zu gehen und wir sollten jetzt alle in die No-Problem Bungalows fahren. Bruno wunderte sich " In die No-Problem Bungalows, wo sind die denn, die kenne ich ja gar nicht! " Horst grinste kurz " Ja mein Lieber, die kannst Du auch nicht kennen, weil es die gar nicht gibt ". Brunos verblueffter Gesichtsausdruck amuesierte Horst und er erzaehlte er kenne da eine ruhige Anlage in den Bergen, dort sei man ungestoert, es ist sehr ruhig dort und niemand stellt Fragen und man kann ihn dort schoen langsam reinschieben und wieder rausziehen und ihn wieder reinschieben und ihn wieder rausziehen ,Horst lachte " Wenn Du verstehst was ich meine ". Bruno verstand ganz genau was Horst meinte, ja rein und raus und rein und raus beim anderen Geschlecht das ist Brunos grosse Leidenschaft in seinem Leben, so ist er eben, es ist sein Schicksal und Horst hat ja gesagt niemand kann seinem Schicksal entrinnen. Und Horst drueckte seinen Freund an der Schulter und meinte " Weisst Du Bruno, ein bisschen Spass muss sein. ".

Und so verliessen alle Klein-Jamaica das Reggae-Pub, die Karawane setzte sich in Gang. Horst fuhr an der Spitze, danach folgte Bruno und mit zwei eigenen Mopeds fuhren die Maedels hinterher. Und Bruno dachte bei sich, da fahren nun Horst und ich gegen Mitternacht mit unseren Mopeds vom Reggae-Pub aus mit vier heissen rassigen Maedels auf der Beachroad entlang und es geht hinauf in die Berge mit unserer tollen zusammengekauften Mannschaft zu den No-Problem Bungalows, die es eigentlich gar nicht gibt, um dort eine nette Party zu veranstalten, das glaubt mir doch kein Mensch an meinem Stammtisch wenn ich das erzaehle, wo kann man denn sowas noch in unserer zivilisierten, durchstrukturierten Welt erleben, das kann man nur im Paradies erleben und es war wieder eine Bestaetigung fuer ihn dass er es gefunden hatte. Unterwegs wurde kurz angehalten, in einem Supermarkt wurde eingekauft, viel Bier und Knabbergebaeck, Horst meinte unseren Suessen solle es doch an nichts fehlen. Die Anlage lag in den Bergen zwischen Chaweng und Lamai, doch einfache Bungalows gab es hier nicht. Brunos Augen sahen nur No-Problem Luxushaeuschen. Horst in schwarzer Jeans und blauem Pulli erledigte alle Formalitaeten, man kannte ihn schon, begruesste ihn freundlich, er war hier nicht zum erstenmal und niemals allein. Sie bekamen ein Steinhaus mit einem grossen Schlafzimmer, daneben war noch ein kleines Zimmer auch mit Bett vorhanden. In dem Hauptzimmer wurde erst einmal die Beleuchtung heruntergefahren und im Schummerlicht auf einem Superbett sitzend wurde Chang-Bier getrunken, dabei hoerte man Thai-Musik aus dem Fernseher und quatschte miteinander so gut es ging, Bruno erzaehlte den Maedels sie kommen aus Deutschland und da ist es im Moment sehr kalt, die Maedels konnten kaum Englisch, doch irgendwie meinten sie wo sie herkommen da ist es immer sehr heiss. Im linken Arm hielt Bruno " Die Gazelle " und fuhr auf und ab an ihrem Waschbrettbauch, im rechten Arm hielt er " Die mit dem Busen ", sie freute sich wenn man bei ihr zugriff. " Die mit den Zaehnen" hing am Hals von Schimansky, sie fauchte liebevoll, sie zeigte ihm ihre messerscharfen Beisser, es schien als wuerde sie irgendwann zubeissen. " Das stille Wasser " sass auf seinem Schoss und befuehlte neugierig seinen Schnauzer und allmaehlich hiess es zur Sache Schaetzchen, " Die mit den Zaehnen " und " Das stille Wasser " verschwanden mit Horst im Nebenzimmer. " Die Gazelle " und " Die mit dem Busen " blieben bei Bruno im Superbett, doch bald hoerte man aus dem Duschraum Gelaechter, es waren die Maedels von Horst und als die Maedels von Bruno das hoerten, da liefen sie auch gleich zu ihren Freundinnen, da standen sie dann alle vereint unter der Brause wuschen sich kicherten und quikten, Bruno und Horst kamen hinzu, da war kein Platz mehr fuer sie in dieser Duschtoilette doch die beiden zwickten und kniffen sie und die Maedels splitternackt schrien um die Wette. Nach der Dusche gingen die Maedels von Horst wieder zu Horst und die Maedels von Bruno wieder zu Bruno, das Licht wurde auf ein Minimum geloescht und dann kam man zur Sache, man tat das wozu man hierher gekommen war, ihn reinschieben, schoen langsam, einmal hier und einmal dort, rein und raus, es lief wie am Schnuerchen und den Maedels gefiel es auch, ja und spaeter in der Nacht kamen die Maedels von Horst zu Bruno und die Maedels von Bruno gingen zu Horst, es wurde bruederlich geteilt, so war es von Horst klug abgemacht, dafuer bekamen die Suessen ja auch eine Supergage. Und die Fahne von Bruno freute sich dass sie soviel in dieser Nacht zu tun hatte und er dachte man kann es drehen und wenden im Leben wie man will, ein bisschen Spass muss sein.   Nach dieser erstaunlichen Nacht schliefen alle ein bisschen laenger, man wanderte abwechselnd unter die Dusche und die Lebensgeister kamen allmaehlich zurueck. Fuer die Girls war heute Zahltag und sie freuten sich sehr als Horst die Scheine zueckte, es gab noch Bussis fuer alle zum Abschied und " Die mit dem Busen "laechelte als Bruno bei ihr nochmal herzhaft zugriff. " Die Gazelle " und " Das stille Wasser " fuhren nach Chaweng " Die mit den Zaehnen " und " Die mit dem Busen " wollten in das Hafenstaedtchen Nathon zum Einkaufen fahren. Ein Wiedersehn mit den Maedels war nicht geplant, fuer diese jungen Girls gab es kein Versteckspiel, sie waren offen und frei und taten was sie wollten.   Zurueck in Lamai liessen sich Bruno und Horst von ein paar Massage-Ladys am Strand huebsch durchkneten, ah das tat wohl und beide beobachteten einen alten Mann mit Schmerbauch an seiner Seite ein suesses Thai-Maedchen. Da sagte Horst zu Bruno " Siehst Du da geht hier ein Sechzigjaehriger Hand in Hand mit einer Zwanzigjaehrigen happy im Sonnenschein am Meer entlang, warum nicht? Sie schenkt ihm ihre Jugend und er schenkt ihr Geld, damit kann sie sich was kaufen und auch noch ihre Familie unterstuetzen, es ist ein Geben und ein Nehmen und jeder bekommt was er will. In Deutschland ist ein Mann von 30 Jahren aufwaerts nicht mehr so attraktiv fuer die Frauen, da sagen dann die jungen Dinger in der Disco zu ihm "Mensch Opi, mach Dich vom Acker kauf dir einen Porno und fuehl Dich wohl, schoenen Tag noch Opi! " "Ausser der Mann ist beruehmt, prominent, ein Star, oder er hat Kohle ohne Ende, das ist was anderes, aber hier auf der Kokosnuss-Insel muss sich kein Mann einen Pornoschinken kaufen, die Alten halten noch Kontakt zur Jugend und umgekehrt. Natuerlich geht es bei diesen Beziehungen nur ums Geld, doch umsonst ist wahrscheinlich nur die Liebe deiner Mutter zu Dir ". Bruno nickte das konnte er alles unterschreiben was Horst gesagt hatte und er meinte er empfinde Samui als eine Paradies-Insel im Sonnenschein, man koennte auch sagen, dies hier sei eine verschlafene Sex-Oase, in der Zeit keine Rolle spielt und man in warmen Naechten Erloesung finden kann vom Blues des Lebens in den Armen einer braunen Schoenheit. Ah-die Massage tat Bruno wohl, aus heiterem Himmel fiel ihm ploetzlich ein, dass seine Postkarten an die Mutter immer noch in seinem Bungalow liegen, dies teilte er seinem Freund mit, Horst meinte er wisse wo es ganz tolle Postkarten gaebe, naemlich beim Big Buddha, ja der Big Buddha ist ein Muss fuer jeden Touristen ihn einmal zu besuchen und er schlug vor morgen zum Big Buddha zu fahren und Bruno war gleich einverstanden. Noch von der letzten No Problem-Nacht herrlich entspannt stand heute nichts mehr Grosses auf dem Programm. Die beiden legten sich aufs Ohr nur am Abend sassen sie dann im Strandrestaurant und bestellten Rindersteak mit Pommes und gemischtem Salat, dazu gabs ein paar Bierchen, danach machte sich eine gewaltige Bettschwere bei den beiden breit, es fand auch keine Gegenwehr statt und so gingen sie zufrieden in ihre Bungalows und die Augen fielen ihnen ganz schnell zu. Am naechsten Vormittag, die Sonne strahlte in ihrem schoensten Gewande fuhren Bruno und Horst auf ihren Mopeds Richtung Big Buddha. Von Lamai ging es erst ueber die Berge nach Chaweng, schon allein die Fahrt von Chaweng nach Choengmon durch exotisches Waldgebiet ist ein Naturerlebnis, das den Stimmungsbarometer voll in die Hoehe schiessen laesst, man fuehlt Freiheit auf seiner Hond-Dream Maschine, kann herrlich frische Ozonluft einatmen und bekommt Lust laut zu singen, Horst traellerte seinen Lieblingssong" Everybody loves somebody sometimes ", eine suesse Schnulze von Dean Martin. Weiter geht die Fahrt dann nach Ban Rak und ploetzlich ist es soweit, man sieht ihn schon von der Ferne, man erblickt ihn, souveraen schaut er in die Weite, trohnt laechelnd ueber der palmengruenen Kokosnuss-Insel, der bombastisch hohe goldene Big Buddha. Ein ganzjaehriges Ziel fuer Pilgerfahrten aus allen Landesteilen. Der Big Buddha gehoert zu Samui wie der Eifelturm zu Paris, wie die Golden-Gate Bruecke zu San Franzisko. Die beiden parkten ihre Mopeds an einem Parkplatz am Eingang und gingen hinein in das Tempelgelaende. Bruno sah einige Souvenierlaeden, kleine Garkuechen und Verkaufsstaende und er sah einfache Holzbungalows wo die Moenche wohnen, Touristen, Thais und Kleinkinder mit ihren Muettern streiften umher und man guckte immer wieder hoch zum Big Buddha. Ah- und da sah Bruno an einem Staendchen wunderschoene Postkarten vom Buddha und von der ganzen Insel, er kaufte gleich ein paar Karten und Briefmarken dazu und sie nahmen Platz in einem charmant dekorierten Restaurant bestellten zwei Huehner-Curry mit Reis und zwei Bier, waehrenddessen beschrieb Bruno gleich zwei Postkarten an die Mutter, den Kulli bekam er von der Bedienung und er schrieb dass doch Thailand kein gefaehrliches Land sei, es gehe ihm sehr gut hier und er ist oft mit seinem Freund Horst unterwegs und sie solle sich bitte keine Sorgen machen und er habe sie sehr lieb. Unterm Essen hoerten sie dann das Klicken der langen Muschelketten die von der Decke an Faeden herunterhingen. Nach dem Essen schmiss Bruno die Postkarten in einen kleinen Briefkasten und dann gingen die beiden in den inneren Vorhof, dort zogen sie ihre Schuhe aus und stapften dann andaechtig die vielen Steinstufen zu ihm hoch bis sie oben angekommen vor seiner Heiligkeit dem goldenen Big Buddha standen. Wouh-das war schon ein Gefuehl der Ehrfurcht und beide hielten den Atem an. Horst meinte der Big Buddha beeindruckt einen immer wieder aufs Neue, in seinem Laecheln kann man Mitgefuehl spueren. Die beiden Deutschen zollten dem Big Buddha Respekt, verbeugten sich vor ihm mit Thai-Gruss, zuendeten Raeucherstaebchen nebst kleinen gelben Kerzen an zu seiner Ehre und baten ihn um Glueck und Gesundheit. Danach meinte Horst Bruno solle ihm folgen, hinter der grossen Buddha-Statue ging ein kleiner Abhang hinunter zum Meer, dort lagen grosse Felsen im Gras und Horst sagte er denke dies sei ein Ort der Kraft und er kaeme immer wieder mal hierher. Sie setzten sich auf einen grossen Felsen nebeneinander, schauten ins Meer, guckten hinueber zu kleinen unbewohnten Inseln, das Koerpergefuehl veraenderte sich, Ruhe kehrte ein, man fuehlte sich schwerer entspannter, innerlich aufgeraeumt, spuerte Zufriedenheit. Auch Bruno meinte ohne Einbildung, er fuehle sich momentan absolut gut und kraeftig. Die beiden guckten schweigend zu wie die Gischt kleine Felsen am Strand umspuelte. Boom! Ein Moench schlug den Gong, lange hallte der Ton ueber das Meer und Horst meinte solche verschwiegenen Orte mit Kraftzauber gibt es bestimmt auf der ganzen Welt verstreut. Und sie verliessen diesen magischen Ort und fuhren gut   erholt   zurueck   nach   Lamai. Ja es ist Fruehling in Hameln und es ist tiefe Nacht und Bruno erwacht kurz aus seinem Traum durch sein bisheriges Leben und es macht ihn ganz euphorisch weil er seine Abenteuer noch einmal so intensiv erleben darf. Er guckt auf seinen Wecker, es ist 2 Uhr morgens und es ist mucksmaeuschenstill um ihn herum, er greift zur Bierflasche die neben seinem Bett steht und laesst den Gerstensaft die Kehle hinunterrinnen, danach schliesst er seine Augen, er will weitertraeumen, wie alles weiterging, wie alles weiterging.   Nun begann fuer Bruno und Horst eine hemmungslose, wilde Zeit auf der Insel. In einer heiteren Grundlaune lebten die beiden ein Leben von der Huefte abwaerts, hinein ins Getuemmel war die Devise, doch sie gingen auch getrennt auf Streifzug. Und Bruno und Horst wunderten sich beide wie schnell und gekonnt die Maedels sie von ihrem ueberschuessigen Geld befreiten mit einem Laecheln auf den Lippen, doch dafuer schenkten die Maedels ihnen unvergessliche Stunden und sie befanden sich ja auch im Land des Laechelns. Nachts trafen sich die beiden Deutschen dann zufaellig in der Blues-Bar, aber meistens in der

Satisfaction-Bar, die sich am Ende der kaputten Nebenstrasse befand, es wurde die Lieblings-Bar von Bruno, hier war er nachts auf der Jagd nach Fleisch, aber von wegen Jagd auf das Fleisch, das Fleisch kam zu ihm, bot sich an und er konnte schwer genug kriegen von diesen schlanken feingliedrigen Geschoepfen mit ihrer samtweichen braunen Haut und ihren schwarzen langen Haaren. Bruno liebte es ihre Koerper anzufassen, sie zu riechen, die Maedels zu kuessen, sie zu umarmen, in sie hineinzubeissen, alles drehte sich in seinem Urlaub um Maedchen, Maedchen, Maedchen " Hey schau mal die an, die ist ja geil ", oder " Hey die da drueben, die ist ja noch geiler ". Ja der gute Bruno, der dem Fussball-Ungeheuer Horst Hrubesch im Gesicht sehr aehnelt war laengst nicht mehr der etwas schwerfaellige schuechterne Krankenhaus-Koch aus Hameln, er hatte sich gewandelt zu einem selbstbewussten Beischlaf-Geniesser, der deutliche Ansagen macht gegenueber dem zarten Geschlecht. Nur gut dass er genuegend Urlaubsgeld bei sich hatte um sich all diese Vergnuegungen leisten zu koennen. Im Rausch der Lust fragte Bruno in der schwuel schwuelstig beleuchteten Satisfaction-Bar eines nachts den Horst" Sind wir denn sexsuechtig, sind wir Erotik-Junkies im fortgeschrittenem Stadium, wo es nur noch geht um den naechsten Schuss? " "Ueberhaupt nicht ", rief Horst, der schnelle Bube " wir amuesieren uns doch nur, Mensch Bruno hast Du nicht ein Leben lang getraeumt von Maedchen ohne Ende, hier hast Du sie, hier kannst Du deine Leidenschaft voll ausleben ". Bruno nickte und meinte, ja im Paradies sollte man kein schlechtes Gewissen haben. " Richtig ", rief Horst " kein schlechtes Gewissen im Paradies, darauf trinken wir ", und die Glaeser klirrten " und er fuegte hinzu " der Whisky-Cola schmeckt ja heute auch wieder wunderbar ". Mit Horst hatten es die Maedels nicht immer leicht, er trank mehr als Bruno und wenn er dann sein Quantum erreicht hatte, traellerte er oefters den alten Dean Martin-Hit

" Everybody loves somebody sometimes ", und wenn dann seine Begleiterin auf ihn einredete, er sei schon ziemlich dicht, dann guckte er sie mit glasigen Augen an und lallte " O Darling wir trinken noch ein Whisky-Cola zusammen und dann kaufen wir etwas nettes Kleines fuer Dich ok Darling? " Ein Maedchen musste mit Schimansky mittrinken koennen, dann war es ein gutes Maedchen. " Bruno teilte seinem Freund mit dass sie jetzt hier in der Bar einen neuen Cocktail anbieten, den " I cant get no Flip ", er kenne ja den Rolling Stones Song " I cant get no Satisfaction " und jetzt gibt hier den " I cant get no Flip ". Horst meinte das sei ja eine Super-Idee. Bruno hatte die Maedels beim Mixen hinter der Bar schon beobachtet und eine nette Kleine verriet ihm schon die Mischung. Der " I cant get no Flip " besteht aus Wodka, Gin, Thekila, Kokosnusswasser, Ananassaft, Grenadine und ein bisschen Eis. Bruno meinte er habe den Drink noch gar nicht probiert. "Den muessen wir sofort probieren ", rief Horst ganz happy und in seiner Nervositaet rief er laut " Hello please two 'I cant get no-Satisfaction-Flips "! . Da lachten die Maedels und meinten der Drink heisse " I cant get no Flip " und Horst erwiderte wie dem auch sei auf jeden Fall zwei davon, die beiden waren schon neugierig auf den Geschmack. Und dann wurde er ihnen serviert, in einem mittelhohen Glas mit Strohhalm und einer kleinen Ananasscheibe aufs Glas gesteckt, mmh der schmeckte ihnen lecker " Oh der haut ja rein ", meinte Bruno genuesslich "Kein Wunder was da alles drin ist ' schmatzte Horst " er schmeckt hervorragend, wirklich hervorragend mmh ". Sie tranken weiter und schnell weiter und ploetzlich waren die Glaeser leer. Bruno meinte jetzt sei er an der Reihe und bestellte zwei neue " I cant get no Flip ". Horst gab zum Besten im Urlaub muss man es sich einfach gut gehen lassen und da fing er an seinen Lieblingswitz zu erzaehlen, also da geht ein Mann zum Arzt und sagt " Herr Doktor, ich habe ein   Laster
es ist so furchtbar, vielleicht koennen sie mir helfen,

ja ich rauche nicht, ich trinke nicht, ich esse vegetarisch, ich betruege meine Frau nicht, ich bin beim Tierschutzverein, ich spende Geld fuer Waisenkinder, ich helfe alten Damen ueber die Strasse, oh.. Herr Doktor mein Laster, es ist so furchtbar ! " Dem Doktor reisst der Geduldsfaden und er sagt zu dem Mann " Ja Herrgott im Himmel nun sagen sie schon endlich, was fuer ein Laster haben Sie denn ?" Da sagt der Mann "Herr Doktor ich luege ! " " " Ahaha", meint Bruno das ist gut, das ist gut, den Witz muss ich mir merken und leert sein Glas und ruft dass er jetzt nicht luegt und noch zwei " I can't get no Flips " bestellt, weil alle guten Dinge sind drei und die Maedels machten sich gleich an die Arbeit. Derweil laufen alte Songs von den Beatles und den Rolling Stones in angenehmer Lautstaerke so dass man sich noch unterhalten kann. Bruno gibt zu dass die Dinger angenehm reinhaun bei ihm und Horst meint was die da alles reinhaun kein Wunder, da kriegst Du schon deine Befriedigung, deine Satisfaction. Und die Cocktails sind bereitgestellt, sind fertig zum Geniessen, nach einem ordentlichen Schluck wundert sich Bruno " Komisch je mehr man von diesen Flips drinkt, desto besser schmecken sie ". "Vielleicht haben die uns einen Spezial-Mix gemixt extra fuer uns und was da alles drin ist ", meint Horst " Rum und Thekila und..nein Rum ist gar nicht drin " " Ja und Whisky und Wodka und Gin ", schnauft Bruno " nein kein Whisky, aber Wodka, ist da Orangensaft drin? " Die beiden sind schon hackedicht und sie kriegen es nicht mehr auf die Reihe, ein Maedel hilft ihnen und zaehlt nochmal auf " I can't get no Flip..Wodka, Gin, Thekila, Coconutwater, Pineapple-Juice, Grenadine and Ice ". " Ah Grenadine, den haben wir vergessen ", ruft Horst " und siehst Du Bruno, kein Whisky und kein Rum! ". Und Bruno meint so voll wie heute war er noch nie im Urlaub, das sei bisher sein groesster Rausch auf der Insel . "Da bist Du nicht allein mein Lieber, da bist Du nicht allein ", rief Horst und meinte vielleicht koennte man den "I can't get no Flip" in kleine Flaeschchen fuellen und in Deutschland verkaufen., doch er war zu fett um weiter zu denken. Und sie konnten nicht mehr Moped fahren und beschlossen die Mopeds hier stehn zu lassen an der Satisfaction-Bar und ein Maedel ging gleich los Richtung Beachroad um fuer die beiden zwei Moped-Taxi zu besorgen. " Bis die wiederkommt koennen wir ja noch einen trinken, einen Flip " " Ja " rief Bruno " einer geht noch, einer geht noch immer", das kannte er ja vom Fussball her. Horst bestellte noch zwei letzte Flips und die Maedels freuten sich und mixten schnell, sie wussten, sonst konnte man heute Nacht mit den beiden ehe nichts mehr anfangen und da standen schon die Flips Nummer vier vor ihnen und sie tranken den Flip hinunter mit Genuss, mussten aber aufpassen dass er oben nicht wieder herauslief und da kam das Maedel mit zwei Mopedfahrer zurueck und nachdem Bruno die Rechnung bezahlt hatte, erhoben sich die beiden langsam aus ihren Barhockern und wankten ein paar Schritte und Horst meinte er fuehle sich wie zwei Meter auf zwei Meter im Quadrat und Bruno meinte das komme von den guten Flips und sie torkelten leicht die kaputte Nebenstrasse entlang, kamen vorbei am Haus der Bodymassage und erst als sie die Hauptstasse erreichten, die Beachroad stiegen sie auf ein Moped und die Fahrer fuhren sie sicher in das Best-Resort. An seiner Bungalow-Tuer sagte Bruno noch zu Horst, dass das heute eine Supernacht war, eine Superflipnacht und Horst erwiderte er habe morgen eine Ueberraschung fuer Bruno, dieser freute sich darauf und wuenschte seinem Freund noch eine gute Nacht und der " I can't get no Flip " entpuppte sich noch als ein tolles Schlafmittel fuer die beiden.   Mittags darauf genossen sie ihr Fruehstueck im Strandrestaurant es gab Ruehrei mit Schinken, Toast und Kaffee. Sie konnten nicht behaupten, dass sie schon nuechtern waren , aber geschlafen hatten sie wie Engelein.

Unterm Essen fragte Bruno neugierig seinen Freund was er denn fuer eine Ueberraschung habe fuer ihn und Horst meinte gleich nach dem Fruehstueck gehts los, es ist nicht weit von hier. Gesagt, getan, sie stiegen auf ihre Mopeds und fuhren die Beachroad entlang bis sie eine Felsengegend direkt am Meer erreichten. Sie parken ihre Mopeds und laufen ein kurzweil zu den Felsen, ploetzlich deutet Bruno mit dem Finger und ruft" Guck mal da steht ein Pimmel hoch ". Horst sagt " Ein Felsenpimmel ", und er meint " ich habe noch eine Ueberraschung fuer Dich " und er geht voran und sie laufen weiter ueber die Felsen bis zu einem Felsrand und dann sagt Horst zu Bruno " Schau mal nach unten ". Und Bruno guckt nach unten und ploetzlich ruft er " Hey da ist ja ein Felsen der aussieht wie eine Muschi ". " Und die ist immer nass die Muschi ", sagt Horst dazu, Bruno denkt das ist unglaubhaft. Und Horst sagt zu Bruno, dass der Felsenpimmel und die Felsenmuschi in die immer Meerwasser reinlaeuft, ja dass die beiden " Grandfather-Rock und Grandmama-Rock "auch eine Attraktion seien auf der Insel fuer die Touristen hier die das erstemal hierher kommen, vielleicht nicht so eine grosse Touristenattraktion wie der Big Buddha aber dennoch, es gibt sogar Postkarten auf denen der Felsenpimmel und die Felsenspalte gross abgebildet sind. " So eine Postkarte muss ich haben", ruft der Koch aus Hameln, " die schick ich gleich zu meinem Stammtisch, ja die werden schauen so was haben die auch noch nie gesehen ". Fuenf Minuten spaeter entschliessen sich die beiden zu den Mopeds zurueck zu gehen. Auf dem Weg dorthin erblicken sie einen kleinen Souvenierstand und der hat doch tatsaechlich auch Postkarten mit Grandpapa-Rock und Grandmama-Rock. Bruno kauft eine schoene Karte, spaeter in seinem Bungalow schreibt er dann "Liebe Gruesse aus dem Urlaub an den Stammtisch, bis bald Bruno ". Er schickt die Karte an das Gasthaus die geben sie dann weiter an den Stammtisch, noch eine Marke drauf und dann schmeisst er das Kaertchen in einen Briefkasten in Lamai. Ja die Zeit verging, von Brunos Urlaub war jetzt die Haelfte vorbei und es war unglaublich fuer ihn was er bisher schon alles erleben durfte, jetzt war Halbzeit und er hatte noch zwei lange Wochen, super! Brunos Bungalow Nr.10 war inzwischen leicht bekannt in der Szene, viele Maedels gingen hier aus und ein und sie gaben seinem Bungalow einen Namen " Babylon " " Warst Du schon in Baylon ? "" Ja ich kenn Babylon, da war ich auch schon ." Vielleicht waehlten sie den Namen Babylon weil damals in dieser Stadt die Sitten auch sehr locker waren. Bruno mochte die Maedels und die Maedels mochten Bruno, er machte Umsatz bei ihnen und fuer sie war er ein sehr angenehmer Typ, vielleicht ein Playboy aus Deutschland. Und Bruno liebte auch das herrliche Meer, es war ein Teil vom Paradies fuer ihn und obwohl er voellig gesund war lief er oft gegen Mittag mit erhobenen Haenden in das Meer hinein und rief " Liebe Apotheke Gottes, heile an mir was es zu heilen gibt, ich danke Dir ! " Danach plantschte er herum im warmen Meerwasser und das machte ihm grossen Spass. An einem Abend hatte Bruno Lust eine Pause einzulegen, nicht in den Ausgang zu gehen und nach einem Cheeseburger mit Pommes und Bier im Strandrestaurant ging er zurueck in seinen Bungalow, glotzte gedankenfrei an die Decke, darin war er Weltmeister und schlief bald ein. Doch gegen Mitternacht wachte er kurz auf und es juckte ihn noch in die Blues-Bar zu gehen, ein Whisky-Cola trinken und ein bisschen Musik hoeren. Horst hatte Damenbesuch in seinem Bungalow Nr.11 neben ihm und es war stockmaeuschen ruhig, wahrscheinlich labte sich Horst gerade an seiner Beute. Bruno ging zu Fuss zur Blues-Bar und dort wurde der Krankenhaus-Koch nett begruesst von Typen die ihn schon kannten vom Sehen her und der Thai-Saenger Joy, der Jimi Hendrix von der Insel winkte ihm von der Buehne aus zu. Alle moeglichen Leute waren hier versammelt, ja diese Bar war die bekannteste auf der Insel und wenn sich Leute treffen wollten dann sagten sie " Hey wir treffen uns spaeter in der Blues-Bar", die kannte jeder. Bruno setzte sich an den Tresen und bestellte ein Whisky-Cola er hoerte der Musik zu und trank mit Genuss, mehr war auch gar nicht geplant, doch es wurden mehr Whisky-Colas und die Mekong Blues-Band spielte toll auf Songs von B.B. King wouh, doch das Schwimmen im Meer tagsueber forderte seinen Tribut, er spuerte Muedigkeit und er nickte kurz ein und als er wieder erwachte leerte sich die Bar allmaehlich, die Band hatte auch schon aufgehoert zu spielen und die Musiker waren schon weg, er war kurz eingeschlafen und es war schon nach 2 Uhr morgens, da sassen am Tresen neben Bruno noch zwei Thai-Maedels und unterhielten sich, die eine direkt neben ihm war vollschlank und dunkel gekleidet, ihm fiel gleich ein Name fuer sie ein " Die fuellige Normale ", neben ihr sass ein Maedchen, roter Pulli, schwarzer Minirock, sie war jung und sah sauber aus, wie vom Ei gepellt und ihr Gesicht war wirklich ausserordentlich huebsch, fuer Bruno war sie " Die gepflegte Schoene ". Er bezahlte seine Whisky-Colas und guckte die Maedels an, er wollte eigentlich gar nichts sagen, sagte aber dennoch " How are you today?" darauf schaute ihn " Die gepflegte Schoene" voller Entsetzen an, als haette sie gerade die Nachricht bekommen ihr Bungalow brenne lichterloh, ein heisses Zischen folgte, das Koepfchen ging zur Seite, irgendetwas stimmte nicht. Und dann sah Bruno das Elend, die Katastrophe, eine halbleere Coca Cola Flasche stand vor der " Gepflegten Schoenen " auf dem Tresen, das Maedel war nuechtern, stocknuechtern und das um 2 Uhr morgens. " Du musst ein bisschen Whisky in dein Cola tun, dann gehts Dir bestimmt besser ", lallte Bruno vorsichtig der sich schon im Alkoholglueck befand. Ein vernichtender Blick war ihre Antwort. " Die mit der Fuelle " die bis jetzt stumm blieb, belehrte ihn jetzt dass ihre Freundin nie Alkohol trinke und auch nie mit einem Auslaender mitgehe, sie stehe naemlich nur auf junge Thai-Boys. Bruno guckte sich um, da waren keine jungen Thai-Boys in der Bar, er sah nur einen alten Mann der an einem Tisch sass und eingeschlafen war. Ein schwieriger Fall dachte Bruno bei sich, eine laengere Enthemmungstherapie wuerde der " Gepflegten Schoenen " bestimmt gut tun, Schwester Lisa von seinem Krankenhaus waere da genau die richtige Ansprechperson fuer sie, aber die ist ja in Hameln und die Patientin ist hier auf der Insel, die beiden werden wohl nie zusammenkommen. Bruno stand auf, hob die Hand zum Grusse, verliess die Blues-Bar und bewegte sich langsamen Schrittes Richtung Best-Resort. Er guckte hoch zum Mond, sein Nachauseweg war spaerlich beleuchtet, da lag ein Singsang in der Luft, was war das, ja es waren leise Maedchenstimmen die er hoerte von ueberall her, sie erklangen wie Sirenen, nein es waren nicht die suessen Klaenge der Sirenen die Odyseuss einst vernahm vor langer Zeit auf seinem Schiff, es waren die Sirenen von Lamai die Bruno hoerte und ihn auf seinem Weg begleiteten "Hello hello where you go..I go with you ". Die Maedels sie standen in finsteren Ecken, hockten auf Holzstuehlen, blinzelten hervor aus dunklen Nischen, fluesterten hinter Baumstraeuchern " Hey you.. come here ". Seine Augen wanderten nach links, seine Augen wanderten nach rechts, viele interessante sexy Girls kamen ihm entgegen, kreuzten seinen Weg. Diese unglaubliche Auswahl an gebrauchsfertigem Frischfleisch in dieser Sternennacht war phaenomenal, ja einmalig. "Jetzt muesste mein Stammtisch da sein ",sagte Bruno leise " der ganze Stammtisch, wenn die das sehn wuerden was hier abgeht, die wuerden alle durchdrehn, die wuerden alle durchdrehn ". Welche Kandidatin kriegt hundert Punkte, welches Maedel ist die Richtige fuer die Nacht ? Eine Entscheidung zu treffen erschien unmoeglich, wenn er dachte "Hey die ist ja heiss ", da tauchte im naechsten Augenblick eine neue Begehrenswerte vor ihm auf, " wouh die ist ja noch heisser, es war zum Verruecktwerden, Bruno konnte sie doch nicht alle mitnehmen. Ein knochiger Koerper mit hochgesteckten Zoepfchen in einem dunkelgruenen Kleidchen schob sich ihm entgegen, ihr Gesicht wirkte entspannt und ihre Lippen waren vollmundig, sie besass echte Kusslippen, Sie war etwas groesser als Bruno und sie hatte gleich ihren Namen weg " Die mit den Knochen ". Nach einem Augenkontakt sagte das Maedel sie heisse Dodo auch Bruno stellte sich vor und sie meinte wenn er moechte wuerde sie heute Nacht bei ihm bleiben. Etwas gefiel Bruno an diesem Maedel, etwas Naomi Cambell war sie schon und er erwiderte das treffe sich gut er haette naemlich noch zwei Flaschen Heineken-Bier im Zimmer und die koennten sie erst einmal zusammen trinken. Das Maedel freute sich ueber sein ok und legte ihren Arm um seine Schulter, ueber Geld wurde nicht gesprochen. Auf dem Weg zu seinem Bungalow huschten Gedanken in seinem Kopf herum wie Motten um die Gluehbirne. So schnell geht das hier, unglaublich, sie sagt sie heisst Dodo und wenn ich will bleibt sie bei mir in der Nacht, geht das immer so weiter hier im Reich der Sinne, mit aller Welt schlafen, doch keine Lust auf Bindung, ja so kann es weitergehen, er hatte es gefunden, er war angekommen im Reich der Lueste und es gefiel ihm sehr dort zu sein, bloss kein schlechtes Gewissen haben im Paradies hatte sein Freund Horst zu ihm gesagt. Und Bruno dachte hier auf der Insel muss man keine lange Beziehung eingehen wie in Europa, dort muss ein Mann ein Maedchen zum Essen einladen oder ins Kino und reden und quatschen, lange Haendchen halten, ihre Freunde kennenlernen, vielleicht noch ihre Eltern, das kann Monate so gehen und wenn der Mann dann wirklich zur Sache kommen will, weil ihm der Saft schon aus den Ohren kommt und er hat Pech, wirklich Pech dann sagt das Maedel zu ihm "Bitte kein Sex, hey Du ich find dich wirklich nett, aber eigentlich bist Du gar nicht mein Typ ". Das ist dann das Ende vom Lied und beide sind frustriert. Hier auf der Insel kommt man sofort zum Schuss wenn man moechte und es ist schoen mit den Maedels hier, es ist alles so unkompliziert. Und da standen sie auch schon vor Babylon, vor Brunos Bungalow Nr.10. Der volle Mond erhellte die Nacht, kleine weisse Sternchen funkelten diamantenscharf vom Himmel herunter, von weitem hoerte er den Song " What is Love – Was ist Liebe? Nein, ihm war klar, " Liebe kann ich nicht entschluesseln, Liebe ist ein Mysterium das ich nicht entschluesseln kann ". Worte wurden nicht viel gewechselt in dieser Nacht in seinem Bungalow, Bruno war heiss auf das Maedel und an die zwei Flaschen Bier dachte auch niemand, er oeffnete Dodo,s Reissverschluss und das Kleidchen fiel zu Boden, sie oeffnete ihren weissen Bikini und er befreite sie von ihrem Slip, wouh ein nacktes Buendel Knochen sah er vor sich stehn, doch ihr Koerper sah geil aus, er wusste nicht ob das ihre Knochen aushalten wuerden, wenn er sich auf das Maedel drauflegt, doch alles lief glatt, ihr Koerper war zaeh und fest und Bruno liebte sie in der Missionarsstellung und er dachte im Moment koennte ich auf dieser Welt nichts Besseres tun. Ja die Nacht war gut mit Dodo und so buchte er " Die mit den Knochen " noch fuer einen Tag und eine Nacht laenger. Und sie erzaehlte ihm am Morgen noch ein wenig von ihrer Familie, sie stamme aus einer Stadt im Sueden, ihre juengere Schwester gehe noch zur Schule und Papa und Mama leben in einem kleinen Haeuschen, nach vorne hinaus wird verkauft alles moegliche, Suessigkeiten, Suppentueten, Waschmittel, Bier und Reisschnaps und nach hinten hinaus wird gewohnt. Dodo wurde es langweilig zuhause und jetzt ist sie hier auf der Insel und wenn ihr ein Tourist gefaellt, dann geht sie mit ihm mit. Bruno sagte zu ihr mit ihrer Figur koenne sie doch bestimmt als Model arbeiten, ja das haben schon einige Leute zu ihr gesagt, aber dann muesse sie nach Bangkok gehen und das wird sie auch noch tun.

Doch jetzt moechte sie am liebsten ans Meer gehen, Bruno war einverstanden. Auf dem Weg zum Strand erblickte Dodo einen Verkaufsstand, in verschiedenen Glastellern lag da etwas drin, es waren Insekten und Bruno,s Magen fing an zu grummeln, das war nichts fuer ihn. " Die mit den Knochen " schnalzte genuesslich ihre Zunge und bestellte vom ersten Teller hellbraun gebratene Klein-Kaefer, vom zweiten Teller braunrot geroestete ganze Heuschrecken und vom dritten Teller – waren es gebackene Kakerlaken ? Nein, eher hellbraun gebackene Raupen. Bruno wurde immer schlechter beim Anblick dieser Koestlichkeiten. Blitzschnell bekam die Verkaeuferin ihr Geld von dem Maedel und Dodo bekam drei dicke Cellophantuetchen mit all den Tierchen und mit diesem Supereinkauf gings dann zum Strand und beide sassen im Schneidersitz im Sand nebeneinander und guckten aufs Meer. Das Thai-Girl liess es sich schmecken " Oh Tilak – Liebling Du musst probieren – sehr gut ! " Bruno erwiderte " Dodo ich kann nicht, ich mag keine Insekten, iss nur Du, das ist alles fuer Dich ". " Oh Liebling bitte ". Flugs steckte sie Bruno einen gebratenen kleinen Kaefer in seinen halboffenen Mund, das Ding schmeckte salzig, leicht angefault und irgendwie nach Benzin, doch er schluckte es tapfer hinunter. Danach schob sie ihm eine lange geroestete Heuschrecke hinterher in den Rachen, das Vieh zerbroeselte unter seinen Zaehnen, seine Mundhoehle war gefuellt mit einem Gemisch aus Maggi-Schmiere und ranzigem Fett, schnell schlucken bevor alles hochkommt, war der einzige Ausweg. " Dodo es ist genug fuer mich, es ist sehr gut ", seine Stimme keuchte, der Schweiss lief ihm von der Stirn " es schmeckt ganz ausgezeichnet ", seine eigene Ironie verblueffte ihn. Doch Dodo gab keine Ruhe " Nur einmal noch und dann ist Schluss! "Jetzt kam der Hauptgang, die absolute Delikatesse, ja freudigst presste sie Bruno zwei gebackene Raupen in seinen Mund hinein, das war grausam, fuer diesen Geschmack gibt es eigentlich keine Worte, man muesste ihn verbieten, er kaute und fuehlte etwas Schleimiges in seinem Mund, etwas Morbides, etwas Unmenschliches, ploetzlich war er da, der Hauptgeschmack – wie stinkender Hundekot. Der Ohnmacht nahe spuckte er den Matsch in seine rechte Innenhand und diese verbuddelte das Zeug im Sand. "Magst Du es nicht ?" Dodo guckte ihn ueberraschend an und fuellte ihren Mund mit einem halben Dutzend Raupen und biss herzhaft zu, es knackte richtig und das war auch der Knackpunkt, das war zuviel fuer den Koch aus Deutschland, Bruno wuergte es derart vor Ekel, das konnte sein Magen nicht mehr ertragen, alles kam hoch und er kotzte die ganze braune Kaefer-Delikatesse in den Sand und baute einen Sandberg darueber. Ein Aufschrei von Dodo, doch er ging schnell ueber in Gelaechter und Bruno lachte mit, immer schoen mitlachen im Land des Laechelns, im Paradies, sich nur nicht gross aergern. Dodo half Bruno aufzustehen und beide wanderten zum Strandrestaurant, ach wie schmeckte doch der Cheeseburger gut, den Bruno jetzt mit Heisshunger sich zu Gemuete fuehrte, Dodo war schon satt von ihrem Insekten-Menue und trank nur ein Cola, danach gingen sie zurueck nach Babylon um wieder zusammen die aeltesten Bewegungen der Welt zu machen. Abends verspuerte Dodo keine Lust mehr auszugehen, sie wollte sich lieber in Bruno,s Bungalow ausruhen und schlafen, dieser hatte nichts dagegen. Im Strandrestaurant kannten sie ihn schon, jedesmal kam er mit einem anderen Maedchen zum Abendessen, gleich gings dann wieder zurueck in den Bungalow und Dodo war muede, sie lag nur da und liess alles zu, das fand er auch geil und er liebte sie noch einmal heftig und als er so richtig drauf war hatte er das Gefuehl das sie unter der Liebe eingeschlafen war doch Bruno ist ein Tapferherz und er machte tapfer weiter bis zum Schluss, bis alles gut war. Am naechsten Vormittag als " Die mit den Knochen " ihre nette Gage schon erhalten hatte und sich schon wieder auf freier Wildbahn befand, da meldete sich Horst bei Bruno und fragte ihn ob er weiss wo es die besten Schweinshaxen auf der Insel gaebe und er lieferte gleich die Antwort mit, naemlich in Nathon, in dem kleinen Hafenstaedtchen gebe es die besten Schweinshaxen der Insel und ob er Lust haette mit den Mopeds eine Spritztour zu machen, es waeren immerhin ueber 20 Kilometer nach Nathon. Bruno war Feuer und Flamme als er von den Haxen hoerte, er erzaehlte seinem Freund noch von seinen Erlebnissen mit der Knochigen und mit den Insekten aber das war jetzt alles Vergangenheit. Von Lamai aus fuhren die beiden ueber den Fischmarkt Hua Thanon immer gerade aus eine wunderschoene lange Strecke im Sonnenschein zu beider Seiten leicht gruener Urwald bis sie dann gegen Mittag in Nathon ankamen. Dort gab es unumstritten die besten Schweinshaxen in einer Suppenkueche an der Hauptstrasse. Es war noch ein Tischchen frei, die anderen vier Tische waren besetzt von Thailaendern. Bruno meinte hier rieche es nach Butter und er bekam Stielaugen. Die fetten Riesenhaxen brodelten gemuetlich vor sich hin, surten sich gar in einem breiten Metalltopf umgeben von dicker goldbrauner Sauce, wunderbar dufteten sie nach Butter und Borstenvieh. Sie bestellten zwei ganze Haxen, ja zwei richtig grosse Brocken mit viel Sauce, etwas Gemuese und Reis, dazu zwei Bier. Mit einem Beil wollte die Koechin die schoenen Haxen zerhacken, kleinhacken, anscheinend wird in Thailand alles kleingehackt. " Oh no,no ", riefen beide beherzt fast gleichzeitig. Da nahm die Frau eine grosse Steckgabel und hievte die zwei Leckerbissen auf eine Geschirrplatte, schuettete ordentlich Sauce darueber, garnierte mit Gemuese und Reis und stellte die Platte auf den Tisch. Bruno schluckte schon, und meinte diese gekochte Schweinshaxe, man koennte sie auch eine thailaendische Surhaxe nennen. Wie auch immer, mit Messer und Gabel bewaffnet drangen sie ein in den Schweinshaxenhimmel, das Fleisch war saftig und weich wie

Butter, es schmeckte herrlich, sie streuten rotes Chillypulver ueber die etwas fetten Fleischstuecke und tauchten diese dann ein in die goldbraune Sauce und schoben das Fleisch in den Mund hinein – mmh, das war ein Traum, das schmeckte goettlich und Bruno sagte zu Horst er weiss gar nicht wann er zum letztenmal so eine Superhaxe gegessen hat. Es dauerte eine Weile bis jeder seine Keule, seinen riesigen Fleischberg verspeist hatte, ein paar Loeffelchen Reis wurden auch umgeruehrt in der Sauce und dann vertilgt. Danach waren Bruno und Horst pappsatt von diesen Fleischkalibern mit all den Speckschwarten, und was braucht man nach so einer grossen Schweinshaxe unbedingt? Ein neues Bier musste her und Bruno sagte zu Schimansky dass es eine geile Idee war nach Nathon zu fahren zu den Schweinshaxen, dafuer durfte er die Rechnung bezahlen und als sie ihr Bier ausgetrunken hatten fuhren sie gut genaehrt die Beachroad entlang. Sie setzten sich in ein Cafe und bestellten zwei Bier und betrachteten all die Maedels die vorbeigingen, sie betrachteten das vorueberziehende Angebot. Horst erzaehlte Nathon sei nachts ein bunt erotisches Hafenstaedtchen, man sieht Massage-Laeden ueberall und viele Maedchen auf den Strassen, in der Nacht kommen sie dann aus ihren Haeusern heraus , ein Kopfnicken gilt dann oft als Bestaetigung ihrer Zusage mit jemand mitzugehen. Ja Horst kannte sich schon aus auf der Insel und er meinte fuer die kurze Liebe ist dieses Staedtchen zum Abtauchen ideal, man ist weit weg vom eigenen Bungalow, von der eigenen Freundin, niemand kennt einen hier und gerade wie Horst das sagt gehen doch auf der anderen Strassenseite " Die mit dem Busen" und "Die mit den Zaehnen " vom Reggae-Pub mit zwei jungen Typen die Strasse entlang, doch die Maedels sehen die beiden nicht im Cafe sitzen, ja vor einer Ueberraschung ist man nie sicher. Zurueck nach Hause waehlte Horst eine noch laengere Strecke ueber Maenam und Bophut und Chaweng ueber die Berge nach Lamai. Eigentlich gab es in der Ortschaft Maenam nichts zu entdecken, sie erschien noch unentwickelt naturbelassen, der Strand von Maenam war menschenleer, man konnte dort wandern in erholsamer Ruhe, ab und zu hoerte man ein Fischerboot rattern wenn es hinaus aufs Meer fuhr, hie und da sah man Karaoke-Laeden versteckt hinter Gebuesch und Straeuchern. In Bophut angekommen parkten die beiden ihre Mopeds und spazierten durch die engen, schnuckeligen Gaesschen der Ortschaft, Bruno bestaunte den langen Anlegesteg mit seinen duennen Holzbeinchen fuer die Boote und Fischkutter. In einem Strandcafe bestellten sie zwei Bier und beobachteten das Treiben der Fischer, hier konnte das Hirn abschalten, voellige Entspannung war angesagt, Fantasien konnten einen einlullen, dass man das Denken vergass. Horst meinte in Bophut sei es das Beste sich am Strand in ein leeres Fischerboot zu legen und sich seinen Traeumen hingeben. Grosse Lust auf deutsches Essen hatten die beiden am Abend in Lamai und sie beschlossen bei Bernhard einzukehren. Das Gasthaus war ziemlich voll und der Hausherr begruesste Bruno und Horst gleich freundlich und Bruno dachte der Pionier sieht im Gesicht dem Willy Brandt doch sehr aehnlich. " Sag mal Bernhard hast Du auch Insekten auf der Speisekarte stehn, gebacken oder gebraten mit gemischtem Salat ", witzelte Horst. " Noch nicht ", meinte Bernhard " aber man weiss ja nie, vielleicht biete ich mal einen Insekten-Burger an mit knackigen Heuschrecken und leckeren Raupen, meine Frau liebt ja diese Viecher, die kann gar nicht genug kriegen davon ". Bruno schuettelte es bei dieser Vorstellung von einem Insekten-Burger, jetzt sagte er zu dem Pionier was sie heute Abend essen moechten und er bestellte eine gemischte kalte Platte mit Brot und Butter fuer zwei Personen und eine Flasche Weisswein, das erfreute Bernhard, er nahm die Bestellung auf und verschwand.

" Auf jeden Fall werde ich spaeter noch in die Satisfaction-Bar gehen, das ist meine Lieblings-Bar geworden, da fuehl ich mich wohl und die Maedels dort sind auch nett. Horst grinste seinen Freund an und meinte, dass die Maedels auf Brunos Schoss immer juenger werden und Schimansky neckte ihn mit " Bruno – der gute Onkel von Lamai " oder " Phaedophilen-Bruno ". " Was kann ich dafuer, dass die Maedels so jung sind, aelter werden sie doch von selber, jeden Tag werden sie einen Tag aelter wie wir ja auch, so ist das eben, ich habe nichts gegen junge Menschen, ausserdem sollte man den Kontakt zur Jugend nicht abreissen lassen ". " Ja vor allem zur weiblichen Jugend nicht ", rief Horst und er meinte er muesse noch ein paar Sachen im Supermarkt kaufen, Bier, Toilettenartikel, Knabberkekse, er wuerde dann aber nachkommen in die Satisfaction-Bar und schaun was der Abend noch bringt. Und da wurde auch schon das Essen gebracht, ein Thai-Kellner stellte einen riesigen Plattenteller mit Koestlichkeiten auf den Tisch, eine kalte Platte spezial fuer zwei Personen, Brot und Butter wurden auch gereicht. Bernhard kam hinterher mit einer Flasche Wein und den Glaesern, gekonnt oeffnete er diesen Silvaner-Frankenwein mit einem Korkenzieher, schenkte die Glaeser voll und wuenschte den beiden einen guten Appetit. Sie bedankten sich bei Bernhard, der sich dann wieder den anderen Gaesten zuwandte und jetzt inspizierten Bruno und Horst die gemischte kalte Platte. Ah – sie war belegt mit gekochtem Schinken, mit verschiedenen Salami-Arten, ja mit italienischer Mortadella und mit Buendtner – Fleisch aus der Schweiz, ah – goettlich, ausserdem mit verschiedenen Kaesesorten wie Emmentaler, Camenbert, mit Gouda Kaese aus Holland und Gorgonzola aus Italien, die Platte war lecker garniert mit gruenen Guerkchen, roten Paprikastreifen und kleinen Delikatess-Zwiebelchen, scharfer Senf und Meerrettich fehlten auch nicht. Ja diese kalte Platte war eigentlich zu schoen um sie aufzuessen, aber die beiden Freunde kannten keine Gnade, zuerst ein grosser Schluck Frankenwein und dann ging es der kalten Platte an den Kragen. " Die Franzosen essen oft drei Stunden und mehr ", rief Horst. " Aber solange werden wir nicht brauchen ", meinte Bruno " dazu hab ich viel zu viel Hunger ", und der Festschmaus begann. Als die kalte Platte sich schon in den Baeuchen von Bruno und Horst befand luden sie Bernhard ein noch auf ein Glas Wein an ihren Tisch zu kommen. Gern setzte er sich zu ihnen und es freute ihn dass es den beiden so geschmeckt hat und er meinte viele Auslaender kommen zu ihm mit Thai-Begleitung, weil eben unser Europa-Essen auch den Thai-Maedels schmeckt. Ja und er moechte Bruno und Horst eine kurze Geschichte erzaehlen, die ihn amuesiert, die er lustig findet. Ein bekannter von ihm, ein Deutscher hat ein Interview im Fernsehen gesehen und das lief so ab. Da interviewte doch vor einiger Zeit eine Journalistin aus Deutschland, nebenbei eine gluehende Feministin einen thailaendischen Minister in Bangkok. Und die Feministin fragte den Minister warum denn in Thailand die Prostutition so hoch sei, so weit verbreitet sei. Da antwortete der Minister ganz ruhig "Prostutition , das haben wir hier nicht in Thailand, das gibt es hier nicht. Wir haben Gastfrauen hier, die den Touristen auf Wunsch die kulturellen Sehenswuerdigkeiten und die Schoenheit unseres Landes zeigen " Amazing Thailand " verstehen Sie? Unsere Gastfrauen werden auch von den Gaesten als Reisebegleiter gebucht fuer Ausfluege und fuer Safaris, ja unsere Gastfrauen werden auch dann oefters zum Essen eingeladen und die Touristen schenken ihnen auch oft Schmuck, Goldkettchen und Ringe und wenn sich dann zwei Menschen moegen und sich naeherkommen, da mischen wir uns nicht ein, da mischt sich der Staat nicht ein, das ist Privatsache, auch die Thailaender verbitten sich da jegliche Einmischung der Regierung, aber Prostutition das gibt es hier nicht in

Thailand ". Der Minister setzte dann sein Sonntagslaecheln auf und die Journalistin guckte ziemlich dumm aus der Waesche. Ja grandios fand Bruno die Antwort des Ministers, der Pionier schmunzelte und Horst meinte man muss eben die richtige Sichtweise ueber die Dinge haben. "Ja die richtige Sichtweise, das ist gut ", sagte Bernhard " die Beatles singen ja auch " All you need is Love " alles was Du brauchst ist Liebe, aber sie koennten ja auch genauso gut singen " All you need is Money"alles was Du brauchst ist Geld, aber das ist natuerlich voellig unromantisch, aber ohne Geld da bleibt kein Maedchen bei dir wenn du sie nicht mal einladen kannst zu einer Tasse Kaffee oder zum Essen, meine Frau waere schon laengst weg wenn ich kein Geld haette ". Und Bruno sagte ohne Geld koenne er sich keinen Urlaub leisten, er koenne nicht hierher fliegen, ins Paradies fliegen.   Horst
schaltete sich ein und meinte dass die Leute die viel Kohle haben oft sagen, "Ja Geld ist nicht alles im Leben, Geld ist nicht das Wichtigste !" " Natuerlich wenn Du eine todbringende Krankheit hast dann hilft dir alles Geld der Welt nicht mehr ", meinte Horst " aber am Ende ist Geld immens wichtig, es schenkt dir die Freiheit dich zu bewegen, ja es schenkt dir Freiheit, oft wird den Leuten versprochen was sie nicht bekommen im Diesseits, das bekommen sie dann im Jenseits, im Himmel, im Paradies, dort werden sie dann reichlich belohnt. Und Bernhard meinte mit diesen Versprechungen troesten auch die Superreichen die Alleraermsten dass die auch nicht im Diesseits aus Verzweiflung aus dem Fenster springen. "Ja jetzt haben wir wieder toll philosophiert " rief Bruno und die drei hoben ihre Glaeser und stiessen miteinander an. Bruno guckte hoch und meinte dass die Armen einen Trost haben, dass naemlich die Reichen nichts mitnehmen koennen wenn ihr Leben zu Ende ist, sie koennen nichts mitnehmen, nicht ihre Haeuser,
nicht ihre Autos, nicht ihr Geld auf der Bank,

kein Gold, kein Silber, nichts koennen sie mitnehmen, das ist auch der Trost der Armen, dass die Multimillionaere auch nichts mitnehmen koennen und das stinkt den Reichen natuerlich gewaltig, ja das letzte Hemd hat keine Taschen, so und ich werde jetzt dann in die Satisfaction-Bar fahren. Horst meinte er komme spaeter nach und er bezahlte die Rechnung, sie verabschiedeten sich von Bernhard drueckten ihm die Hand und der Pionier bedankte sich bei den beiden fuer ihre Einkehr bei ihm. Gut gegessen und getrunken hatte Bruno am heutigen Tag gleich zweimal, zu Mittag die fantastischen Schweinshaxen nebst einigen Bierchen und am Abend dann die koestliche kalte Platte und den Frankenwein bei Bernhard. Schon von weitem als er durch die kaputte Nebenstrasse fuhr, hoerte er Musik aus der Satisfaction-Bar und es erklang eines seiner Lieblingslieder von den Stones naemlich " Honkey Tonk Woman ". Ja in der Honkey Tonk Woman – Welt, da fuehlte er sich wohl, die war ihm nicht fremd und die Maedels begruessten ihn gleich mit Getoese, als haetten sie ihn schon ein halbes Jahr nicht mehr gesehen, es waren auch schon Gaeste da die sich angeregt unterhielten. Er parkte sein Moped nahm Platz und bestellte gleich die Spezialitaet des Hauses einen " I can't get no Flip " die Mixerin machte sich so freudig ans Werk, dass er sie spontan einlud einen mitzutrinken, einen Flip und da mixte sie gleich zwei Flips. Irgendwie fuehlte sich Bruno heute abend sehr wohl, er wollte sitzen, trinken, ein bisschen Musik hoeren, ein Maedchen waehlen fuer die Nacht, dazu war es noch viel zu frueh. Gerade als er den letzten Schluck seines Flips die Kehle herunterrinnen liess, da rauschte Horst auf seinem Moped daher. Bruno freute sich und bestellte gleich zwei neue " I can't get no Flips "fuer sich und seinen Freund. Horst klopfte ihm auf die Schulter, spuerte das gute Gefuehl und erzaehlte Bruno gleich dass er gerade im Supermarkt eine Superflamme kennengelernt habe, sie sei wirklich umwerfend und er solle doch heute noch sie besuchen in einem Karaoke-Laden, sie sei dort mit ihren Freundinnen um ein bisschen Karaoke zu singen, Horst versprach ihr vorbei zuschaun und wenn Bruno Lust verspuere, dann koenne er noch nachkommen, der Schuppen sei nicht weit von hier. Bruno meinte super, das waere eine gute Idee aber im Moment habe er soviel Sitzfleisch, alles sei im Lot, sein Urlaub koennte nicht besser sein und Horst solle doch noch ein bisschen dableiben bei ihm, da spuerte Horst das gute Herz von Bruno, er umarmte ihn kurz und meinte " Ach Bruno Du bist super Du bist ein Superfreund ". Darauf fing Bruno gleich an zu singen " Ein Freund, ein guter Freund ist das Beste was es gibt auf der Welt ", und da waren auch schon die Cocktails fertig und die beiden stiessen an. Und Schimansky wurde wieder zum Philosophen und meinte man muesse sich nicht allzuviel Sorgen machen in seinem Dasein, denn alles was wichtig ist, was wirklich wichtig ist im Leben eines Menschen, ja das kommt auf ihn zu von selber, ob das ein Partner ist in der Liebe, eine Freundschaft, eine Geschaefts-Idee, eine kuenstlerische Idee, eine Veraenderung beruflich oder privat voellig egal, was wirklich wichtig ist, das kommt auf einen zu von selber in irgendeiner Form im Leben. Bruno meinte das sei wahr, denn ohne den Tip von Horst waere er jetzt nicht hier – hier im Paradies. "Jetzt werde ich in den Karaoke-Schuppen fahren zu dieser Superflamme " spasste Horst und leerte seinen Flip " vielleicht schaust Du noch vorbei spaeter", er sagte seinem Freund wo der Laden zu finden sei. Horst fuhr los und Bruno bestellte noch einen " I can't get no Flip "und bat ein Maedel hinter der Bar doch noch mal " Honkey Tonk Woman " aufzulegen, sie lachte und sein Wunsch wurde erfuellt und er lehnte sich zurueck und genoss den Song. Die Zeit verging und Bruno war schon neugierig auf die Superflamme von Horst und er beschloss dort hinzufahren, , er zahlte die Flips und machte sich auf den Weg und bald parkte er sein Moped vor einer pechschwarzen Glastuer darauf stand in gelben Buchstaben..VIP-Room, ja was fuer ein Timing, was fuer eine Zeitgleichheit, genau in diesem Moment ging die Tuer auf und Horst kam heraus, er sah ziemlich geschafft aus und er keuchte zu Bruno dass er es jetzt da drin eine Stunde lang ausgehalten habe, die da drinnen haben alle falsch gesungen und dann haben sie noch gelacht diese Maedels und noch lauter gesungen und noch falscher und er habe schon einen Brummschaedel und er meinte dass seine neue Flamme gleich komme. Er zog ein Aspirin hervor, ein Kellner kam heraus, Horst fragte ihn sofort ob er ihm ein Glas Wasser bringen koennte, der Kellner verschwand Horst schuettelte unglaeubig den Kopf und murmelte weiter dass kein Mensch so daneben singen kann, dass die das gelernt haben, dass die das studiert haben muessen so falsch zu singen, mit seinem Hemdsaermel wischte er sich den Schweiss von der Stirn. Da kam auch schon der Kellner zurueck und brachte ihm ein Glas Wasser, schnell schluckte er das Aspirin und der Kellner verschwand mit dem leeren Glas. Und dann ging die Tuer auf, sie kam aus dem Karaoke-Raum- Vorhang auf-Licht aus-Spot an, Wouh..die Superflamme erschien in einem weissen Jeansanzug in schwarzen Cowboystiefeln, langhaarig, schlank, mittelgross, ihre braunen Augen glaenzten, ihr Gesicht erinnerte an die Saengerin Daliah Lavi, sie bewegte sich sehr vorsichtig, als wuerde sie auf rohen Eiern gehen, bei jedem Schritt spreizte sie leicht die Beine als waere ihre Jeanshose zu eng. Sie sah Horst an mit halboffenem Mund, sie schnaufte wie ein Karpfen-Fisch der nach Luft schnappt, ihr Kinn vibrierte leicht, sie erweckte bei Bruno den Eindruck als waere sie auf der Suche nach etwas, das sie hineinschieben koennte in ihren Mund, sie war wirklich ein heisses Teil. Horst beobachtete sie mit Argusaugen und Bruno der neben seinem Freund stand glotzte sie leicht entrueckt an. Horst sagte zu Bruno seine neue Flamme heisse Nit und er nannte sie " Die Geile ". Bruno meinte dass kein anderer Name besser zu ihr passen wuerde als dieser und Horst fragte seinen Freund wie er sie denn finde und er antwortete er finde sie umwerfend, einfach umwerfend. Horst bemerkte wie Bruno " Die Geile " unverhohlen anglotzte. "Na mein Lieber, mach Dir mal keine falschen Hoffnungen ", witzelte Horst " solange sie bei mir ist gehoert sie mir, aber wenn Schluss ist dann schicke ich " Die Geile " nach Babylon in deinen Bungalow Nr.10 zu Dir ". " Das wuerdest Du tun, Mensch Horst das ist ja supernett von Dir, aber lass Dir nur Zeit ". Bruno war ganz happy und Horst meinte wozu sind Freunde denn da? Und eines muesse er ihm noch sagen, billig ist " Die Geile " nicht. Da fluesterte das Maedel Horst etwas ins Ohr und er sagte zu Bruno dass seine neue Flamme jetzt gleich zu ihm in den Bungalow gehen will und ob es ok waere wenn er Bruno jetzt allein liesse. "Kein Problem ", rief Bruno " hey Horst ich wuensch Dir eine gute Zeit mit dem Maedel ja hau rein, ja bis bald ". Sein Freund gab ihm noch einen guten Rat, wenn er da reingehn moechte in den Karaoke-Laden, dann soll er auf jeden Fall mitsingen mit den Maedels, einfach mitschrein, das kann dann noch lustig werden. "Die Geile " stieg aufs Moped und Horst gab Vollgas. Ja nuechtern war Bruno nicht mehr nach all den " I can't get no Flips ", was sollte er jetzt machen mit diesem angebrochenen Abend, in die Satisfaction-Bar wollte er nicht mehr zurueck fahren, der Karaoke-Laden hier reizte ihn auch nicht, ah – da kam ihm die Idee mal wieder die Happy-Bar zu besuchen auf der Beachroad. Auch in der Happy-Bar war Bruno bestens bekannt und als er dort ankam nahm er Platz am Tresen und bestellte ein Whisky-Cola und wurde gleich mit "Hello Darling " begruesst, einige Maedels kannten seinen Bungalow Nr.10, sie waren schon in Babylon und im Insgeheimen dachten die Suessen wer von ihnen wohl heute Nacht mitgenommen wird und wieder lief der Song " What is Love ". Er schwaetzte ein wenig mit den Maedels doch seine Gedanken schwenkten zu der "Geilen ", das war schon ein Prachtweib, doch die Gegenwart zaehlte und er zaehlte die Maedels hinter der Bar die er schon alle naeher kennenlernen durfte, doch eine fehlte und er fragte nach ihr wo denn Nan sei, ja Nan hole gerade im Supermarkt ein paar Flaschen Mekong-Whisky hoerte er und die Happy-Bar war ziemlich voll, es dauerte nicht lange und die Kleine kam zurueck mit den grossen Supermarkttueten und als sie Bruno erblickte freute sie sich und schenkte ihm ein liebevolles Laecheln und in diesem Moment wusste er die nehm ich heute Nacht wieder mit nach Babylon und ich buche sie gleich fuer den morgigen Tag und fuer die morgige Nacht, er lud das Maeuschen noch ein auf ein Whisky-Cola, bezahlte dann wie immer die Bar-Ausloese fuer sie, Nan haengte ihre Umhaengetasche um und die beiden sagten zur Happy-Bar Goodby. Und Bruno verlebte zwei leidenschftliche Naechte mit ihr, sie kannten sich ja schon ein bisschen und der eine wusste was dem anderen gut tut. Tagsueber plantschten sie zusammen im Meer und Bruno rief abermals " Liebe Apotheke Gottes, heile an mir was es zu heilen gibt ich danke Dir". Seinen Freund Horst bekam er nicht zu Gesicht und Bruno harmonierte gut mit dem Maedel mit "dem einfachen Gemuet " und er dachte bei sich selber wahrscheinlich habe ich auch ein einfaches Gemuet. Zwei Tage spaeter gegen Mittagszeit da klopfte jemand an seine Bungalow-Tuer, Bruno und das Maedel schliefen noch " Horst bist Du das ?", rief Bruno, er hoerte eine Maedchenstimme " Hallo " sagen, er zog er sich einen Slip ueber und oeffnete langsam die Tuer. " Wouh..da stand sie da " Die Geile "in Fleisch und Blut in ihrem weissen Jeansanzug, er traute seinen Augen kaum, er schnappte nach Luft und raeusperte " Hello ", ihren Namen hatte er vergessen, er konnte ja nicht sagen " Hello Du Geile", das haette sie auch nicht verstanden. Das Maedel meinte sie wolle ihn kurz besuchen, da er ja ein Freund von Horst sei und zwischen ihr und ihm sei es jetzt aus. " So schnell vorbei mit Horst ", dachte Bruno, er war aufgeregt und er sagte sie solle einen Moment warten denn er habe noch Besuch, der aber sowieso gleich gehen will. Das Maedel verstand und wartete vor der Tuer, waehrend Bruno mit Nan sprach, dass er jetzt Besuch bekomme, das Maedel kapierte zog sich schnell an, sie bekam ihren Liebeslohn und sie bekam einen dicken Abschiedskuss und sein Bungalow war maeuschenfrei.   Jetzt war Babylon frei fuer " Die Geile ", die fiel gleich mit der Tuer ins Haus, umarmte Bruno und fluesterte ihm ins Ohr, sie wuerde gerne Liebe mit ihm machen. Ihre Worte erregten Bruno auf das Schaerfste, doch der Koch aus Hameln fragte auch gleich wieviel.., was sie dafuer haben moechte, sie nannte ihm leise eine groessere Summe, Bruno schluckte kurz, " Billig ist die nicht", hatte ja Horst zu ihm gesagt, aber Bruno war einverstanden, er konnte ihr nicht widerstehen, er war so geil auf " Die Geile ", dieses Angebot konnte er nicht ablehnen. Er schloss die Tuer und beide kuessten sich gierig wie zwei Ausgehungerte die lange aufeinander warten mussten und sein Ding da unten schwoll an immer mehr und nach dem ersten Kusssturm, er war ja nur mit einem Slip bekleidet, da fing das Maedel an vor ihm ihren weissen Jeansanzug auszuziehen, provozierend langsam auf Striptease-Art und Bruno bestaunte ihren wunderschoenen hellbraunen Koerper ihren festen Busen und funkelnde Augen guckten ihn an, als sie aufreizend ihren Slip auszog, beeindruckt gab Bruno einen abgedroschenen und doch ernstgemeinten Spruch von sich, naemlich dass sie eine sexy Lady sei, da hauchte das Maedel Bruno solle sich hinlegen " Lay down please 'und die Augen schliessen, behutsam schob sie ihn aufs Bett, drueckte seinen Kopf aufs Laken, zog ihm den Slip herunter und seine Fahne schnellte hoch, darauf hin liess sie Brunos harten Penis in ihrem Mund verschwinden und was sie dann tat, das machte sie so gut, er war sich sicher kein Maedchen auf dieser Welt haette es in diesem Moment besser machen koennen als " Die Geile " und sein Hoehepunkt war unausweichlich und er gab ihr das Beste was ein Mann einer Frau geben kann und " Die Geile " schmatzte und schluckte so dass auch kein Tropfen Saft von Bruno verlorenging, danach kuschelte sie sich an seine Schulter und sagte kein Wort und den beiden fielen die Augen zu. Es war schon Nachmittag da meinte das Maedel sie wolle jetzt eine Freundin besuchen im Karaoke-Club und ob Bruno heute abend vorbeikommen wuerde und wenn er nicht kaeme, sie wuerde auf jeden Fall die Nacht mit ihm verbringen in seinem Bungalow wie abgemacht, danach koenne er sie auch entlohnen, ja sie wirkte selbstsicher und war direkt. Bruno war einverstanden, aber er liess offen ob er nachts in den Karaoke-Club kommen wuerde, er erinnerte sich an die Ausfuehrungen von Horst dass dieser einen Brummschaedel bekam von dem Gesang der Maedels und er sagte zu ihr dass er wahrscheinlich hier im Bungalow auf Nit warten wuerde, ihr Name fiel ihm wieder ein und er wollte wissen warum das mit Horst mit seinem Freund so schnell vorbei war, aber sie lachte nur wollte nicht darueber reden, "Oh", alles sei ok mit Horst – das war alles was sie sagte und als sie angezogen war guckte sie Bruno mit Schlafzimmeraugen an" See you later Darling ", und sie verliess den Bungalow. " Wouh, diese Nit ist schon eine Marke fuer sich ", meinte Bruno den Kopf schuettelnd im Selbstgespraech und er freute sich schon auf die Nacht mit ihr, er schwang sich aus den Federn, duschte sich, zog sich an und ging zu Bungalow Nr.11 und klopfte an. Horst oeffnete gleich "Na wie wars mit der " Geilen ". "Ja gut wars, sehr gut, sie ist jetzt im Karaoke-Club und kommt heute Nacht zu mir in den Bungalow ". " Sehr gut, Du ich hab schon wieder ein neues Teil, die schlaeft gerade, ich gehe heute Abend essen mit ihr am Strand, kommst Du auch ? " Ja freilich komm ich auch im selben Restaurant wie immer ? " Ja klar ok, dann so um sieben rum ok ? "

" Ok bis sieben alles klar tschau Horst ". " Tschau Bruno ". Und der Koch hatte Lust auf einen Spaziergang und als er am Meer so dahinspazierte, dachte er dass Horst sein Wort gehalten hatte, er schickte " Die Geile " zu ihm, vielleicht sollte er auch mal ein nettes Maedchen zu ihm schicken, doch wer sass denn da im Sand, es war Lady Ut in Begleitung einiger Zimmermaedels. Sie kicherten gleich als sie ihn erblickten und Lady Ut begruesste ihn freundlich und redete los wie ein Wasserfall, fragte ihn wie es ihm geht und ihr gehe es gut, sie habe noch keinen Freund und Som, Brunos erste Thai-Freundin wuerde nicht mehr im Best-Resort arbeiten, sie lebe mit dem Araber jetzt allein in einer Villa in der Naehe von Grandfather – Rock, dem grossen Felsen und der Araber liest ihr jeden Wunsch von den Augen ab. " Ja schoen fuer Som ", meinte Bruno und er dachte der richtige Name fuer Som sei " Die mit dem Grinsen ", er wuenschte Lady Ut und den anderen Maedels noch alles Gute und setzte seinen Weg fort. Und wen sah er denn da nach ein paar Minuten im Hotel-Restaurant sitzen, ja wen sah er denn da? Er sah " Die Gazelle " und " Das stille Wasser " ins Gespraech vertieft mit zwei jungen blonden Typen, auf ihrem Tisch standen vier grosse Eiscaffee-Becher, ja lief da eine Eiscaffee-Party und Bruno dachte ja unsere Party mit den Maedels in den " No Problem-Bungalows ", die war schon einen Zahn haerter, die Vier hatten sich anscheinend viel zu erzaehlen und sie bemerkten Bruno gar nicht und der wollte auch nicht stoeren und ging weiter. Bald verliess er den Strand und sein Weg fuehrte ihn auf die Beach-Road, in Vorfreude auf die Nacht kaufte er im Supermarkt einige Bierchen und Knabbereien und ging zurueck in seinen Bungalow, der Thai an der Rezeption nickte ihm bewundernd zu, den Daumen nach oben " Beautiful Lady ' meinte dieser und Bruno nickte und sagte " Thank you ". Puenktlich um sieben Uhr ging der Koch aus Hameln in das Strand-Restaurant am Meer.

Horst war schon da und neben ihm sass ein huebsches junges Maedel, stolz erzaehlte er sie heisse Kim, es sei seine neue Flamme, sie sei zwanzig Jahre alt und komme aus Chiang Mai und er habe sie heute Mittag in einem Massage-Salon in Lamai kennengelernt und gleich mitgenommen. Kim und Bruno gaben sich die Hand und stellten sich gegenseitig vor und er sagte zu Horst dass seine neue Flamme toll aussehe, in ihr schmales erotisches Gesicht konnte man lange hineinblicken, ihre glaenzenden Haare trug sie hochgesteckt. Ein rotes Seidenkleid mit gelben Puenktchen hinunter bis zu den Knien zierte ihren schmalen Koerper. Bruno blickte in klare braune Augen und ihr Laecheln war so gleichbleibend verbindlich, dass man nicht wissen konnte was das Maedel dachte, was sie gerade beschaeftigte. Horst hatte das Gefuehl, er kannte sie ja erst seit Mittag hatte sie aber schon gebummst, dieses Maedel waere immerzu und allzeit bereit fuer die Liebe. Welcher Name wuerde wohl zu ihr passen ? Horst nannte sie " Die Einsatzfaehige ". Ihm blieb nicht verborgen wie Bruno Kim intensiv anguckte, er teilte seinem Freund laechelnd mit dass er " Die Einsatzfaehige " schon laenger fuer sich behalten wolle und sie nicht gleich wie " Die Geile " nach Babylon weiterleiten moechte. Endlich konnte sich Bruno bedanken bei Horst dass er ihm das Maedel geschickt hat und heute Nacht komme sie in seinen Bungalow – ah lecker! Der Kellner kam und nahm die Bestellungen auf, Horst waehlte zusammen mit Kim einen grossen Fisch und Koenigskrabben mit Reis, mit Fisch konnte sein Freund nicht viel anfangen und er entschied sich fuer einen Kaese-Schinken Toast mit Pommes und Salat, zum Trinken bestellten alle Bier. Kim meinte zu Horst sie gehe kurz auf die Toilette um sich frisch zu machen. Als der Kellner verschwunden war, war Bruno neugierig und er fragte seinen Freund warum es denn so schnell zu Ende war mit ihm und der " Geilen " und dieser fragte zurueck ob ihm das Maedel nicht erzaehlt haette warum.

Bruno meinte sie habe nur gelacht und alles sei ok mit Horst, da meinte dieser er habe heute frueh mit der " Geilen " noch geschlafen, doch danach fing sie ploetzlich an dass ihre Eltern der Vater und die Mutter zur Zeit in Bangkok seien und die wuerden auch gerne mal auf die Insel fliegen, nicht fahren mit dem Bus, fliegen und eine Woche hier verbringen, in einem netten Hotel wohnen, lecker essen, ja eine Woche Urlaub wuerde den Eltern gut tun und sie wuerden dann auch gleich Horst kennenlernen. " Und Du sollst alles zahlen ", rief Bruno. " Genau, ich sollte alles bezahlen den Flug, das Hotel, das Essen und Trinken, den ganzen Urlaub aber das ist mir zuviel, das habe ich ihr auch gesagt und dann war sie eingeschnappt und dann war Schluss mit ihr und mir und dann habe ich sie zu Dir geschickt, was hat sie denn von Dir verlangt ?" Er nannte ihm die Summe fuer eine Nacht, da grinste Horst und sagte "Ja das Maedel nimmt das Geld von den Lebendigen ". Bruno meinte das Maedel sei eben auf der Suche nach einem reichen Mann, nach einem Millionaer, sie sei ja auch ausserordentlich sexy. " Aber ich bin nicht ihr Millionaer " und Horst meinte " Die Geile " sei eben hochprofessionell und der liebe Gott habe sie bestimmt nicht gemacht fuer nur einen Mann, sie kann vielen Maennern Freude schenken, ja sie sei so eine Art erotischer Wanderpokal. Der Kellner begann die Koestlichkeiten zu servieren und Kim kam zurueck von der Toilette wouh – supergeschminkt. Jetzt wurde gegessen und getrunken und Horst schob Bruno noch eine lange Koenigskrabbe in den Mund hinein und weil sich die beiden sauwohl fuehlten, bestellten sie noch mehr Bier und Horst spielte wieder den Philosophen und er meinte " Weisst Du Bruno, ein Nein hast Du immer im Leben, aber ein Ja kannst Du bekommen, wenn Du etwas versuchst, etwas probierst, vielleicht findest Du einen neuen Partner oder Du beginnst eine neue Arbeit, Du verwirklichst eine Idee egal was auch immer doch wenn Du nichts versuchst, nichts probierst dann hast Du immer ein Nein, aber wenn Du nicht gleich aufgibst und es immer wieder versuchst und hartnaeckig bleibst, dann kannst Du ein Ja bekommen. Und " Die Geile " versucht es solange bis sie den Richtigen findet der ihre finanziellen Wuensche erfuellt, dann hat sie ein Ja bekommen, weil sie es versucht hat. " Ja ", rief Bruno " meine erste Thai-Freundin die Som, die hat auch einen reichen Scheich bekommen, weil sie nicht nein gesagt hat" . Horst meinte darauf, bestimmt kenne Bruno den Reggae-Song " You can make it if you really try ", ja er kannte den Song. "Mensch Horst Du weisst soviel Du koenntest ja eine Sekte aufmachen ". " Viel zu anstrengend, viel zu anstrengend mein Lieber, da bestelle ich lieber noch drei Bier" und er winkte dem Kellner zu, da fluesterte ihm Kim etwas ins Ohr, danach meinte er das Maedel moechte noch in die Disco gehen ins Bauhaus, aber vorher gehe ich noch mit der " Einsatzfaehigen " in die Satisfaction-Bar auf einen " I can't get no Flip " und dann ab ins Bauhaus ein bisschen das Tanzbein schwingen. Der Kellner brachte das Bier und sie blieben noch alle sitzen nach dem Essen und genossen das wundervolle Ambiente, es war noch herrlich warm und das Meer rauschte angenehm beruhigend, Bruno guckte hoch zum Sternenhimmel und sagte zu seinem Freund " jetzt habe ich noch eine Woche Urlaub im Paradies und die werde ich noch voll geniessen ". " Ja Bruno recht hast Du, hau rein, hau rein ", erwiderte Horst mit Nachdruck, er bezahlte die Rechnung und ging los mit Kim und Bruno ging zurueck nach Babylon um auf die Delikatesse der Nacht zu warten. Und das Maedel kam spaet, aber sie kam, ja ihre grosse Aehnlichkeit mit der Saengerin Daliah Lavi war verblueffend, sie wirkte gestresst, gab Bruno einen Lippenkuss und meinte sie moechte erst einmal unter die Dusche gehn und sie zog sich wieder vor ihm aus ohne Hemmung splitternackt, guckte ihn dabei nett an, Bruno bewunderte wieder ihren goldbraunen

Koerper und der kleine Bruno unter seinem schwarzen Slip freute sich und wurde immer groesser und dicker und der grosse Bruno fasste mit seiner rechten Hand an ihr Aerschlein und drueckte es, er konnte nicht anders, das Maedel kicherte und verschwand im Duschraum. Waehrenddessen loeschte er das Licht im Zimmer, nur die Nachttischlampe brannte noch, nur mit Slip bekleidet setzte er sich aufs Bett und wartete. Und endlich kam sie eingehuellt in ein Handtuch, da stand sie im Halbdunkel, sie legte sich mit dem Ruecken aufs Bett, oeffnete langsam ihrLaken und sagte leise " Du kannst jetzt Liebe mit mir machen wie Du willst ". Wouh – das war ein Angebot, war sie eine gluehende Anhaengerin von Passiv-Sex, das Maeuschen war ja aehnlich, egal, er war ueberwaeltigt und schleckte gierig ihre Scham bis ihr schwarzes Dreieck huebsch nass war, dann schleckte sich seine Zunge hoeher zu ihrem Bauchnabel und hoeher zu ihrem Busen, er lutschte ihre Brustwarzen und knetete kraeftig ihre Brueste und seine Zunge fuhr noch hoeher zum Hals hinauf und landete schliesslich in ihrem Mund, mit seinen Haenden schob er ihre Schenkel weit auseinander und sein Pimmel war dick und gross, er war in Bestform im Best-Resort und er dachte jetzt bumse ich " Die Geile ", ausser sich vor Geilheit wusste er, jetzt habe ich sie unter mir, jetzt hau rein Bruno, hau rein und er schob seinen Big Bamboo tief in ihr aufgeweichtes Foetzchen hinein und der Koch aus Hameln fing an sie leidenschaftlich zu stossen und " Die Geile " stoehnte laut, das machte ihn noch geiler, er schob seinen Mittelfinger hinein in ihr suesses Aerschlein, schob ihn hinein in ihren Hinterausgang und das Maedel hatte nichts dagegen, ja sie wurde bestens bedient von Bruno vordereingangsmaessig und hintereingangsmaessig, er liebte sie inbruenstig und er dachte auf dem Weg zu seinem Hoehepunkt " Ich bin im Paradies, ich bin im Paradies ". Als alles vorbei war lag Bruno erschoepft doch tief befiedigt im Bett und das Maedel lag in seinen Armen, es hatte ihr auch gut getan und sie meinte mit rauher Stimme Bruno sei ein guter Liebhaber, so ein Kompliment bekommen von so einem heissen Teil, das tat ihm wohl , er oeffnete zwei Flaschen Bier und meinte auch Liebe machen mit ihr war super, Nit duschte sich ab, dann war er an der Reihe, danach wurde Bier getrunken, sie guckte Bruno an, er spuerte in ihren Blick irgendetwas beschaeftigte sie, sie trug etwas mit sich herum, er fragte sie geradeaus was denn los sei. Und sie erwiderte leise dass sie Bruno etwas sagen muesse, dann fing sie an zu erzaehlen, das sie am Abend im Karaoke-Club einen jungen Mann kennengelernt habe, er heisst Alex und kommt aus der Schweiz und er hat sich anscheinend total verliebt in sie, er hat sie eingeladen mit ihm morgen nach Bangkok zu fliegen, er moechte noch eine Woche mit ihr Urlaub machen in Bangkok, dann muss er zurueck in die Schweiz, ja er bezahlt alles, er ist sehr grosszuegig, er hat ihr gleich Geld geschenkt, sie solle was Nettes zum Anziehen kaufen.." Verstehst Du Bruno, bist Du jetzt boese auf mich ". Warum boese , ueberhaupt nicht, er freue sich sogar dass Nit jemand gefunden hat der gut zu ihr ist. Ja Alex haette zu ihr gesagt, er moechte sie spaeter mitnehmen in die Schweiz, ja das hat er gesagt. "Na dann auf die Schweiz", Bruno hob seine Bierflasche, das Maedel lachte, ihr gefiel Brunos Reaktion, sie hob auch die Flasche und sie prosteten, dann knipste das Maedel die Nachttischlampe aus, es war stockdunkel, sie hauchte ihm ins Ohr sie sei total muede und wuerde gerne in seinen Armen einschlafen, auch Bruno fuehlte sich wunderbar entspannt, noch ein paar Schluck Bier, dann machten beide die Augen zu und schliefen.   Am Morgen schon raekelte sich das Maedel, sie kuesste Bruno wach der noch schlief und meinte sie muesste jetzt dann gehen, ihr Flug nach Bangkok gehe kurz vor Mittag. Bruno hatte eine harte Morgenlatte und sagte zu ihr er moechte noch Liebe machen bevor sie geht, sie willigte sofort ein, machte die Beine breit, Bruno kletterte auf das Maedel hinauf, kuesste und herzte sie, er drueckte sie fest an sich und sein Koerper flirtete mit ihrem Koerper, er wusste das ist das letztemal in meinem Leben dass ich " Die Geile " lieben kann, er schob sie freudvoll hinein und seine dicke Morgenlatte verschwand zwischen ihren Schamlippen, sie gab zischende Laute von sich, er dachte wieder, es ist das letztemal, das letztemal " Gib alles Bruno, gib alles ", und die beiden genossen wundervollen Sex miteinander.   Danach ging alles ziemlich schnell, zum Abschied bekam das Maedel die versprochenen Geldscheine und er wuenschte ihr noch eine schoene Zeit in Bangkok. Am Ende meinte sie mit Bruno war alles wunderbar und sie werde das Zusammensein mit ihm nie vergessen und er sagte zu ihr er werde auch sie nie vergessen, dann verliess sie Babylon. Bruno legte sich   aufs Bett und starrte zur Decke hoch, das kann er besonders gut, er denkt " Die Geile " ist unglaublich, sie verlaesst den Karaoke-Club und geht mit Horst, macht Liebe mit ihm zwei Tage, danach geht sie zu Bruno macht Sex mit Bruno, dann geht sie in den Karaoke-Club zurueck und trifft Alex aus der Schweiz, in der Nacht kommt sie zurueck zu Bruno um mit ihm eine Liebesnacht zu erleben, am Morgen nochmal Sex und dann faehrt sie zu Alex um mit ihm nach Bangkok zu fliegen, und das alles, das alles in ein paar Tagen, ja grandios, " Die Geile " ist grandios, sie wird ihren Weg machen. Ja es war ein kurzes Intermezzo mit der " Geilen ", doch es hatte Bruno grosse Freude bereitet. Er starrte weiterhin hoch zur Decke auf die Scheiben des Ventilators die ohne Pause ihre Runden drehten, er hatte auch voll gelebt in den letzten Tagen, das forderte seinen Tribut, er schlief ein und er schlief den ganzen langen Tag wie ein Baer bis zum Abend, als er in der Dunkelheit erwachte, verspuerte er grosse Lust auf eine Huehnersuppe, er machte sich fertig, fuhr in eine Garkueche und genoss eine leckere Huehnersuppe mit Nudel, er hatte gelernt zu dosieren, er wuerzte nicht mehr allzu scharf. Sein Plan war nach der Suppe in die Satisfaction-Bar zu fahren um dort einen " Flip " zu trinken, Horst war ja mit der " Einsatzfaehigen " unterwegs, vielleicht wuerde ja er ihn dort treffen, doch es kam alles anders. Bruno fuhr los und er bemerkte dass das Benzin in seinem Moped fast alle war, er beschloss erst einmal aufzutanken. Neben einer Tankstelle etwas ausserhalb von Lamai fiel ihm eine schmuddelig, bunt beleuchtete Karaoke-Bude auf, drei Maedels kamen heraus, setzten sich auf ein Moped und fuhren langsam Richtung Tankstelle. Als Bruno aufgetankt und bezahlt hatte hielt das Moped vor ihm an und die drei Maedels kicherten und feixten "Hello sexy man, where you go? " Bruno guckte sich die drei blutjungen Geschoepfe gut an, er kam zum Schluss, alle drei sehen super aus, frisch und appetitlich und er bekam so ein Gefuehl alle drei auf einmal mitnehmen in meiner letzten Urlaubswoche, das waere doch geil. Und die jungen Huehner machten es ihm leicht, die Fahrerin rief " Where you go, we go with you – wohin gehst Du, wir gehen mit Dir". Bruno dachte das ist wieder mal so ein Gluecksfall im Paradies, dieses Angebot kann ich nicht ablehnen, nein, ich nicht. Da sagte er zu der Fahrerin " Ok, ok, no problem, follow me ". Und die Maedels jauchzten auf und schrien vor Freude. Bruno fuhr voraus, die Drei auf dem Moped hinterher und als sie den Parkplatz vom Best-Resort erreichten, sagte er zu den Maedels sie sollen jetzt leise sein und er machte auch gleich mit ihnen das Finanzielle aus, sie waren einverstanden. Bruno ging voraus und die Maedels folgten ihm im Gaensemarsch auf dem Weg zu Babylon, der Thai an der Rezeption kriegte sie nicht mehr alle, seine Augenbrauen schnellten nach oben, Bruno gruesste freundlich und zuckte mit den Schultern.

Im Bungalow angekommen, kaum war die Tuer abgeschlossen, da schmiegte sich doch eines der Maedels, ein klein braun gelocktes Teilchen fest an Bruno und schmuste seinen Hals, er fragte nach ihrem Namen " La ", antwortete sie kichernd " Oh La..O la,la ", erwiderte Bruno und sie umarmte ihn, ihre Haut war buttrig weich, ploetzlich dachte Bruno an Bilder mit kleinen suessen Engelein, da hatte er auch schon einen Namen parat, er nannte sie " Das Engelchen ", sie guckte ihn an, ihre Augen waren klar wie ein Berg-See und sie hing an ihm wie eine Klette, Bruno streckte seinen Arm aus zum naechsten Maedel wouh,- diese nahm seinen Mittelfinger in den Mund lutschte ihn mit Wonne, zeitgleich langte sie an seine Eier drueckte sie leicht, ihr Blick war eindeutig, ja, die konnte einen geil machen, nein, eine Klosterschuelerin war das sicher nicht, Bruno zog seinen Mittelfinger aus ihrem Mund heraus, der brannte ganz schoen, das Maedel musste vorher Chilly's gegessen haben, er fragte nach ihrem Namen ,sie hiess " Lek ", aber Bruno nannte sie " Die Scharfe ". Die Fahrerin stand da wie angewurzelt, sie sah einladend aus, Ponyschnitt, rotes T-Shirt, lila Mini-Rock, alles passte, er ging auf sie zu mit dem " Engelchen " an ihm haengend und kuesste sie auf den Mund hemmungslos, sie liess es zu, doch ploetzlich befreitete sie sich von Bruno, wich zurueck und fing an mit den anderen zwei Maedels auf Thailaendisch ziemlich laut zu reden. Bruno verstand kein Wort, er beobachtete die Fahrerin, ihr gut geschnittenes Gesicht gefiel ihm, sie besass einen Anfuehrerblick, ihr Naeschen war leicht gekruemt, sie blinzelte umher den Kopf nach oben gestreckt wie ein strenger Adler der seine Gegend ausspaeht, da fiel Bruno ein Name ein, er nannte sie " Die mit dem Adlerblick ". Da hatte er ja eine tolle Gesellschaft, eine heisse Company in Babylon um sich versammelt, " Das Engelchen ", " Die Scharfe " und " Die mit dem Adlerblick ", ihren echten Namen erfuhr er nie, er mischte sich bald ein in das Gerede, dass es doch abgemacht war Liebe miteinander zu machen, da wurde es wieder ruhig im Bungalow, " Die mit dem Adlergesicht " meinte die zwei Maedels sollen bei ihm bleiben, aber sie will jetzt Whisky trinken – bitte Geld fuer Whisky. Bruno war einverstanden, die Fahrerin war nicht so wie die zwei anderen Maedels die bereit waren fuer die aeltesten Bewegungen der Welt. Die Fahrerin meinte nachdem sie Whisky getrunken hat komme sie zurueck in den Bungalow und hole die beiden ab. Bruno gab ihr einen schoenen Schein, die Fahrerin bedankte sich, ging zur Tuer, doch ploetzlich aenderte sie ihre Meinung, sagte zu der " Scharfen " sie solle sie begleiten, zu Bruno sagte sie dass La auf jeden Fall warten soll hier im Bungalow bis sie zurueckkomme. Endlich nachdem die Zwei weg waren, konnten sich die beiden einander widmen, sie hatten zusammen eine wunderbare Liebeszeit, sie kuessten und schmusten miteinander, ihre Kleider waren schnell ausgezogen. Die Kleine schien Bruno wirklich zu moegen, beim Liebesakt schob sie ihr Becken hin und her, liess es kreisen, drueckte und massierte nebenbei mit ihren Haenden den ganzen Ruecken von Bruno. Noch bei keinem Thai-Maedchen hatte Bruno so eine aktive Liebeslust gespuert wie bei dem " Engelchen ", sie steigerte sich noch, wollte sein bestes Stueck immer mehr spueren..ja rein und raus, rein und raus und dann ah...alles war vorbei, sie lag ruhig da, regungslos, ihr Gesicht strahlte Zufriedenheit aus, Bruno dachte wahrscheinlich hat " Das Engelchen " gerade einen himmlischen Orgasmus erlebt und seiner folgte auch gleich bald, ach war das schoen mit ihr, er dachte ja sowas kann man anscheinend nur hier im Paradies erleben. Das Maedel duschte ab und kuschelte sich zurueck ins Bett, Bruno oeffnete eine Flasche Bier, die beiden tranken ja doch das warme Bier mit Genuss, es dauerte nicht lange und nach der ersten Nummer folgte die zweite Nummer, ja die beiden verschmolzen richtig miteinander und liebten sich bis sie erschoepft aber gluecklich voneinander liessen. Auf einmal aus heiterem Himmel wollte das Maedel weg, sie wollte zurueck in den Karaoke-Laden neben der Tankstelle. Bruno meinte es war doch abgemacht sie solle hier warten im Bungalow bis die anderen zwei Maedels zurueckkommen. Sie sagte es waere kein Problem, ein paar Freundinnen wuerden warten auf sie im Karaoke-Laden, sie moechte jetzt gehn. Aber sie habe doch gar kein Moped, wie wolle sie denn da hinkommen, sie sagte sie nehme ein Moped-Taxi und begann sich anzuziehen, sie umzustimmen war unmoeglich, was sollte Bruno tun, er ist ja kein Unmensch, wenn sie gehn will, er kann sie ja nicht mit Gewalt zurueckhalten " Money, Money ", kicherte " Das Engelchen ", er gab ihr die vereinbarte Gage, danach schmiegte sie sich nochmal an ihn, noch ein, " By, by " dann war sie weg. Bruno legte sich aufs Bett, dachte wann kommen die zwei Anderen wohl zurueck ?   Fuenf Minuten spaeter klopfte jemand laut an die Tuer, Bruno oeffnete, eine Alkoholfahne kam ihm entgegen, die beiden Maedels lachten und liessen sich aufs Bett fallen, " Die mit dem Adlergesicht " rief gleich wo denn ihre Freundin sei, Bruno sagte sie solle etwas leiser reden, die Leute hier im Resort wuerden alle schon schlafen, er klaerte sie auf dass " Das Engelchen " schon ausgeflogen sei, das Maedel wollte unbedingt zurueck in den Karaoke-Laden, er konnte sie nicht aufhalten, die Fahrerin fragte ganz freundlich ob sie denn Geld bekommen habe " Natuerlich " war seine Antwort. Danach fragte sie noch suesser ob er denn noch das andere Maedel wolle, " Die Scharfe " erhob sich vom Bett ging auf ihn zu umarmte ihn, guckte ihn schmeichelnd an und Bruno dachte "Ja die nehm ich auch, die schaff ich auch noch, mein Urlaub ist sowieso bald zu Ende ". Die Sache war abgemacht. In einer guten Stunde werde sie das Maedel hier wieder abholen, hier im Bungalow, meinte die Fahrerin und sie streckte ihm wieder ihre Hand entgegen " Money, Money.. ich will trinken Whisky, Whisky ! " Bruno fragte sie wo sie denn um diese Uhrzeit noch Whisky trinken will " In der Karaoke –Bar ", rief sie, da gibt es noch viel Whisky, noch viel Whisky ! " Bruno hatte keine Wahl, er gab ihr nochmal einen schoenen Schein in ihr Haendchen " Thank you very much " und weg war sie. Endlich war er mit der " Scharfen " allein, er legte sich aufs Bett, schloss kurz die Augen, er war nicht muede, sein Koerper ruhte nur, " Die Scharfe " stellte sich nah ans Bett, Bruno's Augen oeffneten sich, in ihrem hellblauen Mini-Roeckchen wippte sie mit ihren Hueften hin und her, kein Gramm Fett schien dieser junge dunkle Koerper an sich zu haben, ihre Augen waren weit geoeffnet, ihre Lippen bewegten sich, ihr Gesichtsausdruck voller Verlangen, er starrte sie an, ja das war Asien – ja ihr Gesicht, das war Asien fuer ihn. Ploetzlich zog er das Maedel zu sich, griff gierig unter ihren Mini-Rock, stuelpte mit den Fingern ihr Hoeschen tiefer, betatschte ihr kleines Foetzchen, dabei wurde er so geil, dass sein Ding immer haerter wurde, keiner der beiden war an einem laengerem Vorspiel interessiert, das Vorspiel wurde gestrichen, man ging gleich zum Hauptgang ueber, ihre Klamotten flogen im Eiltempo in die Ecke, " Die Scharfe " wollte alles sehn, schaute zu wie Bruno in sie eindrang, dieser guckte dabei in ihr neugieriges Gesicht, fragte schnell wie alt sie sei " Achtzehn " hauchte sie, achtzehn Jahre geil, dachte Bruno und er legte los, " Die Scharfe " beobachtete Bruno's Schwanz der ihr Foetzchen beglueckte, sie fauchte, zischte, gab gurrende Laute von sich, sie wurde immer lebhafter und als sie sich dem Hoehepunkt naeherte, krallte sie ihre Fingernaegel in Bruno's Ruecken so tief hinein, dass dieser aufschrie und da hatte auch schon " Die Scharfe " ihren Orgasmus baeumte sich hoch, schrie grell, im naechsten Moment war Bruno an der Reihe, er guckte in ihr Gesicht und als es soweit war, da entkam ihm ein hoellisch lauter Brunft-Schrei, das Maedel erschrak, hielt ihm leicht den Mund zu, sie meinte er solle doch etwas leiser sein, die Leute im Resort wuerden doch alle schon schlafen, ja das sagte sie zu ihm, das amuesierte Bruno, er sagte darauf dass es gut war mit ihr, ja sehr gut. Sie machte eine Bewegung mit der Hand hin zur Dusche ah- er verstand, zusammen Duschen, das war eine gute Idee, sie seiften sich gegenseitig ein, spritzten sich ab, ah- das lauwarme Wasser tat gut, Bruno dachte wenn ich das am Stammtisch erzaehle was ich hier erlebe, das glaubt mir doch sowieso keiner. " Die Scharfe " nahm Bruno's Schwanz in den Mund, lutschte ihn hingebungsvoll, dieser bohrte seinen Zeigefinger in ihr Aerschlein hinein, das war geil, doch abschiessen konnte er nicht mehr, er war schon leergebumst. Nur gut, dass er genuegend Bier im Bungalow vorraetig hatte, die beiden liessen sich das Bier schmecken. Etwas spaeter oeffnete Bruno die Tuer, er guckte hinaus, alles war ruhig, eine wunderbare Waerme umgarnte ihn, sein Freund Horst war nicht zu Hause, sicher war er noch unterwegs mit der " Einsatzfaehigen ". Im Bungalow zueckte Bruno einen schoenen Schein und gab ihn der " Scharfen ". " Wumm! ", etwas krachte laut an die Tuer, er erschrak, oeffnete die Tuer da lag sie am Boden die Fahrerin " Die mit dem Adlergesicht ", sie war anscheinend voellig hinueber, voellig betrunken, sie rief sie sei ausgerutscht. " Die Scharfe " und Bruno halfen ihr aufzustehn und legten sie im Bungalow aufs Bett. Sie hatte eine unglaubliche Alkoholfahne, war da noch Blut im Alkohol, das ganze Zimmer duftete nach Mekong-Whisky, wenn da jemand ein Streichholz angezuendet haette, ganz Babylon waer in die Luft geflogen. Die beiden Maedels schnatterten los wie zwei Maschinengewehre, die Fahrerin lallte ob " Die Scharfe " schon Geld bekommen haette "Natuerlich ", war widerum die Antwort. Bruno guckte " Die mit dem Adlergesicht " an, die auf dem Bett liegend nach Luft japste, er dachte bei sich dieses Maedel hat einen herben Charme wenn sie in ihrer Thai-Sprache so loslegt, sie sieht auch gut aus, ihre dunkelbraune Haut, ihr huebscher Ponyschnitt dazu dieser lila Mini-Rock, aber sie ist ja voellig voll und ich bin voellig leer – ja wunderbar leer. Seine Gedanken wurden unterbrochen von der " Scharfen ", die ihm mitteilte sie muesse jetzt die Freundin zurueckbringen in den Karaoke-Laden, beide zogen das Maedel hoch vom Bett und schleppten sie hinaus ins Freie, ein Wunder war, dass sie noch in ihrem Zustand mit dem Moped hierher ins Best-Resort fahren konnte, ploetzlich baeumte sie sich auf und fing an laut zu krakelen, " Die Scharfe " hielt ihr den Mund zu, dem Thai an der Rezeption standen die Haare zu Berge, als er sah, dass Bruno und " Die Scharfe " ein Maedel mitschleppten, das kaum noch gehen konnte, vielleicht dachte er was macht dieser Typ mit den ganzen Maedels hier, dieser Deutsche ist ja unglaublich. Die beiden schafften es, fuehrten die Fahrerin behutsam zu ihrem Moped, dort redete ihre Freundin im Befehlston auf die Fahrerin ein, sie solle sich jetzt zusammenreissen, sie nahm ihr den Mopedschluessel ab und stieg aufs Moped, Bruno half der Fahrerin aufzusteigen, diese umarmte " Die Scharfe " von hinten, krallte sich an ihr fest, " Die Scharfe " liess den Motor an, Bruno meinte sie solle vorsichtig langsam fahren, sie gab ihm noch einen Kuss auf die Lippen " You are good man - Du bist ein guter Mann ", dann verschwanden beide Maedels in der Dunkelheit. "Ja Himmel und Hoelle, ja heut Nacht war ja was los hier im Paradies ", sagte der Koch aus Hameln zu sich selber, "einfach super !" Er machte auf dem Absatz kehrt und ging zurueck nach Babylon, gottseidank war da noch eine volle Flasche Bier die er genuesslich trank, er war groggy, es ging ihm gut, im Selbstgespraech meinte er " Das war ein Superabend heute, ja alles was ich Deutschland versaeumt habe mit den Maedels, all die vielen Jahre, was einfach nicht moeglich war, das hole ich hier nach im Eiltempo und der thailaendische Minister hat auch gesagt zu der Feministin hier in Thailand gibt es keine Prostutition, wir haben hier nur Gastfrauen, nur Gastfrauen so ist es eben. Natuerlich erzaehlte er freudvoll seinem Freund Horst beim Mittagessen am naechsten Tag im Strand-Restaurant was er alles in der letzten Nacht mit den drei Maedels vom Karaoke-Club erlebt hatte. " Die Einsatzfaehige " die neue Flamme von Horst sass mit am Tisch elegant in weisser Pluderhose und rotem Oberteil und verstand kein Wort was die beiden Freunde so redeten, sie praesentierte wieder ihr unergruendliches Laecheln, nicht in hundert Jahren wuerde man herausfinden koennen, was fuer Gedanken in ihrem huebschen Koepfchen so herumgeistern. Horst meinte das mit den Maedels koenne man nur hier erleben auf der Insel, er kenne auch keinen anderen Ort auf der Welt wo das so voellig problemlos und mit soviel Spass denn moeglich ist. Die Spiegeleier mit Speck und Toast kamen an den Tisch, die beiden hatten dasselbe bestellt, das Maedel bekam gebratenen Reis mit Krabben. Horst fand es gut dass Bruno hier nichts anbrennen liess, Frank Sinatra soll ja auch mal gesagt haben in einem Interview " Reinpacken ins Leben was geht ". " Mensch Bruno, weisst Du wo ich gestern abend war..Schweinshaxen essen in Nathon und dem Maedel hats auch gut geschmeckt ". " Ja super ihr wart in Nathon ,geil ! " " Mmh.. ich sage Dir da hat sie richtig geschleckt bei dieser saftigen Haxe ". Der Koch Bruno war ueberzeugt, dass eine gute Schweinshaxe doch jedem Menschen auf dieser Welt schmeckt, das sei eben etwas Bodenstaendiges, etwas Leckeres. Auf dem Weg zurueck fuhren die beiden noch ins Reggae-Pub, Kim hatte Lust ein bisschen Reggae zu tanzen, die naechste Station war dann die Satisfaction-Bar auf ein paar " Flips ", danach ging es in die Mixed Pub-Disco , dort war gestern Nacht Maskenball, Horst sah buntbemalte verrueckt maskierte Gestalten, auf der Tanzflaeche tummelten sich gruene Zombies, da waren blutrote Monster und Halloween-Koepfe ja Kuerbiskoepfe, und einige nicht indentifizierbare Wesen, ganz irre, das gibts auch nur hier auf der Insel, danach gings weiter in die Blues-Bar da waren viele Leute und die Mekong-Band hat gespielt ganz super und der Mekong-Whisky hat uns auch geschmeckt ganz super, dort sind wir dann versackt das ging bis fruehmorgens. " Die Einsatzfaehige ' schenkte Horst einen besonders intensiven Blick als haette sie einen Wunsch auf den Lippen, er meinte " Bruno siehst Du diesen Blick von ihr, das ist ihr Einsatzblick, das waere ein Zeichen, dass sie jetzt Lust hat auf die Liebe, dann ist auch ihre Muschi immer schoen feucht, ja das Leben ist voller Zeichen und Wunder, man muss sie nur zu deuten wissen ". Bald nach dem Essen verabschiedete sich Horst von seinem Freund und verschwand mit der " Einsatzfaehigen " in seinen Bungalow Nr. 11. Auch Bruno wanderte zurueck nach Babylon, die letzte Liebesnacht mit den drei Maedels steckte ihm noch in den Knochen und er freute sich auf ein nettes Nachmittagsschlaefchen, doch alles kam anders. Ein suesses Stimmchen vernahmen seine Ohren auf dem Weg zum Bungalow "Hello you want massage – Hello willst Du Massage ". Er drehte sich um, ah- es war das junge Massage-Girl, das er schon am Strand gesehen hatte wie sie zusammen mit einer aelteren Thai-Frau Touristen massierte, doch jetzt stand das Maedel kerzengerade vor ihm was fuer ein heisser Kaefer, was fuer lange braune Beine. Bruno bekam Stielaugen. Ihr engsitzendes schwarzes Mini-Roeckchen mit Guertel verknotet um ihre Hueften herum sah aus wie ein Lendenschurz, ein gelbes bauchnabenfreies T-Shirt, ihr gekaemmtes glattes Haar bis zu den Schultern herab, all das machte sie zu einer Augenweide. Bruno dachte an Tarzan, an den Urwald an seine Dschungelfrau die Jane hiess. Nach einer ewigen Sekunde meinte er Massage vielleicht morgen da er sich immer noch auf ein Stuendchen Schlaf freute, doch der Klang ihrer Stimme wurde immer suesser, sie lispelte ganz verfuehrerisch dass sie ihn auch in seinem Bungalow massieren koenne, dabei spreizte sie ein wenig aber ganz deutlich ihre Schenkel und guckte ihm ganz unschuldig in die Augen. Oh – um Bruno wars geschehn, der Mittagsschlaf war vergessen, dieses Angebot wollte er nicht ablehnen. Er meinte " Oh Massage im Bungalow – was kostet das? " Grinsend meinte sie, er solle ihr geben, was er fuer richtig haelt, er nickte und ging voran, sie folgte ihm, er fragte sie nach ihrem Namen " Li " war ihre Antwort. " Oh Li, my name is Bruno ", aber fuer ihn war sie " Lady Tarzan ". Angekommen am Zielpunkt oeffnete er die Babylon-Tuer und das Maedel trat ein und sie verlor keine Zeit, Bruno solle sich ausziehn bis auf den Slip und sich im Bett auf den Bauch legen, das tat er dann auch, oh ihr Antlitz war zum Kuessen zum Hineinbeissen. Bald krabbelte "Lady Tarzan " auf Bruno's Ruecken herum fing an ihn leicht zu massieren und erzaehlte dass ihre aeltere Kollegin zwei Tage krank war, ab Morgen aber wieder arbeiten wuerde, wollte wissen ob denn Bruno eine feste Thai-Freundin haette, sie war sichtlich ueberzeugt, immer mehr Thai-Maedchen wuerden sich einen Auslaender als festen Freund suchen. Bruno's Kommentar war das wisse er nicht, er genoss die Massage. Nach einer Weile drehte sie ihn um massierte die Fuesse, seine Beine sie grinste ihn an, er grinste zurueck Mann dieses junge Ding war wirklich eine Suende wert. Die naechste Station von ihren einfuehlsamen Haenden waren seine Lenden und die Leistengegend, sanft rieb sie seinen Bauch, kitzelte seine Brustwarzen, beugte ihren Oberkoerper nach vorne ueber sein Gesicht, salzig suesser Hautschweiss stieg ihm in die Nase. Mit seiner rechten Hand packte Bruno sie ploetzlich am Genick schnellte hoch und kuesste ihre weichen Lippen, da passierte es, er bekam einen vollen Steifen, hatte sie darauf gewartet? Huch " Lady Tarzan " streifte seinen Slip herunter sie wich kurz zurueck, betatschte dann sein pralles Geraet, "Huch, das ist aber ein Grosser ", sagte sie voller Bewunderung " willst Du Happy- Ending, ich kann fuer Dich machen ". Aber Bruno ging das alles viel zu schnell, sich nur einen runterholen lassen, dann ist alles vorbei, nein das wollte er nicht, er verspuerte eher Lust "Lady Tarzan " langsam zu vernaschen mit Genuss versteht sich, er meinte er wolle jetzt kein Happy- Ending. " Was willst Du dann ?", ihre Stimme ueberschlug sich leicht, Bruno fiel nichts anderes ein als zu sagen, " Ich will Love me tender", ob sie das verstehe was er meine, dabei fuehrte er ihre Hand auf seiner Hand spazieren, versuchte ihr klar zu machen, er moechte sie umarmen, kuessen, kuscheln, er will " Love me tender".   " Oh ich verstehe Du willst Love me tender ", rief das Maedel sichtlich erleichtert, sofort kraulte sie langsam seine Brusthaare, taetschelte den Bauch, legte ihr Gesicht auf sein Herz, rubbelte ihre Nase an seiner Backe und das wars dann auch schon mit "Love me tender". Sie fragte hoffnugsvoll ob er denn jetzt Happy-Ending will, er verneinte, er will kein Happy-Ending. " Lady Tarzan " war ziemlich nervoes und fragte was er denn wolle, Bruno fiel nichts anderes ein als zu sagen " I want Bum Bum!" Da zuckte sie zusammen und ihr Haendchen verliess sein Glied " Oh Bum Bum willst Du, hast Du Kondom ?" Aber Bruno's Kondome waren schon laengst aufgebraucht, er hatte vergessen eine neue Packung zu kaufen. " Nein, ich habe keinen Kondom mehr ". " Oh da musst Du jetzt gleich zum Supermarkt gehen, die haben Kondom ".   Aber Bruno sagte zu "Lady Tarzan "dass er jetzt nicht aufstehen will unter der Massage und zum Supermarkt latschen, und sie alleine lassen will hier im Bungalow. Die Lady ueberlegte und meinte dass Bruno dann aussteigen muss bevor er kommt, oh das Aussteigen, entgegnete er, das Aussteigen sei aber sehr unsicher. Das Maedel schloss kurz die Augen schluckte zweimal und meinte sie nehme keine Pille und hernach bekomme sie noch ein Kind. Er schlug vor sie koennte zur Apotheke gehen die haben die Pille. " Oh nein ", rief sie laut " ich nehme keine Pille". "Ja was machen wir denn dann ?" "Lady Tarzan " schnaufte tief, Bruno brachte sie ungewollt zur Weissglut, sie sah ihre Felle bereits davonschwimmen, vor Entaeuschung platzte sie los " No Kondom, no Bum Bum ". Ein Gelaechter von draussen war nicht zu ueberhoeren, das Maedel hielt sich die Hand vor den Mund. Bruno versuchte sie zu beruhigen, er zog seinen Slip wieder nach oben und sagte " Wir muessen keinen Sex miteinander machen, Du massiert mich einfach noch ein bisschen schoen und fertig ". Aber die Kleine gab nicht so schnell auf und sprach in sein Ohr ob er denn 69 moege, sixty-nine. Ah- dachte Bruno wie sich dieses junge Ding schon auskennt in der Sex-Welt und auf 69 auf franzoesisch hatte er schon Lust, er wunderte sich dass ihm das auch nicht selber eingefallen war, egal er meinte, ja 69 sei eine gute Idee von ihr. Schnell half er " Lady Tarzan " sich von ihrem Lendenschurz zu befreien, das gelbe T-Shirt war auch gleich herunter, ihre kleinen festen Brueste wunderbar und beide nahmen die 69-Stellung ein, Bruno lag unten und das Maedel verkehrt auf ihm, er schleckte ihre kleine suesse Muschi und sie nahm seinen dicken Schwanz in den Mund, was fuer ein Wonnegefuehl durchflutete Bruno's Koerper, doch das Maedel hielt nicht lange durch, sein Ding war einfach zu gross fuer ihr kleines Muendchen, sie schien keine Luft mehr zu bekommen, fing an zu husten und nahm sein bestes Stueck aus ihrem Mund heraus, schnappte nach Luft und rieb das grosse Ding gefuehlvoll hin und her, das war auch gut fuer Bruno und er leckte ihr Foetzchen mit Hingabe es dauerte nicht lange und ploetzlich fing er an zu spritzen und seine ganze Sahne landete auf ihrem Busen " Huch soviel..soviel ", rief "Lady Tarzan ", er beendete die 69-Stellung, rollte das Maedel von sich herunter und verrieb genuesslich seine Sahne auf ihrem Busen

" Huch was tust Du, was tust Du da ! " " " Vitamin, Vitamin sehr gut fuer Dich " ,und er meinte irgendwie ist es doch noch zu einem Happy-Ending gekommen, da lachte das Maedel, beide erhoben sich vom Bett und duschten sich ab. Am Ende gab ihr Bruno einen schoenen Schein und dachte das Schoene ist doch, dass es mit jedem Maedel anders ist, mit jedem Maedel ist die Liebe wieder neu. "Lady Tarzan " bedankte sich freudig fuer den Liebeslohn, dann verliess sie Babylon. Nach diesem ueberraschenden Besuch der Massage-Lady genoss Bruno jetzt seinen wohlverdienten Nachmittagsschlaf, der bis zum Abend andauerte. Der Bungalow von Horst war dunkel, er war unterwegs, Bruno war in guter Laune, er ging ins Strand-Restaurant und bestellte zum Essen ein Pfeffersteak mit Pommes und ein Bier, sein Koerper hatte Lust auf etwas Kraeftiges, Deftiges. Der Kellner fragte ihn wie er das Steak haben moechte, rare – medium – well done, er liess ihn wissen er moechte es sehr well done, eigentlich fast durchgebraten, einen minimal roetlichen Schimmer in der Fleischmitte ok, aber nicht mehr, er mag kein halbblutiges Steak und wenn das Blut im Teller herumlaeuft das mag er auch nicht, er ist ja kein Kannibale und der Kellner servierte ihm das Steak genauso wie er es bestellte hatte, naemlich sehr well done, eigentlich durchgebraten und die Pfeffersauce dazu schmeckte ihm auch. Nach dem leckeren Mahl im Strand-Restaurant stieg er auf sein Moped und fuhr in die Satisfaction-Bar, dort lief ein alter Kracher-Song von den Stones " Jumping Jack Flush ". Horst war schon da mit der " Einsatzfaehigen ", die sich heute in einem lila Hosenanzug mit rosa Bluemchen praesentierte, ihr Laecheln war unergruendlich angenehm, ihre hohen Backenknochen, das Chinesische in ihrem Gesicht, kein Wunder dass Horst auf sie voll abfuhr, beide tranken Whisky-Cola und er erzaehlte Bruno er war heute lecker Thai essen mit seiner Freundin doch er verwechselte ein Tomatenstueck mit einer roten Pepperoni, sie war unmenschlich scharf

143

doch er ueberlebte diese Feuer-Attacke, sein Freund erwiderte er habe auch schon seine scharfen Erfahrungen mit Papaya-Salat und Huehnersuppe hinter sich, und Bruno bestellte gleich einen " I can't get no Flip " bei der Mixerin und meinte neben Bier, Mekong-Cola ist der " Flip " schon hier ein Supergetraenk auf der Insel aber den gibt es auch nur in der Satisfaction-Bar. Jetzt erzaehlte er Horst von seinem Abenteuer was mit der jungen Massage-Lady mit "Lady Tarzan " in Babylon alles so passiert sei. Das erfreute Horst ungemein, er meinte was Bruno in kuerzester Zeit hier erlebt habe im Paradies, gestern Nacht noch die Drei von der Tankstelle und heute nachmittag in Babylon franzoesisch 69 mit dem Dschungelmaedchen das sprengt doch alle Ketten, das ist einmalig, besser gehts nicht mehr ha ha, und wenn ein Reporter fragt " Ja Herr Bruno wie lebten sie denn auf der Sonnenschein-Insel ? " Dann antwortet er " Ich lebte von der Huefte abwaerts ". " Auf unseren Super-Urlaub " Horst hob sein Whisky-Glas und die Drei stiessssen miteinander an. Nach einem tiefen Schluck meinte Bruno er hole hier mit den Maedels sein halbes Leben nach was er in Deutschland versaeumt habe mit ihnen, aber er weiss sein Urlaub gehe bald zu Ende, dann fliege er zurueck nach Deutschland und koche wieder im Krankenhaus, das ist auch ok. Horst stimmte ihm zu, auch der schoenste Urlaub geht einmal zu Ende, er selber koenne ja noch eine Woche laenger bleiben hier im Paradies, er nahm einen Schluck Whisky und sagte dann zu seinem Freund dass er ja soviel zu erzaehlen habe an seinem Stammtisch, ja die werden die Ohren spitzen, er wird noch zum Stammtisch-Superstar, er wird noch Ehrenvorsitzender, er koennte auch Lesungen abhalten " Ein Krankenhaus-Koch findet das Paradies " ja alles sei moeglich. Bruno antwortete er sei gespannt, er habe ja dem Stammtisch eine Postkarte geschickt mit einem Bild von Grandfather Rock und Grandmama , so was hat der Stammtisch auch noch nicht gesehen. Gelaechter drang an Bruno's Ohr zwei junge Auslaender kamen in die Bar mit zwei jungen Thai-Maedels im Schlepptau, die sahen eigentlich ganz gleich aus. " Das sind aber zwei huebsche Zwillinge ", sagte Horst. Die vier Neuankoemmlinge nahmen Platz, einer der Begleiter bestellte gleich eine grosse Flasche Mekong-Whisky. Die Mixerin klaerte Bruno und Horst auf, ja das seien Zwillinge, sie sind erst heute Mittag auf die Insel gekommen, sie haben auch schon in Bangkok in einer Bar gearbeitet, es sind zwei lustige Maedels, sie nennen sich Bila und Bala, die zwei Italiener haben sie gegen Abend gleich eingeladen zum Essen und jetzt sind sie wieder da. Darauf bestellte Bruno gleich einen neuen " I can't get no Flip ", Horst und seine Freundin wechselten das Getraenk, er orderte auch zwei "Flips " und lud die Mixerin zu einem "Flip" ein, so mixte sie ingesamt vier " Flips ".   Die Zwillinge sahen sich taeuschend aehnlich, beide mittelgross, schlank, im blauen Jeans-Roeckchen, beide trugen ein Regenbogen -T-Shirt waagrecht gestreift in den Farben rot, blau, gruen und gelb, ihre Haarfarbe war braunschwarz, leicht dauerwellenmaessig gefoent, auch ihre huebschen Gesichter erschienen ohne Unterschied. " Der Busen von der einen ist ein bisschen groesser als von der anderen " witzelte Horst, "aber sicher bin ich nicht ". " Du kannst ja mal abmessen ", meinte Bruno " aber das geht auch nicht, die sind ja schon besetzt die zwei Huebschen ". Beide guckten jetzt der Mixerin zu, wie sie die vier " Flips " liebevoll zubereitete, sie meinte Bila habe sich in den Haaren vorne eine kleine hellbraune Locke eingefaerbt, die mit dem Loeckchen sei Bila und die andere eben Bala. Die " Flips " waren fertig, man liess sich die Cocktails schmecken. Bruno's Augen wanderten ab und zu hinueber zu den Maedels . " Die gefallen Dir wohl die Zwillinge was, die fehlen anscheinend noch in deiner Sammlung " scherzte Horst. Ja Bila und Bala wuerden ihm gefallen meinte Bruno, aber erstens sind jetzt die Italiener am Zug und zweitens wolle er heute Nacht mal eine Liebespause einlegen, nein er habe keine erotische Flaute, dafuer aber eine tolle Bettschwere, eine Super-Bettschwere. Horst unterbrach ihn, es waere eine gute Idee von ihm sich heute auszuruhn, denn morgen, ja er haette es beinahe vergessen Bruno zu sagen, er hat eine Anzeige von einer Barbecue-Party am Strand gesehen, sie war auf einem Plakat ein bisschen kleingeschrieben und zu dieser Party muessen sie unbedingt hin, er erinnere sich gleich an seinen letzten Insel-Urlaub, das ist eine Strandparty von General Nok, ja sowas wie eine Kultparty auf der Insel, er war auch da und Horst sagte zu seinem Freund, da gehn wir hin, da ist immer was los. Da warf " Die Einsatzfaehige "Horst einen bestimmten Blick zu, dabei fuhr sie mit ihrer Hand auf seinem Oberschenkel hin und her, er deutete seine Freundin habe wieder ihren Einsatzblick aufgesetzt, es ist soweit, sie haette wieder Lust, das heisse fuer ihn bald ab ins Koerbchen mit ihr. Horst ueberlegte morgen um 6 Uhr abends Treffpunkt hier in der Satisfaction-Bar, von hier aus wuerden sie dann zu der Barbecue-Party von General Nok fahren, es sei nicht weit von hier. Bruno wollte bezahlen, doch Horst rief " Lass mal das geht heute auf meine Rechnung ", er habe ja auch noch laenger Urlaub als sein Freund. Bruno sagte sein Urlaub sei bald zu Ende und seine Mittel auch, aber sie reichen noch voellig aus. Horst bezahlte bei der Mixerin und spielte wieder mal den Philosophen " Ja das Leben..das Leben ist eine Geldfrage ", und er fuegte noch hinzu " ein Leben ohne Geld, das ist wie ein offener Strafvollzug, du siehst alles, es gibt alles aber du kannst dir nichts kaufen - grausam ". Und dann verliessen die Drei die Satisfaction-Bar, Horst fuhr ohne Umweg mit der " Einsatzfaehigen " in seinen Bungalow Nr.11. Bruno wollte nicht ganz allein nach Babylon zurueckkehren und beschloss sich noch einzudecken mit ein paar Bierchen aus dem Supermarkt, weil bei diesen warmen Temparaturen hier muss man schon viel Fluessigkeit zu sich nehmen, damit man innerlich nicht austrocknet, andere Leute besorgen sich Wasserflaschen fuer die Nacht, aber er kauft lieber Bier, es ist ja auch mehr nahrhaft als Wasser. Der Thai an der Rezeption guckte leicht verwirrt, kickste mit Fistelstimme " Tonight no Lady? " Bruno antwortete dass die Lady spaeter komme, aha das verstand der Thai, er laechelte und gruesste freundlich, sein Weltbild von Bruno war wieder ok. In seinem Bungalow legte er sich auf's Bett, oeffnete ein Bier, goennte sich einen Superschluck. Bruno fuehlte sich gluecklich, dass er das Paradies gefunden hatte, dachte bei sich selber, alles was ich hier erleben durfte, ja das kann mir keiner mehr nehmen, er war dankbar, bekam das Gefuehl sich bei jemand bedanken zu wollen, besonders religioes ist er nicht, er guckte hoch zur Decke die Worte " Danke Gott " kamen aus seinem Mund. Natuerlich dachte er auch an seinen Freund Horst, der ihm ja erzaehlte von dieser geheimnisvollen Insel hier, auf der so vieles moeglich ist. Mit dem Denken ging es nicht mehr weiter, ohne Vorwarnung fielen ihm die Augen zu.   Es ist Fruehling in Hameln und schon Sonntagvormittag. Bruno erwacht aus seinem mehrstuendigen Halbschlaf, alles was passierte, sein Leben auf der Insel hat er nochmal im Traum erlebt, doch jetzt ist er hungrig, er steht auf und geht in die Kueche, macht sich einen Kaffee zurecht dazu laesst er sich ein deftiges Schinkenbrot schmecken, er hat ja heute frei, heute ist Sonntag, Samstag und Sonntag sind seine freien Tage und nachdem er gefruehstueckt hat, entscheidet er sich auch noch den letzten Teil im Paradies mit der grossen Ueberraschung noch einmal zu erleben. Er legt sich in sein Bett, schliesst die Augen und er sieht ganz klar wie es weiterging, wie alles weiterging.   Ja noch in derselben Nacht als Bruno im Bungalow die Worte "Danke Gott " sagte und ihm dann die Augen zufielen, da wachte er auf, tief in der Nacht zwischen Schlaf und Wachsein kamen ihm berauschende Gedanken,

Gedanken an Maedchen die in der Dunkelheit neben ihm liegen, erotische Fantasien stiegen in ihm hoch er schiebe einer dunklen Schoenheit von hinten seinen dicken Schwanz in ihre Moese hinein, er guckte nach unten, tatsaechlich sein kleiner Bruno hatte sich versteift, wahrscheinlich wollte der Kleine zum Urlaubs-Ende hin noch ein suesses Foetzchen besuchen, Bruno dachte an Som, seine erste Thai-Freundin, " Die Gazelle " kam ihm in den Sinn, ploetzlich sah er " Die Geile " " Das Engelchen ", er dachte auch an Bila und Bala, jetzt war er hellwach. Er guckte auf die Uhr, es war 3 Uhr morgens, er ueberlegte, bald bin ich wieder im Krankenhaus und wenn ich jetzt gar nicht schlafen kann, dann ist das ein Zeichen dafuer eine Nachtfahrt zu veranstalten, ja Lamai in der Dunkelheit zu durchstreifen, das ist super, wer weiss vielleicht finde ich sogar noch nettes Futter fuer den kleinen Bruno, wer weiss.   Er zog er sich an, blaue lange Jeans, ein schwarzes T-Shirt, nachdem er sich ein wenig frisch gemacht hatte gings los, er verliess Babylon, stieg auf sein Moped und fuhr langsam die Beachroad entlang. Die Bars waren alle schon geschlossen, alles war dunkel, doch drinnen in den Bars und Restaurants sah man vereinzelt Maedels sitzen bei Kerzenlicht die sich unterhielten mit Maennern oder Freundinnen. Bruno fuhr mit Schneckentempo auf seinem Moped die Beach-Road entlang, er war geil und hielt Ausschau nach einem Maedchen das er mitnehmen kann nach Babylon. Sein Wunsch nach einer Frau wurde immer staerker, nein es musste keine Schoenheitskoenigin sein um drei Uhr frueh, es sollte nur ein Maedchen sein das er geil findet. Da sassen zwei junge Girls am Strassenrand mit Bierflaschen und lallten " Hello where you go ? ". Nein, die beiden waren zu beschwipst . Ein Maedel winkte ihm zu aus einer Bar, doch im Kerzenlichtschein sah er, da sass ein Typ neben ihr . Bruno fuhr weiter, es machte ihm Spass im Dunklen zu fahren, die Magie der Nacht hatte laengst Besitz von ihm ergriffen.

Aus einem Supermarkt der rund um die Uhr auf hatte kam ein Maedel im roten T-Shirt mit einer vollen Einkaufstuete heraus, sie blieb stehn guckte zu Bruno, sie war sexy hatte einen tollen Busen, war es denn etwa " Die mit dem Busen " vom Reggae-Pub ? Nein, das war sie nicht, aus dem Dunklen fuhr ein Moped heran, das Maedel stieg auf, der Thai gab Gas und weg waren die beiden. Zwei weitere Maedels stuermten kichernd und laermend aus dem Supermarkt heraus, sie erblickten Bruno, eine von den beiden in hohen Stoeckelschuhen und schwarzem Seidenkleid lief auf sein Moped zu, lila-gruen im Gesicht geschminkt, waren sie auf dem Weg zu einer Grufti-Party? "Hello where you go, I go with you ", rief sie mit glockenheller Stimme. Ah – da laeuteten bei Bruno die Alarmglocken, er wusste Bescheid und rief " I go home, I go home, by, by,by,by ",und er gab Gas. Unterm Fahren dachte er nein, das waren keine Maedels, das waren zwei Lady-Boys und das ist halt nicht sein Ding. Er fuhr bis zur Hauptstrasse die nach Chaweng fuehrt und noch ein bisschen weiter in diese Richtung, kehrte aber bald um, dann gings zurueck nach Lamai, er hatte sich abgefunden – nein da ist kein Maedel mehr da um diese Uhrzeit fuer mich. Langsam fuhr Bruno hinein nach Lamai, ploetzlich bekam er einen Impuls einmal bei der Blues-Bar vorbeizuschaun, doch da war gar nichts mehr, alles schon dicht, er drehte um und fuhr am Mixed-Pub vorbei, der Eingang war schwach beleuchtet durch eine gelbtruebe Gluehbirne, darunter auf der kleinen Treppe sass doch jemand, es war ein Maedchen, nein kein Maedchen dort sass eine Frau in einem weissen langen Kleid, Bruno fuhr naeher heran um sie besser zu sehen, fuer diese Uhrzeit sah sie noch ganz passabel aus, lange schwarze Haare offen getragen, die Lippen rot geschminkt, ihre grossen braunen Augen guckten Bruno neugierig an, dieser schaltete den Motor ab, stieg vom Moped und setzte sich einfach neben diese Frau, sie war nicht mehr die Allerjuengste und auch nicht die Allerduennste, doch zweifelsfrei strahlte sie eines aus – Sex. Bruno fragte sie was sie so spaet in der Nacht hier noch mache " I wait for you – Ich warte auf Dich ", antwortete sie mit einer gedaempft sonoren Stimme. Wouh – auf diese Antwort war der Koch aus Hameln nicht gefasst, er fand sie schmeichelhaft und verwirrend zugleich, was sollte er darauf sagen, er fragte sie nach ihrem Namen, seine Ohren hoerten das Wort " Mon ", er liess sie wissen, dass sein Name Bruno war, sehr gespraechig schien Mon ja nicht zu sein, er guckte sie an von oben bis unten, und ihr wunderschoenes weisses Rueschchen-Kleid sah so praechtig aus wie ein Hochzeitskleid, in dem Moment fiel Bruno ein Name fuer sie ein, er nannte sie " Die Hochzeiterin ", er fragte wo sie wohne in Lamai, sie verstand kaum Englisch sagte leise " I Massage-Lady Bangkok..I here Holiday ", mehr wollte sie auch nicht sagen, Bruno verspuerte grosse Lust auf der " Hochzeiterin " zu reiten, er dachte, da ist kein Maedel mehr weit und breit in dieser Nacht, nur sie ist hier, nein kein Geschenk des Himmels, das Paradies hat mir ein Geschenk gemacht und mich hierher gefuehrt und dieses Geschenk guckte Bruno wollend an. Es gab kein Gespraech mehr, Bruno dachte das Bier ist fluessig und ein Gespraech ist ueberfluessig, er fragte sie direkt ob sie mit ihm komme, ihr freundliches Kopfnicken tat ihm wohl, gleichzeitig wurde sein kleiner Bruno immer groesser, er dachte ja mein Lieber jetzt habe ich nicht nur nettes Futter fuer Dich gefunden, ich habe sogar einen ganzen Haufen Futter fuer Dich gefunden, ja leckeres Hochzeits-Futter.   Da sagte sie zu ihm andaechtig " Money, Money ", das ueberraschte ihn nicht, er sagte ihr eine Summe, sie war einverstanden. Die beiden bestiegen sein Moped und Bruno fuhr mit der " Hochzeiterin " auf dem Ruecksitz durch das dunkle schlafende Lamai nach Babylon, sie krallte sich an ihm fest, er dachte wenn ich das am Stammtisch erzaehle, die kriegen sich nicht mehr alle.

Da war Schichtwechsel an der Rezeption im Best-Resort, ein Thai-Maedchen stand da als Bruno vorbeischritt mit der Frau im weissen Kleid,sie guckte den beiden lange nach. Beim Schein der kleinen Nachttischlampe ging es dann gleich zur Sache. Bruno wollte die Frau so schnell wie moeglich von ihrem Riesenkleid befreien, doch der Reissverschluss klemmte, da half " Die Hochzeiterin " mit und bald lag sie nackt im Bett auf dem Ruecken voellig ungeniert, er dachte die ist ja ganz schoen beieinander, sie ist nicht vollschlank aber auf dem Weg dorthin und was er da sah im Halbdunkel, das geilte ihn – ihre schwarze dichte Haarmaehne, ihre kraeftigen Brueste mit Brustwarzen so gross wie ein D-Mark Stueck, ihre festen strammen Schenkel waren eine Wucht und natuerlich der wilde Urwald zwischen ihren Beinen, das alles liess Bruno's Pruegel voll anschwellen und es kam ihm so vor als waere sein Schwanz noch ein bisschen laenger als sonst, lag es an der " Hochzeiterin "? Die lag da, wartete und guckte Bruno erwartungsvoll an, doch der Koch aus Hameln liess sie nicht lange warten, er stieg auf sie hinauf und drueckte seine Fahne mit Hochgenuss in ihren ungemaehten Dschungel hinein, ah das tat ihm wohl und er wusste nicht warum diese Frau ihn so aufgeilte, er stiess sie mit kraeftigen Stoessen, sie war kein junges Maedchen mehr und jetzt packten ihre Haende Bruno's Arschbacken und dieser knetete ihre vollfetten Brueste und als er sie kuessen wollte, drehte sie ihren Kopf zur Seite.   Ploetzlich presste " Die Hochzeiterin " ihre Schenkel fest zusammen, hob dabei leicht ihr Becken nach oben und verblieb in dieser Stellung. Oh..Bruno stoehnte auf vor Wohlgefuehl, sein Schwanz wurde heiss und kitzelte goettlich, nach Sekunden dieser erotischen Ekstase loeste die Frau ihre Stellung wieder auf, ihr Becken entspannte, senkte sich wieder. Und Bruno konnte sich nicht erinnern, wann er jemals so ein Himmelgefuehl beim Geschlechtsverkehr mit einem Maedchen gehabt hatte, nein, in seinem ganzen Leben nicht, und Bruno bumste weiter " Die Hochzeiterin ", die ihm jetzt im Halbdunkel im Gesicht wie eine Indianerin, ja wie eine Mexicanerin vorkam, er dachte soll ich sie " Die Mexicanerin ' " nennen - nein, seine Gedanken schnellten wie kleine Blitze umher, er wollte noch einmal dieses Himmelsgefuehl spueren, voellig losgeloest keuchte er der Frau ins Ohr auf Englisch " Oh you make so good for me..one more time..one more time..- Du machst so gut fuer mich,,noch einmal..noch einmal " und die Frau verstand was er meinte, ploetzlich machte " Die Hochzeiterin " wieder die gleiche Schenkelpressung mit ihrer Beckenerhoehung auf ihre unverwechselbare Art und Bruno's Schwanz durfte noch einmal im Erotik-Himmel zu Gast sein und ein einzigartig brennendes Hochgefuehl erleben, paradiesische Sekunden lang, bis " Die Hochzeiterin " ihre Stellung wieder aufloeste, jetzt spritzte Bruno's Schwanz los was das Zeug hielt und es war ihm als wuerde eine ueberaus angenehme Fluessigkeit durch seinen Koerper fliessen hinein in die Moese der " Hochzeiterin ". Die Frau bewegte sich nicht viel, Bruno lag auf ihr, leer bis zum Anschlag, es ging ihm sehr gut, sie machte Anstalten dass sie auf die Toilette muesse und als sie im Duschraum verschwunden war, sagte Bruno zu sich selbst " Das war jetzt eine richtige geile Schweinerei, ja super! " Als die Frau zurueck kam legte sie sich neben ihm ins Bett guckte ihn laechelnd mit grossen Augen an und hielt ihm ihre offene Hand unter die Nase " Money..Money ". Bruno hatte nichts dagegen, er fischte aus seiner Hose einen schoenen Schein und einen kleinen dazu, geizig war er nicht, das Geld hatte " Die Hochzeiterin " wahrlich verdient, sie bedankte sich, sagte in leisem Ton dass sie jetzt gehen muesse. Bruno war tief befriedigt, er meinte das sei ok, er beobachtete noch wie ihr kraeftiger Koerper unter ihrem weissen Hochzeitskleid verschwand, irgendwie hatte sie es eilig wegzukommen, ein kurzes Nicken, ein heiseres By, By und sie verliess Babylon.

Das kalte Wasser der Dusche erfrischte Bruno ungemein und beseelt von Zufriedenheit dachte er bei sich, das war eine gute Idee diese Nachtfahrt durch Lamai, ja die musste sein und " Die Hochzeiterin " treffen und Liebe mit ihr machen, das musste auch sein, das war kein Zufall, Horst sagt ja es gibt keinen Zufall, das Leben ist vorgegeben, ja gluecklich kann sich der schaetzen der ein gutes Schicksal hat, da fiel ihm ein er hatte vergessen zu fragen wo er " Die Hochzeiterin " treffen kann, vielleicht wieder vor dem Mixed-Pub um 3 Uhr morgens, aber wenn es sein soll, dann sehe er sie wieder sowieso, irgendwo. Er trocknete sich ab, legte sich ins Bett und freute sich schon auf heute Abend auf die Barbecue-Party am Strand und jetzt konnte er auch gut einschlafen. Der Hunger weckte ihn auf, noch leicht verzaubert von der letzten Liebesnacht spazierte Bruno gegen 1 Uhr mittags in das Strand-Restaurant , Horst sass schon da alleine, der verschlang genuesslich einen dicken Cheeseburger und er sagte zu seinem Freund " Mensch Bruno, Du siehst aber heute gut aus ". Mann das war was gestern Nacht! ", rief Bruno, er nahm Platz, erwiderte dass es ihm gut geht, sehr gut sogar, aber er erkundigte sich sogleich wo denn " Die Einsatzfaehige " sei. Ja ihr Einsatz sei heute gestrichen, meinte Horst grinsend , das Maedel habe heute seine Tage, sie fuehle sich gar nicht so wohl und schlaeft jetzt in seinem Bungalow und auf die Party heute will sie auch nicht gehen. Bruno sagte das sei verstaendlich, aber er sei sich sicher, Horst werde sich auch ohne seine Freundin auf der Party ganz nett amuesieren. " Darauf kannst Du wetten ", erwiderte Horst mit Nachdruck. "Mensch Horst ich muss Dir etwas Unglaubliches erzaehlen ". Der Kellner kam dazwischen und Bruno bestellte bei ihm drei Spiegeleier mit Speck, Toast und Kaffee, als der Kellner weg war, berichtete Bruno seinem Freund was in der letzten Nacht alles so passierte, er erzaehlte detailgetreu was er mit der " Hochzeiterin " alles erlebt hatte und diesen Sex-Genuss hatte er zuvor noch nie erlebt. Horst hoerte aufmerksam zu, etwas unglaeubig versuchte er zu verstehen – diese einmaligen Bewegungen, diese Pressungen und diesen Hochgenuss den Bruno dadurch bekam. " Wo ist denn diese Wunderfrau jetzt? ", rief Horst, sein Freund erwiderte "Keine Ahnung, beim Abschied ging alles schnell und sie war wortkarg ". Horst kraulte seinen Schnauzer und meinte ironisch, vielleicht war die Dame ja eine Liebesgoettin, eine Ausserirdische von einem anderen Stern mit besonderen erotischen Faehigkeiten man weiss ja nie, zwischen Himmel und Erde gibt es viele Dinge die wir nicht wissen, wie dem auch sei, falls Bruno sie wieder treffe, ja ein Dreier sei auch moeglich mit der " Hochzeiterin ", er habe Bruno ja auch " Die Geile " zugeschoben. Dieser erwiderte das waere ueberhaupt kein Problem. Horst freute sich ehrlich dass sein Freund gestern Nacht so ein Supererlebnis hatte und er sagte dass er jetzt weiss warum Bruno so gut aussieht, ja er war nicht mehr derselbe wie vorher interessant, unattraktiv, jetzt war er attraktiv interessant und er wurde sogar zu einem kleinen Casanova, ja wie sich alles veraendert, das Leben ist eine staendige Veraenderung. Da kamen auch schon die Spiegeleier mit Speck an den Tisch und waehrend Bruno seine Eier genuesslich verspeiste erzaehlte ihm Horst ein bisschen von dem Chef des Restaurants das sich an einem abgelegenen Strand etwas ausserhalb von Lamai befindet, ja der Chef ist ein gewisser General Nok, so nennen ihn die Touristen hier, weil er immer und ueberall wie ein Paradiesvogel herumschwirrt, und " Nok " heisst ja auf Deutsch Vogel. Der doch duenn dunkelbraune General Nok, der eigentlich nur aus Haut und Knochen besteht, praesentiert sich immer in einer roten Fantasie-Uniform mit gelben Schulterpaletten und Knoepfen die wie Gold glaenzen, dazu traegt er eine enge weisse Reiterhose und schwarze spitze Halbstiefel.

Sein Schnurbart ist duenn und seine ganze Erscheinung aehnelt doch sehr dem weltberuehmten Maler Salvador Dali. Doch General Nok ist kein Maler, er ist eher ein Animatotor und er ist schon eine Art Kultfigur geworden auf der Insel. Auf seinem Plakat kuendigt er keine mondaene Luxusparty am Privatstrand an, nein es ist mehr ein Geheimtip fuer Hippies, Rucksacktouristen und Nachtschwaermer. Horst erzaehlt Bruno noch dass General Nok noch frueher Gummipflanzer war auf einer Plantage im Sueden, irgendwann wurde ihm das alles zu langweilig, er verkaufte seine Gummiwaelder und beschloss sich hier auf der Insel niederzulassen, er erwarb ein kleines Resort an einem abgelegenen Strand mit ein paar Bungalows, das war genau das Richtige fuer ihn, von da an nannte er sich Genaral Nok, doch jetzt genug General Nok fuers erste, Horst meinte er werde jetzt erst einmal nach der " Einsatzfaehigen " schauen wie es ihr gehe und was sie zum Essen will, auf jeden Fall Treffpunkt heute um 6 Uhr in der Satisfaction-Bar. Bruno uebernahm die Rechnung und bald verliessen beide das Strand-Restaurant. Bruno beschloss noch eine Muetze Schlaf zu nehmen, das tat er auch, gegen 5 Uhr nachmittags wurde er dann unruhig, er duschte ab, zog seine schwarze kurze Sporthose an, schluepfte in sein vom Best-Resort frisch gebuegeltes hellbraunes Camel-Safari Hemd, kaemmte seine Haare fein nach hinten, guckte in den Spiegel, sein Horst Hrubesch-Gesicht gefiel ihm, von wegen Ungeheuer keine Spur, im Gegenteil das war das Gesicht eines attraktiven Lebemannes, noch viele Spritzer gutriechendes Deodorant-Parfuem auf das Camel-Hemd fuer die suessen Bienchen auf der Party, rein in die Lederschlappen und dann Abflug. Bruno verliess Babylon, stieg aufs Moped und fuhr in die Satisfaction-Bar. Dort war noch nicht viel Hully-Gully ,er bestellte ein Bier bei der Mixerin und was sahen seine Augen, da sassen doch am Tresenende die Zwillinge Bila und Bala, mein Gott sahen die suess aus, heute nicht im Regenbogen-Outfit, heute beide in weissen T-Shirts und in roten Mini-Roeckchen, sie winkten freundlich zu Bruno, aber wo waren die Italiener? Die Mixerin fluesterte, dass die Italiener fuer ein paar Tage mit dem Schiff auf die Nachbar-Insel gefahren sind – allein – und die Zwillinge waeren jetzt wieder zu haben, Wouh, das war eine gute Nachricht, Bruno dachte gleich das sei ein Geschenk des Schicksals, er fragte die Mixerin vorsichtig, naemlich er haette Lust auf alle Zwei, ob das auch geht? " Das geht auch ", rief die Mixerin, sie winkte gleich den Zwillingen zu sie sollen sich zu Bruno setzen, das taten sie gerne und dieser lud sie gleich zu Whisky-Cola ein, und er meinte er weiss schon wer Bila und wer Bala ist wegen der hellen Locke im Haar, denn das sei Bila, dann muesse die andere zweifellos Bala sein, die beiden Maedels lachten, er sagte zu ihnen direkt sie sollen bis morgen Mittag bei ihm bleiben und er moechte sie jetzt einladen auf eine Barbecue-Party am Strand, die zwei Huebschen waren sofort einverstanden.   Und da kam auch schon Horst angerauscht in moderner Militaerkleidung, Hose, achselfreies T-Shirt, gruen schwarz gepunktet. " Mensch Horst, dieses Armee-Outfit steht Dir ja super ", rief Bruno " ich hab die Zwillinge gebucht bis morgen Mittag ". " Alle zwei ? " "Ja, willst Du eine haben ? " "Nein, lass mal, ich schau mich mal um auf der Party, ich hab ja auch noch " Die Einsatzfaehige ", der gehts jetzt schon besser". "Ich hab Bila und Bala eingeladen zur Party ". " Gute Idee, dann lass uns gleich losfahrn, solange noch ein bisschen Licht am Himmel ist, den Sonnenuntergang koennen wir noch mitbekommen ". Bruno bezahlte bei der Mixerin die Rechnung und die Bar-Ausloese fuer Bila und Bala, sie hatten ein eigenes Moped und fuhren den beiden Deutschen hinterher.

Nach einer kurzen Mopedfahrt erreicht die Truppe ausserhalb von Lamai einen leicht versteckten Strandabschnitt direkt am Meer und der Duft von gebratenem Fleisch steigt einem in die Nase. " Ah die Party hat schon angefangen ", ruft Horst, man parkt die Mopeds, alles geht langsam, alle treffen allmaehlich ein, Bruno, Horst und die Zwillinge mischen sich unter die Ankoemmlinge und nehmen Platz an einem noch freien langen Holztisch mit Blick aufs Meer und bestellen gleich beim Kellner eine grosse Flasche Mekong-Whisky, Cola und einen Kuebel voll Eis. Ja vielleicht zwei Dutzend Gaeste sitzen schon an zusammengeschobenen Tischen Hippies, Touristen, Thai-Maedels, ein bunt gemischtes Voelkchen, aus einem ueberdachten kleinen Restaurant ertoent aus Lautsprechern leise Reggae-Musik, die Leute unterhalten sich angeregt trinken Bier und Whisky-Cola. Auf einem Grillrost etwas abseits der Tische wird schon fleissig von den Kellnern Barbecue gegrillt, Steaks, Haehnchenkeulen, Wuerstchen Fische, aber auch Maiskolben und Kartoffel. Bruno sitzt am Tisch, Bila zu seiner Linken und Bala zu seiner Rechten, ihm gegenueber sitzt sein Freund Horst, dieser guckt die Zwillinge an und meint stolz, dass ihn schon einige Maedels " Bruno Playboy " nennen, den Playboy von der Insel, das sei anscheinend sein hervorstechenstes Merkmal. Bruno fuehlt sich ein wenig geehrt und sagt " Ja das gibt es eben nur hier im Paradies, oder glaubst Du Horst dass das in Hameln bei uns zu Hause moeglich ist, mit Hameln verbinden die Menschen doch nur die Geschichte vom Rattenfaenger von Hameln, der mit seiner Floete zuerst die Ratten und dann die Kinder hat verschwinden lassen. Der Kellner bringt die Getraenke, man ist beschaeftigt die Drinks zu mischen und alle trinken auf das gemeinsame Wohl. Und ploetzlich aus dem Nichts tritt General Nok in Erscheinung, er sieht genauso aus wie Horst ihn beschrieben hat. Horst erzaehlt Bruno General Nok hat diese rotglaenzende Uniform mit der weissen Reiterhose einmal in einem Mode-Magazin gesehen hat, das ein Tourist in seinem Bungalow vergessen hatte, er war so angetan davon, dass er einem Thai-Schneider den Auftrag gab ihm die gleiche Uniform mit Hose und allem Drum und Dran fuer ihn masszuschneidern. Mit dieser neuen Bekleidung und mit neuem Namen war er in der Oeffentlichkeit etwas Besonderes, er wurde bekannt, veranstaltete verrueckte Strand-Partys, somit konnte er viele Touristen anlocken. Jetzt in der Gegenwart, General Nok hatte einen wachen Blick, Bruno sah ihn an, seine Aehnlichkeit mit dem Maler Salvador Dali war offensichtlich, er ging nun behutsam bewaffnet, langsam mit einer riesigen Wasserpfeife in den Haenden zu den Gaesten an die Tische. Der Bauch der Pfeife bestand aus einer grossen braunen Kokosnuss, anstatt eines Schlauches musste man an einem dicken Bambusrohr ziehen. Mit grosser Freundlichkeit verneigte sich der General, hielt jedem Gast die Pfeife mit zwei Haenden entgegen, bot ihm an zu rauchen und auch wirklich einige Gaeste, Maennlein wie Weiblein zogen an diesem Bambusrohr. Bruno guckte Horst an, der nickte und als Bruno an der Reihe war zog er an dem Bambusrohr so fest wie ein Wasserbueffel, er inhalierte tief, das Wasser in der Kokosnuss blubberte vibrierend, das Zeug schoss ganz schoen in seinen Kopf hinein und er spuerte ein angenehmes Ausdehnen seines Koerpers, der sich immer breiter anfuehlte. Jetzt war Horst an der Reihe, er zog von der Pfeife und meinte der General habe immer gutes Marihuana, auch Bila und Bala hatten Lust und zogen tapfer an dem Rohr. Bruno war schon high von dem einen kraeftigen Zug, er war das Rauchen ja nicht gewoehnt, fuehrte sein Whisky-Cola viel langsamer als sonst zu seinem Mund, Bila links neben ihm grinste vor sich hin und Bala rechts neben ihm hustete was das Zeug hielt. Die Whiskyflasche auf dem Tisch erschien Bruno ploetzlich uebergross und der Eiskuebel verwandelte sich zu einem silbernen brockenfoermigen Riesenbauwerk, die Akustik um ihn herum empfand er als ein einziges Stimmengewirr, doch Bruno genoss dieses Angeturntsein und alle diese verrueckten Veraenderungen waren fuer ihn aeusserst spannend. Er beobachtete General Nok wie er sich bewegte und mit den Leuten sprach, es war als wuerde er den Maler Salvador Dali sehen mit einer Kokosnuss in der Hand. Doch dann passiert etwas Unglaubliches. Bruno erblickt von weitem Charly und Ilse aus Deutschland von damals vom Gasthaus, es ist schon so lange her, er erkennt er sie gleich wieder, er denkt augenblicklich er leide an einer Halluzination, er murmelt leise" Jetzt ist es soweit, jetzt sehe ich schon Ilse und Charly aus Deutschland hier auf der Party, Mann was hat der bloss in die Pfeife reingetan ". Doch es ist wahr, die Beiden sehen ihn und gehen auf ihn zu. Ilse ist supervollschlank und Charly hat einen Anfangsbauch, beide tragen glaenzend silberne Trainingsanzuege aehnlich wie die Astronauten und Charly guckt ein bisschen eifersuechtig auf Bruno, ja der sitzt da, nonchalant laessig wie ein zufriedener Pascha, mit seinen zwei attraktiven Perlen eine links und eine rechts im Arm. Bei diesem Anblick schluckt Charly kurz, doch die Beiden nehmen Platz am Tisch von Bruno, Horst gruesst freundlich und nach ein bisschen Small-Talk mit Charly und Ilse, die auch sehr ueberrascht sind Bruno hier anzutreffen, erfaehrt er dass die Zwei schon lange verheiratet sind, Kinder haetten sie keine und Bruno denkt es ist ein Urlaub um ihre Verheiratung zu retten, er glotzt Ilse's Mann an und ist sich sicher bei Charly dem roten Sportwagen-Typ ist die Luft raus. Und da nimmt der naechste Wahnsinn Gestalt an. Dr. Merk und Bruno sehen sich gleichzeitig, beide erschrecken ein wenig. " O Gott das ist ja mein Arbeitgeber Dr. Merk vom Krankenhaus ", denkt Bruno " wie kommt denn der hierher? " Er ist geschockt, doch nicht genug, hinter Dr. Merk taucht noch eine duenne Frau auf in kurzen weissen Jeans und schwarzem T-Shirt, er kann die erotische Ausstrahlung dieser Frau koerperlich spueren und als er sie erkennt, da zuckt er zusammen nein – ja Wahnsinn es ist Lisa, Schwester Lisa, die Nymphomanin aus Bruno's Krankenhaus mit der er doch viele geile Erlebnisse in der Waeschekammer hatte. Alle schnaufen tief, sind fassungslos, Dr. Merk ruft " Ja Gruess Gott, gruess Gott, ja da ist ja unser toller Koch Herr Bruno ", dem Oberarzt stehen die Schweissperlen auf der Stirn " ja wie klein die Welt doch ist, man trifft sich hier am anderen Ende sozusagen, ja das ist ja eine Ueberraschung ". Und man bemerkt, man spuert wie das alles Dr. Merk peinlich ist. Bruno bietet den zwei neuen Deutschen gleich Platz an und sie setzen sich. Dr. Merk bedankt sich und redet weiter "Ja und Schwester Lisa, die ist auch hier auf Kurzurlaub fuer eine Woche, ja so ein Zufall, wir wohnen auch im gleichen Hotel und natuerlich habe ich sie ja freundlicherweise eingeladen fuer die Strand-Party heute Abend. Schwester Lisa sagte kein Wort, nickte und laechelte. Waehrenddessen befreiten sich Bila und Bala sanft von Bruno's Umarmung und wanderten in leichten Schlangenlinien zum Grillrost und kamen bald wieder zurueck mit zwei Teller voll Barbecue-Koestlichkeiten. Der Kellner kam vorbei und Dr. Merk liess sich nicht lumpen und bestellte fuer alle am Tisch eine grosse Flasche Mekong-Whisky mit Cola und Eis, danach zog er sein lichtblaues Jacket aus, es war noch sehr warm, jetzt sass er da in einem weissen Hemd mit schwarzer Krawatte auf der Nase seine schwarze Hornbrille, ausserdem trug er eine blaue kurze Freizeithose. Bruno spuerte genau, da war kein Wort wahr von dem was Dr. Merk hier zum Besten gab, er war ueberzeugt Lisa und ihr Pueppi waren auf Urlaub zu zweit hier, wahrscheinlich wollten die Beiden endlich mal alleine sein, irgendwo sein wo sie keiner kennt, da hatten sie jetzt natuerlich Pech gehabt, ihren Koch hier zu treffen vom Krankenhaus, wer kann schon darauf kommen. Man stellte sich gegenseitig vor, Horst der schnelle Bube spielte ein wenig den Unterhalter und schwaermte wie toll doch diese Insel ist, ja ein kleines Paradies sei sie und auf den einfachen Barbecue-Party's von General Nok, da herrsche immer ein gutes Feeling und das ist am Allerwichtigsten. Die Zuhoerer am Tisch nickten zustimmend alle sassen zusammen, Ilse und Charly, Bruno und seine zwei Perlen, Dr. Merk und Lisa und Horst, der Kellner kam mit einer grossen Flasche Mekong-Whisky mit Cola und Eis und je mehr alle tranken, desto besser wurde die Stimmung, Bruno konnte es immer noch nicht fassen wer da bei ihm alles am Tisch sass, er traeumte nicht, das war die Wirklichkeit. Da klopfte jemand Horst auf die Schulter, er drehte sich um "Hallo Horst, hallo Bruno, na gehts euch gut ! " Es war Bernhard der Pionier, " Alles klar Bernhard " riefen die Beiden und Bruno dachte ja der fehlt noch heute Abend in der Sammlung der aussergewoehnlichen Persoenlichkeiten, ja Bernhard stand da in seiner frisch sauber weissen Kochuniform die Aermel hochgesteckt bis ueber die Ellbogen und seine Salz-Pfeffer klein gemusterte Pepita-Hose war eine Wucht, er erzaehlte gleich dass seine Frau heute Abend den ganzen Laden schmeisst, ein paar Thai-Maedel helfen ihr dabei, er hat heute frei "Heute ist Herrenabend " hat er zu seiner Ehefrau gesagt, er war schon letztes Jahr hier auf der Party von Nok und da gehts am Ende immer urig und chaotisch zu , das gefaellt ihm, was er damit genau meinte mit urig und chaotisch, dieses Geheimnis wollte er nicht lueften, ein Plaetzchen war noch frei am Tisch, der Pionier nahm Platz, sofort stand ein Whisky-Cola vor ihm. Ja immer mehr Gaeste trudelten ein, da sah Bruno Som, seine erste Thai-Freundin mit ihrem Oelscheich, auch Lady Ut war dabei, beim Vorbeigehn grinste Som Bruno an und dieser bemerkte " Die mit dem Grinsen " seine Ex-Freundin war goldbehangen, Goldringe an Som's Fingern, zwei Kettchen ums Handgelenk, von ihrem Hals protzte eine dicke Goldkette herunter, da hat er ganz schoen in die Taschen gegriffen der Scheich dachte Bruno, vielleich bekommt sie doch noch ein Oelfeld von ihm. Bruno machte ein bisschen Small-Talk mit Schwester Lisa, fragte sie was denn im Krankenhaus so los sei, ob denn alle Betten besetzt sind und wie das Essen so schmecke, sie schmeichelte ihm natuerlich, dass wenn Bruno koche das Essen noch viel besser schmecke, besonders sein Sauerbraten sei ja excellent und dabei rieb sie doch ihr Fuesschen kleinwenig an sein Schienbein und er wusste, dass sich Lisa nicht veraendert hatte. Bruno musste mal kurz fuer kleine Maedchen, auf dem Weg zur Toilette kam ihm " Die Hochzeiterin " in den Sinn, die seinem Schwanz Glueckseligkeit geschenkt hatte, wenn auch nur fuer Sekunden, wenn er sie hier auf der Party noch treffen wuerde, er wuerde sie sofort buchen fuer morgen fuer seinen letzten Urlaubstag und Bila und Bala seine zwei Jungperlen wuerde er mit ein paar schoenen Geldscheinen zurueckschicken in die Satisfaction-Bar. Ja die Party geht jetzt richtig ab, die Musik wird lauter und der Alkohol spielt eine immer groessere Rolle. Ah-ploetzlich steht General Nok in seiner roten Fantasie-Uniform und mit seinem duennen Schnurbaertchen abermals im Rampenlicht, im Mittelpunkt des Geschehens, er begruesst seine Gaeste mit lauter Stimme auf Englisch " Ah- welcome everybody from all over the world, welcome to my party tonight, welcome, welcome ", ja alle sind willkommen von ueberall her auf der Welt, alle sind willkommen auf seiner Party heute Abend, er zieht alle Blicke auf sich und in seinen Haenden traegt er wieder diese riesige Wasserpfeife und ist bereit fuer den zweiten Rundgang mit dieser anscheinend neu gefuellten Pfeife. " Runde zwei, oh mein Gott ", sagt Horst zu seinem Freund " jetzt macht er uns fertig, ich sage Dir Bruno der will uns jetzt fertig machen, wenn die Leute hier nochmal ziehn von der Pfeife und mit dem Whisky zusammen, wouh dann fallen die alle um hier wie die Fliegen, dann ist die Hoelle los hier ". " Ah ", meinte Bruno zu Horst " jetzt weiss ich was der Pionier gemeint hat die Party's von Nok enden immer urig und chaotisch. Bernhard der Pionier grinste, meinte so ungefaehr. Inzwischen rauchten viele Leute auf der Party ihre eigenen Joints, so musste der General nicht zu jedem Tisch gehen, diesmal ging General Nok schnurstracks zu Bruno's Tisch und hielt Dr. Merk die Pfeife entgegen, der wusste nicht was er tun sollte. " Soll ich oder soll ich nicht ", er guckte zu Lisa " eigentlich bin ich ja Nichtraucher ", diese schubste mit ihrem Knie sein Knie und meinte das gehoert dazu bei so einer Party, " ja einmal ist keinmal " rief der Oberarzt und zog kraeftig an der Pfeife, dann war Bernhard an der Reihe, Ilse verweigerte sich, sie sagte nein danke, beobachtete Charly ihren Mann als dieser einen Zug nahm. "Jetzt bis Du dran Bruno ", sagte Horst, dieser wollte und wollte nicht, aber als Horst meinte morgen sei sowieso sein letzter Urlaubstag, da zog Bruno nochmal kraeftig an vom Bambusrohr, danach rauchte Horst und auch die Zwillinge genehmigten sich noch einen Zug. "Guter Stoff " sagte Horst zu General Nok " sehr gut, sehr gut " , und der General erfuhr, dass das sein Freund Bruno sei aus Deutschland und die anderen am Tisch sind Bruno's Freunde. Der General rief " Very good, very good ", machte eine tiefe Verbeugung, verliess den Tisch und zog weiter mit seiner Pfeife. Darauf hoben alle die Glaeser und tranken auf einen schoenen Urlaub, doch der viele Whisky und das gute Marihuana haute jetzt voll rein. Als erstes konnten Bila und Bala nicht mehr sitzen, laechelten nur noch vor sich, sie legten sich auf zwei Liegestuehle, die nahe am Tisch aufgestellt waren und gaben sich suessen Traeumen hin. Dr. Merk der auch schon ueberdicht war, biss auf einer Haehnchenkeule herum, aus heiterem Himmel fragte er " Ja Herr Bruno, sagen sie mal, was verdienen Sie eigentlich bei uns im Krankenhaus denn? " Bruno nannte ihm die Summe. " Ah " Dr. Merk aechzte los, sein Kopf wackelte hin und her, " ach ja das ist ja gar nicht so viel gell ?"

163

Der Koch aus Hameln nickte, meinte trocken, ja das stimme. Er guckte sein Gegenueber an, dachte unser Oberarzt habe doch eine verblueffende Aehnlichkeit mit dem deutschen Bundeskanzler Helmut Kohl. Dr. Merk wiederholte sich, meinte empoert, da muss man doch mal schauen, was man tun kann, er habe ja auch einen gewissen Einfluss, er koenne nichts versprechen, aber fuer eine kleine Gehaltserhoehung koenne er sich ja allemal einsetzen fuer so einen guten Koch wie es denn Herr Bruno sei der auch schon so lange bei uns ist und uns die Treue haelt, der sollte schon ein bisschen mehr verdienen, dabei klopfte er ihm wohlwollend auf die Schulter, er hob sein Whiskyglas und die beiden stiessen an auf die Gesundheit. Danach raeusperte sich der Oberarzt ein wenig, beugte seinen Kopf vor und meinte leise, es waere ihm sehr angenehm wenn Herr Bruno bei seiner Rueckkehr im Krankenhaus niemand erzaehlen wuerde, dass er ihn hier im Urlaub zusammen mit Schwester Lisa gesehen habe. " Sie wissen ja Herr Bruno " schluckte Dr. Merk, die Leute, sie reden und sie reden, ja und ich bin ja auch verheiratet ". " Sie brauchen sich keine Sorgen zu machen Herr Dr. Merk", sagte Bruno mit Nachdruck, von mir erfaehrt keiner ein Sterbenswoertchen im Krankenhaus, was im Urlaub passiert, das geht niemand etwas an, das ist meine Meinung ". Ah – da war Dr. Merk sichtlich mehr als erleichtert. "Ja da moechte ich Ihnen schon danken fuer ihre Verschwiegenheit Herr Bruno, Sie muessen wissen ich bin ja auch verheiratet mit einer anstaendigen Frau, die alle Werte der Anstaendigkeit schaetzt und um die andere Sache mit ihrem Gehalt, da werde ich mich mal kuemmern, lassen sie mich nur machen, die Beiden stiessen nochmal an auf die Gesundheit. Und die Party war an ihrem Hoehepunkt angelangt, das Barbecue schmeckte lecker, die Gaeste waren herrlich bekifft und wunderbar betrunken, einige huepften kreischend ins Meer, ein paar Hippies liefen splitternackt in der Dunkelheit schreienden Maedels hinterher, andere entzuendeten ein kleines Feuer am Strand, ueberhaupt die ganze Gesellschaft kicherte vor sich hin und bei einigen verwandelte sich das Gekicher in ein schallendes Gelaechter. Ja das ging alles auf das Konto von General Nok's Wasserpfeife, was da auch drin war, seine Zaubermischung enthemmte die Leute auf eine positive Weise, ihr Alltag war vergessen und sie erlebten eine unvergessliche Zeit. Bruno war inzwischen voellig berauscht, ihm schmeckte der Mekong-Whisky ungemein, er trank immer ein halbes Glas voll Whisky, aber ja nicht zuviel Cola drauf, weil sonst schmeckt man ja den Whisky nicht mehr. Als der Mond am klaren Himmel den Strandabschnitt praechtig erhellt schaut Bruno nach oben und hat das Gefuehl er koennte mit seiner Hand den Mond ergreifen, hat sich seine Optik etwas verschoben ? Er muss grinsen, aber er verbirgt sein Grinsen, er sieht nicht mehr Dr. Merk der gegenueber sitzt, er sieht dessen Aehnlichkeit, er sieht den Bundeskanzler Helmut Kohl und er sieht auch nicht Bernhard den Koch, er sieht Willy Brandt da sitzen, und es geht weiter so, er sieht nicht Charly seine Aehnlichkeit nimmt Gestalt an, er sieht Rudi Carrell er sieht nicht General Nok, er sieht Salvador Dali der ja eigentlich schon im Himmel ist und neben ihm da sitzt nicht sein Freund Horst, da sitzt der Kommisar Schimansky. Bruno verschluckt sich, hustet, er kann noch denken was fuer eine Party, das glaubt mir doch keiner am Stammtisch, hier sind die Lebenden und die Toten zu Gast wenn ich das meinen Kumpels erzaehle dass ich hier am Tisch mit Helmut Kohl zusammensitze, mit Willy Brandt, Rudi Carrell und Kommisar Schimansky und der Salvador Dali ist auch noch da, der muss auferstanden sein von den Toten, dann werden mich die Kumpels in die Klapsmuehle einweisen und Bruno erlebt einen Lachtrip und kichert heiser vor sich hin, Horst bemerkt dass sein Freund nur noch kichert und fragt ihn " Bruno alles klar?" Darauf antwortet dieser " Alles klar Herr Kommisar ! "

Da merkte Horst, dass sein Freund superhigh war, er klopfte ihm auf die Schulter erwiderte " Alles klar, alles klar mein Freund " und liess ihn weiterkichern. Aber Bruno war nicht der Einzige der sich in einem emotionalen Ausnahmezustand befand, auch General Nok schien voellig hinueber zu sein, machte verrueckte Tanzbewegungen vor den Tischen der Gaeste, ja dieses Haut und Knochenbuendel wirbelte herum als waere er Fred Astaire der amerikanische Taenzer, viele klatschten Beifall, er gestikulierte mit Maennlein und Weiblein, hielt sich den Bauch vor Lachen, dabei strich er immer wieder behutsam ueber sein duennes Savador Dali- Baertchen, was auf ihn noch zukam, das wusste er nicht.   Da sagte Ilse zu Charly "Komm lass uns ins Hotel fahren ". Charly hatte noch keine Lust zu gehen, aber er fuegt sich, Horst meint die beiden sollen sich als eingeladen betrachten, sie bedanken sich, verabschieden sich von Bruno und den anderen und nach Charly's Blick der Bewunderung fuer Bruno verlassen die beiden die Party. Ja wer kommt denn da, da kommt doch ploetzlich die Frau von Bernhard an den Tisch und meint sorry, sorry dass sie hier stoere, sie spricht ganz nervoes mit ihrem Mann, da wuerden zwei Paerchen aus Frankfurt im Restaurant sitzen, die waren letztes Jahr oft bei ihm zum Essen, sie waeren nur diese Nacht auf der Insel und wuerden so gerne Bernhard heute noch treffen und ihn auf eine Flasche Champagner einladen. Bruno und Horst schauten etwas unglaeubig drein. " Wie heissen die denn ?", fragte der Pionier seine Frau, der jenseits von nuechtern war und anscheinend schon Platz genommen hatte auf einer samtweichen Wohlfuehl-Wolke und er rief "Ich fahre heute keinen Meter mehr, ein Taxi muss her", doch seine Thai-Frau ueberzeugte ihn, sie sei mit dem Moped da und Bernhard koenne sich ja auf dem Ruecksitz dann an ihr festkrallen. Horst und die Thai-Frau halfen, ja halfen "Willy Brandt" aufzustehen, er konnte kaum noch gehen, so dicht war er, winkte zum Abschied, Bruno rief " Morgen kommen wir zum Abendessen, zum Abschiedsessen zu Dir der Horst und ich ", hoerte der Pionier das noch, aufgestuetzt auf seine bessere Haelfte verschwanden beide in der Dunkelheit. " Glaubst Du das was seine Frau da gerade erzaehlt hat, die Bekannten in seinem Restaurant, die ihn unbedingt heute noch sehen wollen ".fragte Horst seinen Freund " ich glaub kein Wort davon ". Bruno meinte seine Frau war sicher in Sorge dass der Bernhard hier auf der Party voellig absturzt und dann noch vielleicht mit dem Moped nach Hause faehrt. "Ja das kann sein, das kann sein, ja klar ", stimmte Horst zu, " aber jetzt hab ich eine Idee! " Horst nimmt eine leergetrunkene Jack Daniels-Flasche legt sie auf ein Tischchen neben dem grossen Tisch und sagt " Jetzt machen wir ein nettes Flaschenspiel, das macht Spass ". Dr. Merk stutzt "Ja ich weiss nicht ", aber Lisa meint, dass das bestimmt lustig werden kann, auch Bruno beruhigt ihn, dass in Deutschland niemand irgendetwas erfahren wuerde vom Urlaub am anderen Ende der Welt " das beruhigt mich Herr Bruno, ja das ist gut, wir sind ja alle im Urlaub hier, ha ha, ", laechelt Dr. Merk. " Und ein bisschen Spass muss sein, sprach Wallenstein, und schob die Eier mit hinein ", rief Horst und winkte zu General Nok, der kam hinzu im Schlepptau zwei huebsche Thai-Maedels und ein blonder Hippie. Horst, der schnelle Bube sagt nochmal um was es geht, er erklaert das Flaschenspiel dass alle Mitspieler sich kreisformig um das Tischchen setzen, dann wird die Whiskyflasche schnell von ihm gedreht und bei welcher Person die Oeffnung der Flasche anhaelt, diese Person muss ein Kleidungsstueck ausziehen. Alle lachen, sind happy einverstanden. Die Mitspieler sind Bruno und seine zwei Perlen Bila und Bala, die er sanft aus ihren suessen Traeumen erweckt, sie verlassen ihre Liegestuehle und setzen sich an das Tischchen, weitere Mitspieler sind Dr. Merk und Lisa, General Nok, ein blonder Bilderbuch-Hippie, zwei sexy Thai-Maedels und natuerlich Horst, der die Flasche immer dreht, ja es sind insgesamt 10 Personen und es ist ein grosses Schreien und eine Riesengaudi wenn immer jemand ein Kleidungsstueck abgeben muss. Schummeln gilt nicht und niemand wird verschont, auch keine Tricks werden geduldet, dass etwa die Maedels nur ihren Schmuck, ihre Ringe und Halsketten hergeben koennen, nein, es muss ein Kleidungsstueck sein. Und es trifft alle, auch Dr. Merk der inzwischen voellig dicht ist, ist es voellig egal, dass er nur noch mit Krawatte und Unterhose dasitzt, so haben die Leute den Oberarzt vom Krankenhaus in der Oeffentlichkeit bestimmt noch nie gesehen. Bruno ging es aehnlich wie Dr. Merk, sein schoenes hellbraunes Camel-Safari Hemd musste er schon abgeben, jetzt sitzt er da noch bekleidet mit Slip und schwarzer Sporthose, Lisa, die Thai-Maedels , die Zwillinge und der Hippie sitzen im Grunde auch schon halbnackt herum und Horst musste sich auch von seinem halben Soldaten-Outfit trennen, am meisten Pech hat aber General Nok, wiederrum bleibt die Flaschenoeffnung vor ihm stehen, der sowieso nur noch in einer blauen Badehose dasitzt, er will aufhoeren aber noch einmal muss er etwas von sich hergeben, aber nicht die Badehose, nein nicht die Badehose, der huebsche Hippie mit den langen Haaren guckt ihn an, deutet auf sein duennes Dali-Schnurbaertchen und er gibt ihm zu verstehen eine Seite rechts oder links muss ab. Oh Gott, General Nok will kein Spielverderber sein und auch nicht wortbruechig werden, er macht ein verzerrtes Gesicht und willigt ein dass der Bilderbuch-Hippie seinen halben Schnurrbart abschneiden darf. Es dauert nur kurz bis ein Kellner vom Restaurant eine kleine Schere herbeibringt, dann ist es soweit, der General macht ein Gesicht wie 10 Tage Regen und die rechte Seite seines Baertchens wird vom Hippie abgeschnitten. Der General haelt sich die Hand vor seinen Mund, alle klatschen und rufen "Hey,hey Mr. Nok ", dieser wandert ab zum Restaurant.

Um seine Sachen kuemmert sich ein Kellner. Der immense Alkoholkonsum beendet das Flaschenspiel, alle Mitspieler sind fast nackt. Der blonde Bilderbuch-Hippie streckt einfach seine Hand aus zu Lisa und sie geht wortlos mit ihm mit, ohne ihre Klamotten mitzunehmen verschwinden beide in der Dunkelheit, , der Kellner sammelt auch diese Kleider zusammen und bewahrt sie auf im Restaurant. Dr. Merk, der ja nur mit Krawatte und Unterhose auf seinem Stuhl sitzt, hat den Abgang von Lisa schon noch mitbekommen, aber kein Wort gesagt, ein junges Thai-Maedchen das neben ihm sitzt umarmt ihn spontan, kuesst ihn auf die Backe und gibt ihm gestikulierend zu verstehn, dass sie sich jetzt um ihn kuemmern werde, es gaebe da kein Problem, sie packt ihre und Dr. Merks Kleider auf einen Stuhl und hilft ihm in seine Hosen zu steigen und bekleidet sich selbst. Noch einen schoenen Urlaub wuenscht Bruno Dr. Merk und dieser kraechzt "Ja Ihnen auch Herr Bruno, ja hat mich sehr gefreut Sie zu treffen hier und noch alles Gute fuer Sie Herr Bruno auf Wiedersehn! " Dann verlassen Dr. Merk und seine neue Begleiterin die Party. Der Strand leert sich allmaehlich, die Gaeste ziehen ab. Bruno schluepft wieder in sein hellbraunes Camel-Safari Hemd, auch die Zwillinge richten sich zurecht. Horst legt seinen Arm um das andere huebsche Thai-Maedel, sie grinst, faltet ihre und die Sachen von Horst zusammen. " Ich kann heute kein Moped mehr fahren ", sagt Bruno zu Horst. "Ich auch nicht ", ruft dieser vehement, man beschliesst alle Mopeds hier stehen zu lassen, auch das Moped von den Zwillingen. Da taucht ploetzlich General Nok auf wieder in seiner roten Fantasie-Uniform und in seinen weissen Reiterhosen, mit einem kleinen Spiegel in der Hand springt er umher und ruft freudestrahlend " Thank you everybody, thank you very much, thank you, yeah Party Nok very good, very good thank you ! " Er hat den Verlust seines halben Baertchens schon laengst ueberwunden und er zeigt allen was er gemacht hat, er hat sich selber die linke Seite des Baertchens abgeschnitten, er guckt sich im Spiegel an, er hat jetzt kein Salvador Dali-Baertchen mehr, jetzt hat er ein kleines Piraten-Baertchen, das jetzt sein Gesicht ziert, der amerikanische Schauspieler Eroll Flynn trug auch so ein Baertchen in seinen Seeraeuberfilmen. Bruno und Horst verabschieden sich herzlich von General Nok, umarmen ihn und lassen ihn wissen, dass das eine geile Party war heute Abend und seine Pfeife war der absolute Hoehepunkt, Bruno meint in dieser Pfeife muessen ja lauter gute Sachen drinnengewesen sein, ja die Mischung hat richtig reingehaun. General Nok sagt darauf dass einige Gaeste etwas kaufen moechten von dieser Mischung, aber er verkauft nichts, gar nichts, er bietet das Ganze nur an als Besonderheit auf seiner eigenen Party und General Nok zieht laechelnd weiter und unterhaelt sich noch mit anderen Gaesten. " Ja Horst, deine Tips sind Gold wert ", meint Bruno " erst der Tip mit der Insel und jetzt der Tip mit der Party, bis spaeter ja morgen ist mein letzter Urlaubstag, dann gehts zurueck ins Krankenhaus ". "Ja tschau Bruno bis morgen und noch eine schoene Nacht mit den Zwillingen tschau ", beide sind vollfett, koennen kaum noch stehen. Bruno nimmt ein Taxi und faehrt mit seinen zwei Jungperlen Bila und Bala nach Babylon. Horst bleibt noch auf einen Absacker mit dem huebschen Thai-Maedchen am Strand von General Nok. Im Taxi sitzend mit den Zwillingen rasen Bruno's Gedanken. "Das ist doch nicht zu glauben, da treffe ich hier auf einer Party den Oberarzt und die Schwester Lisa und nicht genug, auch Charlie und Ilse tauchen hier auf, nach so vielen Jahren sehe ich sie wieder, das war Bestimmung ". Doch bald sind die Gedanken Vergangenheit und der Thai an der Rezeption im Best-Resort ist nicht mehr zu ueberraschen als er Bruno mit Bila und Bala erblickt, das ist der Bruno den er kennt und er kichert happy " Oh Mister Bruno..everything ok..i wish you good night Mr. Bruno ".

Dieser wuenscht ihm auch eine gute Nacht und geht mit den Maedels in seinen Bungalow Nr. 10. Alle haben Sehnsucht nach einer Dusche und so duschen sie miteinander, die Maedels kiksen und machen kirrende Geraeusche, Bruno bestaunt ihre huebschen Figuren und seine Seifenschaum-Haende machen eine Tournee ueber die goldbraunen nackten Koerper der Zwillinge, alle Brueste, alle Foetzchen, alle Aerschlein werden gestreichelt, doch Bruno ist zu nichts mehr in der Lage, seine Fahne geht nicht hoch, eine Sex-Party mit Bila und Bala ist jetzt nicht moeglich nach General Nok's Barbecue-Party. doch auch den Maedels fallen halb die Augen zu, alle sind geschafft, alle drei sind grottenmuede und wollen nur noch eines-schlafen-schlafen. Und als sie alle Drei nackt im Bett liegen kuscheln sich die Maedels an Bruno an und er sagt zu ihnen dass er am Morgen Liebe mit ihnen machen will, sie sind einverstanden, er knipst die Nachttischlampe aus und sekundenspaeter wird in Babylon die ganze Nacht tief geschlafen. Gegen Mittag erwacht Bruno mit einer dicken Morgenlatte, es ist sein letzter Urlaubstag und er hat nur einen Gedanken im Kopf seine Latte zu versenken schnellstmoeglich in ein Maedel hinein, die Zwillinge befinden sich noch im Halbschlaf, er krabbelt auf ein Maedel hinauf, guckt zu ihren Haaren, ah die mit der hellen Locke vorne das ist Bila, er wollte schon wissen wer da unter ihm liegt. Bruno ist geil und weitet ihre Beine auseinander, Bila gibt ein paar suesse Laute von sich, er versteht nicht, sagt nur " Bila you sexy Lady ", dabei schickt er sich an seine Morgenlatte in ihr kleines Foetzchen hineinzubekommen, das Maedel gibt abermals Laute von sich, er brummt ihren Namen Bila und dann sagt er ploetzlich auf deutsch "Jetzt kommt der Milchmann ", sein eigener Satz erregt ihn selber so, dass die Morgenlatte sich Platz verschafft unten bei Bila und diese stoehnt auf und auch Bruno stoehnt und stoesst Bila kraeftig, da wacht Bala auf und sieht das die Zwei Liebe machen, das gefaellt Bala, sie will auch mitmachen aber wie? Sie fasst sich an ihre Scham, sie bekommt auch Gefuehle, legt sich einfach auf die Beiden drauf und reibt ihr Foetzchen an Bruno's Hinterteil. Ah-ein Sandwich, denkt Bruno, das ist auch sehr angenehm, ich bin jetzt das Stueck Rindfleisch, in der Mitte, das bin ich ganz gerne und anscheinend fuehlen sich alle drei wohl in dieser Sandwich-Position und die Zwillinge stoehnen wohltuend und als die Laute immer lauter wurden, da spritzt Bruno ab, bleibt noch auf Bila ein bisschen liegen, danach rollt sich das Stueck Rindfleisch aus der Mitte heraus, er drueckt die Maedels an sich und schmust mit ihnen eine Weile, dann geht Bila unter die Dusche. Jetzt ist er mit Bala allein im Zimmer, diese meint ploetzlich dass sie spaeter die Mopeds holen muessen, die stehn ja noch am Parkplatz am Party-Strand. " Ach ja, die Mopeds, richtig ", die hatte Bruno im Moment vergessen und auch er ging jetzt abduschen. Als Bila danach aus der Dusche kam meinte sie, sie habe Hunger und wolle fuer uns alle schnell Papaya-Salat " Som Tam " kaufen und Haehnchenkeulen, sie komme gleich zurueck, Bruno war einverstanden gab ihr Geld, sie zog sich an und ging los. Jetzt war er wieder mit Bala allein im Zimmer und er spuerte da unten bei ihm ist Bewegung. Ploetzlich nahm Bala seinen Schwanz in die Hand, rieb ihn gefuehlvoll sagte ganz offen zu ihm, sie moechte zusehen wie er gross wird und immer groesser und dann moechte sie, dass er alles auf ihren Bauch spritzt, das finde sie sexy. " Warum nicht ", sagte Bruno " ok, ja dann mach nur! Und Bala machte sich ans Werk, beziehungsweise massierte seinen Schwanz auf und ab, hin und her mit Gefuehl und guckte ihm dabei voll in die Augen und er guckte ihr in die Augen und steckte nebenbei seinen Mittelfinger in ihr Foetzchen und Spannung kam auf, allmaehlich wurde seine Fahne zu einem dicken Kloeppel wie hypnotisiert guckt sie jetzt vor ihm sitzend sein dickes Ding an, und sie rieb mit ihrer Hand immer schneller und schneller und Bruno keuchte " Gut Bala, gut Bala " und sie fluestert " Come..come ", er spuert es ist soweit und bevor er kommt, sagt er noch auf deutsch " Gleich kommt die Milch, leckere Milch " und er spritzt ihr eine volle Ladung auf ihren Bauch   " Oh wouh ,", rief sie, guckte sie an, die ganze Sahne, steckte ihre Fingerspitze hinein und dann in ihren Mund, kostete ein wenig, dann steckte sie ihren Finger in Bruno's Mund und meinte " Salzig, salzig ", Bruno anwortete "Lecker , lecker-lecker Vitamin ". Bala lachte, erhob sich vom Bett und ging duschen , Bruno wanderte hinterher, dachte bei sich, ja der Tag faengt ja schon gut an. Wenig spaeter klopfte es an der Tuer, es war Bila, sie hatte kraeftig eingekauft, gebratene Haehnchenkeulen, Leberspiesse, Wuerstchen, gebratenes Schweinefleisch, viel Reis und natuerlich drei Portionen " Som Tam ", Papayasalat. Bila sagte zu Bruno, sie habe fuer ihn extra eine Portion Salat bestellt, ueberhaupt nicht scharf, nur ein Chilly sei da drin, ja wunderbar, als alles auf dem Bett ausgebreitet war griffen die Drei herzhaft zu. Bruno dachte bei sich dass er den Salat von den Maedels niemals essen koenne, der sei ja hoellenscharf, da wuerde er keine Luft mehr bekommen, unterm Essen erzaehlte er ja dass heute sein letzter Urlaubstag sei auf der Insel und morgen frueh um 8 Uhr gehts dann zum Flughafen, darum werde er heute Nacht schon ein bisschen frueher ins Bett gehen, aber auf einen Abschieds-Cocktail in der Satisfaction-Bar komme er auf jeden Fall vorbei, da freuten sich die Zwillinge und erzaehlten, dass ihnen die Insel super gefalle und sie werden erst einmal ein paar Wochen hierbleiben und dann weiterschaun, vielleicht auch weiterziehn. Nach dem Essen verliessen Bruno, Bila und Bala Babylon und marschierten auf die Beach-Road und fuhren mit einem Taxi zum Strand von General Nok, dort am Parkplatz standen ganz brav ihre Mopeds, das Moped von Horst war nicht mehr da, er musste es schon abgeholt haben. Dr. Merk und Lisa traf er nicht mehr, ja Lisa und der Hippie, Dr Merk und das Thai-Maedchen, was die wohl alle noch erlebt haben, denkt Bruno, auch Ilse und Charly bekommt er nicht mehr zu Gesicht. Und da am Parkplatz findet die Verabschiedung von Bila und Bala statt und er denkt fuer die Beiden hatte er gar keine eigenen Namen gefunden, aber Bila und Bala ist ja schon genug balabala. Bruno hat noch einiges zu erledigen, jetzt bekommen die Zwillinge ihre vereinbarte Gage, weiter bekommen sie noch eine dicke Umarmung von Bruno und zum Abschluss bekommt noch jede einen vollfetten Kuss, danach fahren die Zwillinge ganz happy zurueck in die Satisfaction-Bar. Er war sich sicher das waren die letzten zwei Maedels die er gehabt hat im Paradies und er denkt jetzt an Geschenke die er kaufen will fuer seine Mutter und fuer den Stammtisch, er faehrt ein bisschen in der Gegend herum, kauft in einem Markt-Laden eine grosse Packung getrocknete Thai-Chillys fuer sich selber zum vorsichtigen Wuerzen fuer Suppe und Salat, soll ja gesund sein, gut fuer die Durchblutung, fuer seine Mutter kauft er an einem Souvenierstand ein paar gutriechende Seifen und Kerzen mit Bluemchen verziert, da sieht er noch glaenzende Seidentuecher in rot und lila die man um den Hals tragen kann, die nimmt er auch noch mit fuer die gute Mutter. Bruno's Laune ist blendend, er kauft noch eine grosse Flasche Mekong-Whisky fuer seine Kumpels vom Stammtisch.   Es war gegen 3 Uhr Uhr nachmittag, er hatte alles bekommen was er wollte, er beschloss nach Babylon zurueckzufahren und mal schauen was der Horst noch alles so erlebt hat. Bruno fuhr mit seinem Moped von der Ringstrasse hinein nach Lamai, durch ein ziemlich waldiges Gelaende, er fuhr langsam um das Gruen um ihn herum geniessen zu koennen, sein Weg fuehrte an einem kleinen Steinhaus vorbei geschmueckt mit bunten Vorhaengen, die Tuer weit offen, da sass ein junges Maedchen, schoen wie die Suende, eine Super-Figur, schwarze Jeans, weisses Hemdchen, lange schwarze Haare, sie guckte freundlich zu Bruno, schenkte ihm ein Laecheln, dieser fuehlte sich als haette ihn ein Blitzchen getroffen, etwas angenehmes, weiches Helles. Er fuhr auf der Strasse noch ein paar Meter weiter, dann hielt er an redete leise zu sich selber "Mann die ist ja wunderschoen und die macht Massage und heute ist mein letzter Tag im Paradies, ja ich lass mich nochmal massieren von dieser Schoenheit, vielleicht passiert da noch mehr ", und Bruno fuhr zurueck, hastig stellte er sein Moped ab, bepackt mit all den Einkaufstueten, dachte dieses Maedels schickt ihm der Himmel noch zum Abschluss seines Traumurlaubs, er befand sich schon im Reich der Sinne, er guckte nicht nach links, er guckte nicht nach rechts, das Maedchen zog ihn magnetisch an und ihm fiel auch gleich ein Name fuer sie ein " Die Unwiderstehliche ". Er ging hinein in das Zimmer und Bruno war schon lange nicht mehr der scheue Krankenhaus-Koch, selbstbewusst sagte er " Hello how are you ", zu dieser Augenweide, sie erwiderte " Ok " und er sah nur sie, grosse Augen, rote Lippen, ihr Gesicht wie gemahlen, in ihren Haenden befanden sich ein paar weisse Tuecher die sie sorgfaeltig zusammenlegte, da bemerkte Bruno da war noch eine Person im Zimmer, eine aeltere Thai-Frau, die stehend ein Glas Wasser trank. Bruno kam gleich zur Sache, er konnte seine Augen nicht mehr von der " Unwiderstehlichen " lassen, es ging alles sehr schnell. Er eroeffnete dem Maedchen, dass er jetzt eine Massage wolle, ja eine Oel-Massage und begleitend zu seinen Worten zog er sich doch schnell aus und legte sich nur noch mit dem Slip bekleidet ausgestreckt auf die Liege, auf der auch das Maedchen sass, diese stutzte und starrte Bruno an, da mischte sich die alte Frau ein und fragte ihn ob er denn jetzt wirklich eine Massage wolle, waehrend dieser die Hand des Maedels erfasste und sie nach ihrem Namen fragte, ihre leise Antwort war Dao, sie hiess Dao das heisst auf Deutsch " Stern ", auch der Koch aus Hameln stellte sich mit seinem Namen vor, ja und er wolle eine Massage jetzt, da redete die Alte mit dem jungen Maedchen ganz hektisch und schnell, er verstand kein Wort.   Die Alte sagte ploetzlich zu Bruno dass sie dem Maedel das Massieren lerne in fuenf Minuten, dabei fuhr die Alte mit den Haenden ueber Bruno,s Brust knetete seine Arme und das Maedel Dao guckte interessiert zu, Bruno ueberhoerte was die Frau da redete, er war voll fixiert auf Dao, von der Alten wollte er nicht massiert werden, doch jetzt fing auch Dao an langsam an Bruno,s Koerper herumzudruecken, die beiden Frauen redeten wieder miteinander und dabei hellten sich ihre Gesichter auf. Bruno widmete seine Aufmerksamkeit ganz der " Unwiderstehlichen " und gab freundlich aber bestimmt der Alten ein Zeichen mit der Hand dass sie jetzt gehen soll, dass sie sich vom Acker machen soll, alles sei ok, ok. Die Alte redete nochmal kurz mit dem Maedel und verschwand dann durch die Hintertuer, endlich war sie weg. Bruno war gepackt von Leidenschaft zu diesem schoenen Maedchen machte ihr Komplimente dass sie toll aussehe und sehr sexy sei und bemerkte nebenbei ganz entrueckt, dass sie doch auch ihre Kleidung ausziehen soll bei einer guten Oel-Massage, das Maedel zuckte zusammen, da ging doch ploetzlich kurz die Hintertuer auf und die Alte streckte vorsichtig ihren Kopf ins Zimmer und meinte fragend " Ok, ok ? ". "Alles ist ok, ", antwortete Bruno scharf " by, by !" Huch, der Kopf der Alten verschwand schnell, die Hintertuer wurde geschlossen. Jetzt widmete sich Bruno wieder dem Maedchen, sie solle doch ihre Kleidung ausziehn, da laechelte sie verschmitzt und fragte wieviel sie bekommen wuerde dafuer. Bruno nannte ihr eine Summe, als Dao diese Summe hoerte, da fing sie an sich auszuziehn und langsam zog sie ihre schwarze Jeans-Hose herunter und sah Bruno dabei an, da wurde dieser so geil, dass er einen Staender bekam, das Maedel bemerkte was sich da so abspielte unter seinem Slip, da befreite sie ihn von seinem Slip, sofort ging die Fahne hoch, als Dao ihre Kleider ausgezogen hatte, befreite auch er Dao von ihrem Hoeschen und schon halb in Ekstase drueckte er das Maedel an sich und kuesste leidenschaftlich ihre Lippen, ihr Gesicht und ihren Hals, wie im Rausch knetete er ihren wunderschoenen festen Busen. " You take care of me ", hauchte sie ploetzlich in Bruno,s Ohr, auf Deutsch " kannst Du dich kuemmern um mich ? " Ah- dieser Satz von Dao bringt Bruno kurz auf den Boden der Tatsachen zurueck, ernuechtert ihn ein wenig und er antwortet ihr dass heute sein letzter Urlaubstag sei und morgen fliege er zurueck nach Hause nach Germany, aber das macht nichts, er fluestert Dao eine groessere Summe ins Ohr, die sie bekommt wenn sie noch sehr lieb ist zu ihm, zu seinem Abschied. Als Dao die neue Summe hoert, da atmet sie ganz tief, guckt auf seine Fahne die stocksteif nach oben ragt, sie setzt sich vor ihm hin, die Beine auseinander, es folgt ein kurz devoter Blick von ihr mitten in sein Gesicht, darauf nimmt sie Bruno,s Fahne in den Mund und ihre rechte Hand umfasst seinen Fahnenstiel und reibt ihn leicht aufwaerts, abwaerts. Bruno nimmt ihren Kopf und drueckt ihn noch tiefer auf seine Fahne, das Maedel verschluckt sich kurz, aber sie versteht und lutscht wonnevoll seinen grossen Schwanz, waehrend sein Mittelfinger in ihrer Moese verschwindet, die auch schon nass ist. Bruno mag auch Verbal-Sex, also beim Sex geil daherreden und redet dass sie eine sexy Lady sei, dass sie seinen Schwanz gut blasé, einmal auf Englisch einmal auf Deutsch und durcheinander, aber das spielt keine Rolle, er fuehrt seine Hand von ihr an seine beiden Eier und zeigte ihr wie sie die Eier leicht zu druecken, zu kneten habe. Und er redete auf sie ein wie gut sie das alles macht, er spuerte er kommt bald er keuchte auf Englisch sie solle alles trinken, das gute Vitaminzeug, alles trinken, es sei das Beste was er zu bieten habe und unter seinem Gerede ploetzlich-ah die volle Sahne spritzte in den Mund der " Unwiderstehlichen ". Er hielt ihren Kopf, sie hatte praktisch gar keine Chance etwas auszuspucken und das Maedel schluckte lang und viel und Bruno spuerte noch einmal ein paradiesisches Koerpergefuehl bis er voellig leer war und den Kopf von dem Maedchen lossliess. " Ah-das war geil ", roehrte er mit heiserer Stimme und auch das Maedel fiel halb in sich zusammen. Bruno umarmte Dao noch einmal voller Inbrunst und kuesste sie auf den Mund. " You good Lady ", sagte er ganz leise zu ihr und Dao fragte ihn gleich wann er wieder zurueckkommen wuerde auf die Insel, er antwortete er weiss es nicht, er weiss es wirklich nicht, aber er fischte ein paar schoene Scheine aus seiner Hosentasche und ueberreichte sie Dao, diese faltete ihr Haende und bedankte sich mit einem Thai-Gruss. Schnell grabschten jetzt die Beiden nach ihren Kleidern und als sie fast schon angezogen waren, da ging die Hintertuer auf, die Alte streckte ihren Kopf ins Zimmer und rief vorsichtig " Ok, ok ?' " Alles ok, ok ", rief Bruno, da kam sie herein ins Zimmer, redete gleich schell mit Dao, er verstand wieder kein Wort, er verabschiedete sich von Dao der " Unwiderstehlichen ", umarmte sie kurz und umarmte jetzt auch noch die Alte, die beiden Frauen waren ganz happy und Bruno machte sich vom Acker. Er fuhr auf seinem Moped Richtung Best-Resort, dachte waehrend der Fahrt " Ah-das war doch jetzt noch ein wunderbarer Urlaubsabschluss, angekommen in seinem Bungalow verstaute er all seine Einkaufstueten, dann schaute er zu Bungalow Nr. 11 wollte Horst gleich erzaehlen was er heute schon alles erlebt hatte, doch dieser war nicht zu Hause, ja heute war schon eine Menge los und er hatte schon dreimal abgespritzt, da beschloss er sich eine Muetze Schlaf zu goennen und legte sich aufs Ohr. Es war schon dunkel als Horst an seine Bungalow-Tuer klopfte, Bruno hatte goettlich geschlafen,

Horst rief " Hey Bruno, in einer halben Stunde bei Bernhard ist das ok? ". " Das ist ok, gut in einer halben Stunde bei Bernhard ok !" Und da trafen sich die Freunde im Restaurant " Zur Einkehr ". Horst war schon ein paar Minuten frueher da zusammen mit der " Einsatzfaehigen " hielt schon einen Platz frei fuer Bruno der sich dann zu ihnen an den Tisch setzte. Bernhard kam auch gleich hinzu mit der Speisekarte in der Hand, die Gaststube war gut gefuellt. Bruno dachte, beide Horst und Bernhard haben noch einen leicht eingerauchten Blick von gestern, wahrscheinlich die Nachwehn von General Nok,s Wasserpfeife. " Die Einsatzfaehige " ist wieder fit ", meinte Horst und guckte sie dabei interessiert an, diese praesentierte sich wieder sehr huebsch in einer roten Satin-Bluse und ihr zeitloses Laecheln, dieses Laecheln erinnerte Bruno an etwas, aber es fiel ihm nicht ein an was. Er fragte gleich Bernhard was denn gestern noch los war, ob er seine Bekannten noch getroffen habe, der Pionier erwiderte er habe vorher gerade Horst erzaehlt, es war falscher Alarm, ja seine Frau hatte es gestern Nacht ploetzlich mit der Angst bekommen, dass er bei der Party total abstuerzt, dabei klopfte er mit der Speisekarte auf den Tisch, und deshalb hat sie eben diese Geschichte erfunden mit den Bekannten, die mich noch unbedingt treffen wollen. "Gar nicht so schlecht ", meint Horst, dass sie sich um ihren Ehemann kuemmert, das sei nicht das Schlechteste. " Was kannst Du uns denn heute empfehlen Bernhard zum Essen ",fragte Bruno. Und der sagte sofort, er koenne frischgemachten Schweinebraten empfehlen, der schmecke ganz lecker in Biersauce mit selbstgemachten Kartoffelknoedel und gemischtem Salat, da schnalzten alle mit der Zunge und Bernhard notierte dreimal Schweinebraten, drei Bier " Gut danke, ich komm spaeter zu euch ", dann verschwand er in die Kueche. Bruno meinte zu seinem Freund er habe sein Moped gar nicht gesehen am Parkplatz am Strand von General Nok.

Horst erzaehlte er habe noch einen Absacker getrunken mit der jungen Thai-Schoenheit und darauf noch einen allerletzten Absacker, da waren schon keine Gaeste mehr da, danach war er so dicht und das Maedel auch so dicht, da ging nichts mehr, absolut nichts mehr, dabei schuettelte er seinen Kopf hin und her, da meldete sich " Die Einsatzfaehige " " Yesterday Horst mao mak, mak ",- gestern Horst sehr betrunken , da lachte dieser und meinte im Urlaub sei das schon ok und er fuhr fort er bezahlte dem Maedel noch ein Taxi zu ihr nach Hause und er fuhr mit einem anderen Taxi zurueck ins Best-Resort, seine Freundin wurde kurz wach er legte sich aufs Bett und weg war er, gegen Mittag hat er dann sein Moped abgeholt vom Parkplatz. Eine Kellnerin brachte das Bier und die Drei stiessen an auf ihren Urlaub. Bruno schuettelte den Kopf und meinte Horst koenne sich gar nicht vorstellen, was er schon heute alles erlebt hat, ja er habe schon dreimal abgespritzt bei drei Maedels, gestern Nacht da war auch bei ihm Feierabend, da lief gar nichts mehr, er und die Zwillinge haben die ganze Nacht brav nebeneinander geschlafen, am Mittag aber da ging die Spritzerei los, erst habe er Bila geliebt, dann war er das Stueck Rindfleisch in einem Sandwich, weil sich Bala auf Bila und ihn drauflegte und als Bila dann Essen kaufen ging, da spritzte er auf Bala,s Wunsch seine Vitamin-Sahne auf ihren Bauch, sie kostete mit dem Finger die leckere Sahne und liess ihn auch kosten, da lachte Horst " Alle Achtung mein Freund, ich glaube die Maedels werden Dich vermissen hier auf der Insel ". "Ich werde sie auch vermissen die suessen Bienchen hier auf jeden Fall, ja spaeter haben wir dann die Mopeds geholt und Bila und Bala sind jetzt wieder in der Satisfaction-Bar, aber jetzt kommt der Hammer Horst ", doch bevor Bruno weiter erzaehlen konnte kam erst einmal das Essen auf den Tisch, Bernhard und eine Kuechenhilfe brachten den heissen Schweinebraten mit viel Sauce und Kartoffelknoedel und gemischtem Salat mmh – das sah alles herrlich lecker aus und der Pionier wuenschte einen guten Appettit, das liessen sich die Drei nicht zweimal sagen, und der Schweinebraten schmeckte einfach gut wie die Sau. Nachdem Horst den ersten Kartoffelknoedel verzehrt hatte fragte er was denn der Hammer war, den sein Freund noch erlebt hatte. Bruno tauchte ein Stueck Knoedel tief in die gute Bratensauce ein und nachdem er diesen saftigen Bissen verschlungen hatte sagte er dass er nachmittags noch auf Einkaufstour war und nachdem er alle Geschenke hatte fuer die Mutter und den Stammtisch, da kam er nach einer Weile an einem Massage-Haus vorbei und unterm Essen erzaehlte er Horst langsam und ausfuehrlich von der " Unwiderstehlichen ", von dem Maedel Dao und der Alten was so alles passierte und als er seinen Teller leergegessen hatte, goennte er sich einen grossen Schluck Bier. Horst hatte aufmerksam zugehoert, doch ploetzlich schuettelte er unglaeubig den Kopf, ja er kenne das Haus, das Bruno ihm beschrieben hat aber " Mensch Bruno ", rief Horst " das war kein Massage-Haus, das ist eine Waescherei !" " Eine Waescherei ? "rief Bruno "Ja eine Waescherei, ja hast Du denn nicht die Waschmaschinen an der Hausseite gesehen, die Koerbe voller Waesche und die ganzen Bettlaken? " " Hab ich nicht gesehn, hab ich alles nicht gesehn, ich hab nur sie gesehn das junge Maedel, ehrlich Horst die war so schoen, ich hab nichts mehr anderes gesehn nur sie und die wollte ich noch haben zum Schluss von meinem Urlaub, ja ich war total weg" . Horst der aehnlich aussieht wie Kommisar Schimansky fasste sich an seinen Schnauzer, er kriegt sich nicht mehr ein, kopfschuettelnd faengt er an unkontrolliert zu kichern und aechzt " Das gibts doch gar nicht, das gibts doch nicht, da geht ein Auslaender voll in eine Waescherei hinein, zieht sich nackt aus bis auf den Slip, legte sich auf eine Liege und sagt zu der jungen Angestellten " Ich will eine Oel-Massage ", nein, das hats auf dieser Welt wahrscheinlich noch nie gegeben, Bruno Du bist Weltklasse! Du bist einzigartig !"

Und er klopft seinem Freund mit beiden Haenden auf die Schulter und sagt freudig " Du bist der Super-Bruno, ja Wahnsinn ". " Die Einsatzfaehige " merkt dass da ueber etwas Besonderes gesprochen wird, sie guckt zu Horst und der sagt zu ihr " Sanuk, Sanuk ", auf Deutsch - viel Spass, viel Spass, er werde ihr spaeter alles erzaehlen. Da kommt Bernhard der Pionier mit vierWodka an den Tisch, erkundigt sich was denn los sei und Horst berichtet ihm bruehwarm was passiert war, da lacht der Bernhard auf und meint darauf muessen wir einen trinken und die Wodka werden gleich gekippt-ex. Der Pionier setzt sich zu seinen Gaesten an den Tisch und schnauft er habe ja schon viele verrueckte Geschichten gehoert hier auf der Insel und auch in seinem Leben ist viel Lustiges passiert, aber das schlaegt doch dem Fass den Boden aus, er guckt Bruno bewundernd an, das sei ja unglaublich. Bruno kann das alles noch nicht richtig fassen, was da Horst alles gesagt hat, aber er denkt nach und jetzt versteht er auch warum die Alte zu ihm gesagt hat "Ich lerne ihr schon wie man massiert in fuenf Minuten ", das berichtete er jetzt Horst und Bernhard. "Ja wie konnte ich nur die Waeschestapel und die ganzen Waschmaschinen uebersehen ? " Das weiss ich auch nicht ", meinte Horst, er verzog grinsend sein Gesicht " aber Du hast eben zum drittenmal in einer Waescherei abgespritzt ". Da mussten alle Drei herzhaft lachen, Bruno, Horst und Bernhard und wenn Bernhard so lacht, dann aehnelt er doch sehr Willy Brandt im Gesicht und er meinte " Da sieht man mal wieder was eine Frau mit einem Mann alles machen kann, sie kann ihm den Verstand rauben, so dass er nichts mehr sieht, nur noch sie, nur sie ". Horst rief " Auf jeden Fall hast Du jetzt eine Menge zu erzaehlen an deinem Stammtisch, was Du alles im Paradies erlebt hast, ob sie dir das glauben oder nicht, das ist eine andere Sache, aber eine Waescherei verwechseln mit einem Massage-Salon – Bruno, Du bist fuer mich der Groesste.

" Mensch Bernhard bring uns noch vier Bier, die gehn auf mich ", rief Bruno. "Ja so eine Tat fuer die Ewigkeit die muss man schon feiern ", polterte der Pionier. "Jetzt uebertreibst Du aber Bernhard und ich bitte Dich erzaehl diese Geschichte hier nicht herum auf der Insel, das waer mir sehr lieb ". " Nein, nein Bruno das mach ich nicht, obwohl das wuerde ein Gelaechter geben bei den Leuten, aber ich sag nicht,s , auf keinen Fall, das ist versprochen ", und Bernhard kuemmerte sich um die vier Bier. " Versprochen ist versprochen und wird doch gebrochen ", witzelte Horst, dann verzog er sein Gesicht als wenn er gerade auf eine Zitrone gebissen haette, kraulte wieder seinen Schnauzer und meinte "Ich bin ja noch eine Woche laenger auf der Insel, ich koennte ja mal so ganz unschuldig vorbeifahrn an dieser Waescherei und mir dieses " Golden Girl " einmal aus der Naehe angucken, aber reingehn, sich nackt ausziehn und dann eine Oel-Massage bestellen, ich glaub das schaff ich nicht, das schaffst nur Du Bruno ". " Ja ich war weg Horst, wie verzaubert ", und er trank sein Glas leer, eine kurze Stille herrschte am Tisch, gedankenlos guckte er zu Horst und zu seiner Freundin, es war ihm als laechelte sie in sich hinein, dieses Laecheln...ploetzlich erinnerte er sich wieder, es aehnelte ein wenig dem Laecheln der Mona Lisa auf dem alten Bild von Leonardo Da Vinci und er sagte zu Horst, dass seine Freundin ein Mona Lisa-Laecheln habe und dieser spasste " Wer ist das? In welcher Bar arbeitet die hier...hast Du die schon einmal...". Da kam schon Bernhard mit den vier neuen Bierchen und fragte gleich, was denn Bruno in seiner letzten Nacht hier noch machen will, " Nichts mehr ",war die trockene Antwort von ihm, ja er moechte noch mit Horst und seiner Freundin in die Satisfaction –Bar und da noch einen " I can't get no Flip " trinken zum Abschied und ob Bernhard noch mitkomme, doch dieser winkte ab, er wuerde gerne aber er koenne hier nicht weg, er habe heute fast volles Haus, das war verstaendlich.

Bruno bezahlte die Rechnung als alle Bierglaeser leer waren, umarmte Bernhard, sagte zu ihm, dass es ihn sehr gefreut habe ihn kennenzulernen, das Essen war vorzueglich, der Pionier sei ein Glueckspilz, dass er hier auf der Insel sein zu Hause hat und er selber werde diesen unglaublichen Urlaub hier im Paradies in seinem Leben nie vergessen. Bernhard wuenschte Bruno noch alles Gute, einen guten Flug und eine sichere Landung in Deutschland und es waere sehr schoen wenn er seinen Kochkollegen aus Hameln wiedersehn wuerde hier auf der Insel, da kam ploetzlich eine Kuechenhilfe mit einem Tablett an den Tisch, darauf nochmal vier Wodka.   " Ueberraschung ", lachte " Willy Brandt ", " Die Einsatzfaehige " guckte zu Horst schuettelte den Kopf, Horst meinte das Maedel koenne keinen Schnaps mehr trinken " dann soll Bruno ihn trinken den vierten Wodka ", rief der Pionier , " Richtig, richtig ", rief Horst, " nach seiner Meisterleistung in der Waescherei soll Bruno den vierten Wodka trinken ". Die Drei kippten den Wodka – ex und der Koch aus Hameln trank noch den Vierten " Prost ", rief er. Mit den Mopeds fuhren Horst, seine Freundin und Bruno los. " Brown Sugar " ein alter Stones-Song toente aus den Boxen der Satisfaction-Bar doch so frisch und lebendig. Man nahm Platz am Tresen und Bruno bestellte sofort drei " I can't get no Flips " und einen " Flip " fuer die Mixerin, so mixte sie insgesamt vier " Flips ", in der Bar herrschte eine lockere Stimmung und die Gaeste schienen sich wohlzufuehlen, Bila und Bala winkten Bruno zu, sie waren nicht allein, sie sassen am Tresen mit Begleitung, in alter neuer Begleitung. Die Mixerin erzaehlte den beiden Freunden die Italiener seien wieder zurueckgekommen von der Nachbarinsel und haben die Zwillinge gleich wieder gebucht, schoen fuer die Beiden, meinte Horst. Bruno erzaehlte seinem Freund dass er morgen schon um7 Uhr30 geweckt werde, um 8 Uhr gehe es dann mit dem Hotel-Bus zum Flughafen, endlich waren die " Flips " fertig gemixt, es wurde angestossen Bruno hatte einen kraeftigen Zug beim Trinken, er meinte, er werde einmal den " Flip" beim Stammtisch praesentieren fuer seine Kumpels, da fiel ihm noch ein Horst zu danken, der ja morgen fuer ihn sein Moped abgibt beim Mopedverleih, dieser meinte das waere ueberhaupt kein Problem er sei ja noch eine ganze Woche auf der Insel und er werde wahrscheinlich " Die Einsatzfaehige ", die mit dem Mona Lisa-Laecheln behalten, fuer den Rest seines Urlaubs, da grinsten die Beiden, die naechsten vier " Flips " gingen jetzt auf die Rechnung von Horst. " Und der zweite Flip schmeckt immer besser als der Erste " rief dieser und gab seiner Freundin einen dicken Kuss auf die Backe, diese lehnte leicht ihr Koepfchen an seine Schulter und laechelte. Die Mixerin hob ihren fertigen " Flip " hoch "Tschok di tschok di-auf Deutsch Prost,prost ", das liessen sich die Drei nicht zweimal sagen und machten mit, da geriet Horst in Sangeslaune und fing an seinen Lieblingssong leise zu traellern " Everybody loves somebody sometimes ", Bruno traellerte mit, freute sich dass sein Freund happy war, er guckte hoch zum Himmel, viele kleine Sternchen erhellten die warme Nacht und er meinte zu Horst er fuehle sich wunschlos gluecklich, aber da er ein paar Sternchen am Himmel schon leicht doppelt sehe, sei es wohl an der Zeit fuer ihn nach Babylon zurueckzufahren um zu schlafen, wunderbar einzuschlafen. "Ja kannst Du denn noch fahren Bruno " fragte Horst. "Ja das Moped sehe ich ja nicht doppelt, nur ein paar Sternchen da oben ". " Was musst Du auch da hochschaun ", kicherte Horst, " aber im Ernst was Du schon heute alles geleistet hast, dreimal gespritzt, sogar in einer Waescherei, dann die Bierchen und der ganze Wodka bei Bernhard und jetzt die " I can,t get no Flips " Mann Du laesst es ganz schoen krachen im Urlaub, hast ja recht ", und Horst lachte herzhaft " ich mach jetzt auch Schluss fuer heute, ich fahr mit Dir ins Best—Resort, er guckte zu seiner Freundin, der auch schon die Aeuglein halb zufielen, er meinte er werde sich spaeter noch der " Mona Lisa " ein wenig widmen und er sagte zur Mixerin, er uebernehme die ganzen Getraenke. Und als die Drei die Satisfaction-Bar verliessen, da gab es noch ein lautes "Hello, Goodby, By, By " von der Mixerin von Bila und Bala und von vielen Maedels in der Bar. Bruno winkte nochmal freudvoll zurueck, dachte so eine Bar muesste es auch in Hameln geben und er fuhr zum letztenmal durch die kaputte Nebenstrasse, zum letztenmal auf der Beach-Road entlang und die Lichter in der Nacht sie leuchteten in allen Farben, Maedchenstimmen hoerte man von ueberall her die einem zuriefen "Hello, hello, ", es waren die Sirenen, die Sirenen von Lamai, er dachte auf dieser Insel kann man hier in vier Wochen mehr erleben als in zehn Jahren in Deutschland. Im Best-Resort angekommen parkten die Drei ihre Mopeds und Bruno gab Horst seinen Mopedschluessel, als sie an der Rezeption vorbeikamen, guckte der Thai auf Bruno, er sah ihn ganz Unverstaendlich an, da geht Bruno zu ihm hin und sagt " Two Lady,s for me come later " – zwei Maedchen fuer mich kommen spaeter, ah – da war der Thai aber sichtlich erleichtert, das war der Bruno den er kannte und den er mochte, er strahlte und wuenschte allen noch eine gute Nacht.   Die Zeit des Abschieds kam, vor seinem Bungalow Nr. 10 umarmte Bruno seinen Freund Horst innig und bedankte sich bei ihm fuer seinen Super-Tip und sagte " Ja Horst ich habe das Paradies gefunden und ich habe es genossen fuer vier lange Wochen, es war der Wahnsinn. " "Ja hier jagt ein Wahnsinn den andern, freut mich sehr dass es Dir hier gefallen hat auf der Insel, Du Bruno hoer mal, ich wuensch Dir noch einen guten Flug nach Hause und lass was hoeren von Dir mein Freund, alles klar ? " " Alles klar Horst ! "Dann verabschiedete sich Bruno mit leicht feuchten Augen noch von der " Einsatzfaehigen ", auch sie bekam eine Umarmung und sie schenkte ihm ein wunderschoenes Laecheln.

Horst und seine Freundin gingen in ihren Bungalow Nr. 11 und Bruno in Bungalow Nr. 10. Er liess sich auf,s Bett fallen, breitete seine Arme aus und fuehlte sich mehr als wohl, ja das Leben hier von der Huefte abwaerts war wie ein bombastischer Rausch fuer ihn gewesen und die naechtlichen Streifzuege waren geil, ueberall Erotik, ueberall Exotik, der Mekong-Whisky und die Cocktails schmeckten einmalig und diese Waerme in der Nacht und ueberall leckere Beute, man brauchte nur die Hand auszustrecken, Bruno wollte noch abduschen aber dazu kam es nicht mehr, in voller Kleidung schlief er ein. Am naechsten Morgen wachte er auf durch lautes Geklopfe " Mr. Bruno, it,s Time ", schnell sprang er aus dem Bett, huepfte unter die Dusche, zu packen hatte er nicht viel, er vergass auch nicht seine Geschenke. An der Rezeption bekam er aus dem Safe seinen Pass und Geld, er bezahlte die Bungalowrechnung, der Thai grinste Bruno an, hinter dem Thai stand ein zierlich wunderschoenes Maedchen in einem weissen Kleidchen mit kleinen bunten Perlen verziert, sie kikste " Oh Mr. Bruno, I saw many Visiters in your bungalow coming ", - ich sah viele Besucher in ihren Bungalow kommen, darauf erwiderte Bruno " Wer ist schon gern allein im Urlaub ? ". Diese Antwort gefiel den Thai,s und sie lachten lauthals. Bruno,s Blick war gerichtet auf das wunderschoene Maedel hinter dem Thai stehend, und er dachte an Bernhard der zu ihm sagte " Wenn ein Maedchen zu schoen ist, dann ist es kein Maedchen, dann ist es ein Lady-Boy ". Der Fahrer des Mini-Busses klopfte ihm leicht auf die Schulter, es waere Zeit und er kuemmerte um sein Gepaeck, Bruno guckte nochmal zurueck zu seinem Bungalow Nr. 10, zu Babylon, dann winkte er Goodby zur Rezeption, zum Best-Resort, stieg ein in den kleinen Bus in dem noch ein Paerchen sass, die englisch sprachen und sehr mit sich selbst beschaeftigt waren. Am Flughafen trank er noch eine Tasse Kaffee und ass ein Schinkensandwich dazu.

Der Flieger nach Bangkok war halbvoll, Bruno ergatterte einen Fensterplatz und schnallt sich an, seine Gedanken ueberfluteten ihn, er dachte das Unglaublichste war doch in diesen vier Wochen dass er auf der Party von General Nok seinen Arbeitgeber Dr. Merk getroffen hat und auch noch die Schwester Lisa und Ilse und Charly. War das alles nur eine Halluzination, eine Fata Morgana die ausgeloest wurde durch das Wunderzeug von " Savador Dali,s " Wasserpfeife. Nein, sie waren alle da, standen da leibhaftig. Musste alles passieren so wie es passierte. Er dachte an das Gespraech mit Horst in der Kneipe in Deutschland ueber Philosophie und Spiritualitaet und an den Satz aller Saetze " Das Leben ist vorgegeben und will doch gelebt werden ". Ja alles musste so passieren wie es passiert ist, spuert Bruno.   Ploetzlich denkt er an das Maedchen in der Waescherei wie sie ihm zulaechelt, er sitzt auf seinem Moped und haelt das Haeuschen fuer ein Massage-Haus, er sieht sich selbst wie er hineinstuermt, eine Oel-Massage bestellt und sich sofort auszieht vor dem voellig verdutztem Maedel und eine alte Thai-Frau meint laechelnd ich lerne ihr das Massieren in fuenf Minuten und Bruno denkt war dieser Urlaub nicht eine goettliche Komoedie ? Da kommt ihm in den Sinn " Bin ja gespannt ob der Dr. Merk da was machen kann, eine kleine Gehaltserhoehung fuer mich, das waere schon super. Das Flugzeug rollt los und hebt ab in die Luefte, der Koch aus Hameln lehnt sich zurueck, bald guckt er aus dem Fenster und er sieht nur noch das blaue Meer unter sich und er fuehlt eine tiefe Zufriedenheit in sich und er denkt " Ja ich habe es gefunden, ich habe das Paradies gefunden und ich weiss nur eins, ich komm zurueck ! Il be back!

Ende der Geschichte.

Nachwort 1

Ja es ist immer noch Fruehling in Hameln und fast schon Sonntagmittag. Bruno liegt im Bett und wacht auf. Er hat es geschafft, sein ganzes Leben hat er noch einmal erlebt, durchlebt in seinen vielen Traeumen, doch jetzt einige Monate spaeter nach seiner Rueckkehr vom Urlaub, nach seinen Erlebnissen im Paradies, wie sieht jetzt die Gegenwart aus?   Sie sieht gut aus, Dr. Merk hat Wort gehalten und Bruno hat eine saftige Gehaltserhoehung bekommen, wie der Oberarzt das gemacht hat, das weiss er nicht, ist auch egal, Hauptsache er bekommt jetzt jeden Monatsersten einen Batzen Geld mehr, er hat kein Woertchen verraten und sich nirgendwo verplappert dass er Dr. Merk und Schwester Lisa auf der Insel zusammen gesehen hat. Ja Bruno nimmt sein altes Leben wieder auf mit Arbeit, Stammtisch und Ausfluegen in die Grossstadt Hannover, doch er ist nicht mehr derselbe wie vorher, das Paradies hat ihn veraendert, positiv veraendert, er ist jetzt nicht mehr interessant unattraktiv, sondern interessant attraktiv, das merkt er schon daran dass ihm einige junge Krankenhausschwestern schoene Augen machen und er macht seine Arbeit als Koch mit Freude und ist auch angesehen bei allen Angestellten. Wenn sich Dr. Merk und Bruno im Krankenhaus zufaellig begegnen, dann gruesst jeder den Anderen freundlich. Niemand weiss Bescheid von dem kleinen Geheimniss das die Beiden miteinander teilen, nur die Schwester Lisa weiss, doch die haelt dicht. Schwester Lisa hat sich nicht veraendert, ihre schlanke Figur ist immer noch supertoll, wenn sie Bruno in der Kantine sieht laechelt sie kurz, und er laechelt zurueck, mehr laeuft nicht mehr zwischen den beiden, ist sie noch mit Dr. Merk zusammen, wer weiss, auf jeden Fall flirtet sie weiter viel bei der Arbeit im Krankenhaus mit Maennlein und Weiblein, doch in der Waeschekammer da passieren keine Begegnungen mehr,

Nachwort 2

Liebe machen in der Waeschekammer, diese Zeit ist vorbei. Bruno konnte seiner Mutter klarmachen, dass auf dieser Insel auf der er war die Touristen viel Spass und Freude erleben, er denke auch dass Thailand kein gefaehrliches Land sei, sie freute sich ueber die Geschenke die Bruno ihr mitgebracht hatte, aber am meisten freute sich die gute Mutter doch ueber die Gehaltserhoehung die ihr Sohn als Koch im Krankenhaus bekommen hatte, das fand sie prima und sie freut sich jedesmal wenn Bruno sie besucht.   Wie erwartet wurde er von seinen Stammtisch-Kumpels mit einem grossen Hallo empfangen, Horst hatte recht behalten, er wurde zu einem kleinen Stammtisch-Superstar und an der Wand hing seine Postkarte von Grandfather Rock, natuerlich musste er immer wieder seine unterhaltsamen Insel-Erlebnisse erzaehlen, seine Abenteuer mit den Maedels, von seiner ersten Thai-Freundin Som, von den No Problem-Bungalows, von der Satisfaction-Bar, vom Leben von der Huefte abwaerts, vom scharfen wohlschmeckenden Thai-Essen allgemein, von den leckeren Insekten, die er selber gar nicht so lecker fand, von der Hochzeiterin, von General Nok,s Barbecue-Party und seiner Wasserpfeife, dass er seinen Krankenhaus-Chef getroffen hatte und die anderen Deutschen, davon erzaehlte er kein Sterbenswoertchen, aber von der Waescherei mit der " Unwiderstehlichen ", davon berichtete er ausfuehrlich. Und die Freunde erfuhren auch von einem einmaligen Cocktail vom " I can't get no Flip " den gab es nur in der Satisfaction-Bar. Der Gastwirt von der Stammtisch-Gaststaette war davon so angetan, dass er fuer kurze Zeit den " Flip " auf seine Getraenkekarte setzte. " Direkt aus Thailand, der original " I can't get no Flip " ein leckerer Cocktail zum Geniessen. Die Stammtisch-Kumpels tranken viel davon, doch am Ende verkaufte der Wirt doch lieber sein Bier und seine Schnaepse und so wurde der Cocktail wieder aus der Karte geflippt.

Nachwort 3

Ilse und Charly bekam Bruno nicht mehr zu Gesicht und Horst, ja sein Freund Horst, den besucht er immer in Hannover und dieser geht wieder seinen Geschaeften nach, die sich ein wenig in der Grauzone abspielen, auch im Rotlichtviertel schaut Bruno ab und zu vorbei und auf seinem Videorecorder guckt er alte Western und erotische Filme mit nackten Maedchen an, ja die leckere Liebschaft ist eben seine grosse Leidenschaft und daran wird sich auch nichts aendern.   Horst erzaehlte Bruno in der Kneipe, er spiele mit dem Gedanken " Die Einsatzfaehige " naechstes Jahr fuer drei Monate nach Deutschland mitzunehmen, er verstehe sich naemlich ganz gut mit ihr. Bruno meinte das sei eine gute Idee, ja reinpacken ins

Leben was geht und er selber faengt schon an zu sparen fuer seinen Urlaub im naechsten Jahr. Komischerweise gehe es ihm nach dem Urlaub im Paradies auch jetzt in Deutschland seelisch, geistig und koerperlich sehr gut. Erst vor einer Woche hat

Dr. Merk Bruno gefragt, ob er mal am Wochenende seinen herrlichen Sauerbraten bei ihm zu Hause fuer seine Frau und ihn und ein paar Gaeste, ja diesen wohlschmeckenden Sauerbraten zubereiten koenne, erwuerde natuerlich fuer alle Unkosten aufkommen und fuer seine Aufwandsentschaedigung nannte er ihm zusaetzlich eine Summe. Als Bruno diese Summe hoerte, da wusste er dieses Angebot kann er nicht ablehnen und er antwortete mit Freude "Ja meinen Sauerbraten mache

ich doch gerne fuer Sie und ihre Gaeste, das machen wir auf jeden Fall

Herr Dr. Merk.   Und irgendwie hat Bruno so ein Gefuehl, dass dies der Anfang einer Freundschaft zwischen dem Oberarzt und dem Krankenhaus-Koch sein koennte.

Nachwort 3 Ende
Ende des Romans

Bibliografische Information der Deutschen Nationalbibliothek:
Die Deutsche Nationalbibliothek verzeichnet diese Publikation in der
Deutschen Nationalbibliografie; detaillierte bibliografische Daten sind
im Internet über http://dnb.dnb.de abrufbar.

TWENTYSIX - Der Self-Publishing-Verlag
Eine Kooperation zwischen der Verlagsgruppe Random House
und BoD–BooksonDemand
ISBN 978374073414-5
:
Herstellung und Verlag:: BoD – Books on Demand, Norderstedt